U0686198

就喜欢你不喜欢我

亦落今 ————

著

四川文艺出版社

图书在版编目（CIP）数据

我就喜欢你不喜欢我 / 亦落芩著. -- 成都：四川
文艺出版社, 2018.9（2023.1重印）
　ISBN 978-7-5411-4934-4

　Ⅰ. ①我… Ⅱ. ①亦… Ⅲ. ①长篇小说－中国－
当代 Ⅳ. ①I247.5

　中国版本图书馆CIP数据核字(2018)第181997号

WOJIUXIHUANNIBUXIHUANWO

我就喜欢你不喜欢我

亦落芩　著

责任编辑　　彭　炜
封面设计　　叶　茂
内文设计　　史小燕
责任校对　　段　敏

出版发行　四川文艺出版社（成都市锦江区三色路238号）
网　　址　www.scwys.com
电　　话　028-86361802（发行部）　　028-86361781（编辑部）

排　　版　四川最近文化传播有限公司
印　　刷　三河市嵩川印刷有限公司
成品尺寸　145mm×210mm　　　开　　本　32开
印　　张　8.25　　　　　　　　字　　数　220千
版　　次　2018年9月第一版　　印　　次　2023年1月第二次印刷
书　　号　ISBN 978-7-5411-4934-4
定　　价　48.00元

目录

第一章　不是冤家不聚头

"世界上从来不存在什么男女平等。男人和女人天生存在的体质、性格甚至智商的差异决定了天生的不平等性。哪怕在西方的发达国家，对女士的尊重就和'女士优先'这句话一样，仅是男权主义的一种优越感和施舍。如果非要平等，那么女人就要和男人一样，不生小孩，没有生理期。因此想在这个男权世界里站稳脚跟，你必须比男人们付出更多。"

这句话是梁乐笑参加第一份工作时女上司告诉她的。应届生梁乐笑一听而过，并认为对方会这么想，完全是因为年纪大，没结婚，内分泌失调。

几年后，当梁乐笑换了好几份工作，成为同样内分泌失调的社会人士后，她忽然意识到，自己一直忽略了第一任上司的经验之谈。

在这个世界上，女人真的要比男人活得更努力才行。

尽管口罩遮住了男医生大半部分的脸，但从镜片后瞪大的双眼以及皱起的眉头来看，口罩下的脸现在一定是一副严肃又极不赞同的表情。这让梁乐笑不禁想起了学生时代，老师因她与同桌关系过于亲密把家里老梁叫来时，老梁那副要打断她的腿的样子。

"梁乐笑？"

"有！"她立刻抬头挺胸认真起来。

"你怀孕了？"语气中竟带着鲜见的震惊和震怒。

虽然才三周，小腹平坦身体轻盈，但她此刻的确是挂了特需门诊，坐在妇产科的诊室内。

这医生到底想干吗？不就怀孕么，怎么搞得像是她做了什么伤天害理的事似的。

男医生低头翻着她的病例，金边眼镜冰冷的反光遮住了眼中的怒气，但仍让梁乐笑担心地捂住了自己的肚子，怕他突然给自己一拳。

"主任，报告放这儿了。"妇产科的坐班孙医生终于从一大堆病例中回来，恭敬地把某孕妇的大卡材料交到他手中。

病例里的这名胆囊炎孕妇非常幸运，虽然不是微创，但能由外科主任医师亲自动刀，哪怕是打开腹腔都不怕伤及胎儿。可无论怎么看，连医生现在的表情都不像是很乐意。本来就是一严肃的人，脸一板更是生人勿近。怪不得那些小医生割个阑尾，只要有他在场都会手抖。

这时，孙医生才发现梁乐笑浑身紧绷地坐在那儿。

"没叫你怎么就进来了？小卡呢？"

原来这才是妇产科医生！胖胖的中年妇女才有安全感嘛。那位，拜托没事别到妇产科串门，会吓到宝宝的！

梁乐笑赶紧抽回被男医生压在手下的病例，抽了几下才抽动，抬头时还见他狠狠瞪了自己一眼。

孙医生顺口问道："梁小姐，父亲的血型验过了么？"

"父亲？"她露出了疑惑的神情想了想，"我爸是B型血。"

"不，我说的是孩子的爸爸。不清楚就叫他现在过来验血。"看到梁乐笑露出为难的神色，孙医生试探着问道，"你先生，没陪你来？"

孕妇们建小卡后第一次全面产检，通常都是婆婆妈妈老公老爸挤一屋子，把准妈妈像国宝那样供奉着。哪见过这种一个人来还穿着高跟鞋，手里拿着文档随时要去银行办事。

"你们既然要宝宝，那就应该认真应对，又不是养条猫养条狗。"孙医生埋怨几句开了些化验项目，"你先去把这些做了吧，结果出来后再拿来给我看。"

等梁乐笑道了谢出门，孙医生询问依然坐在桌边若有所思的连辰："连主任，您还在这里，是还需要什么材料吗？"

"刚才那个梁乐笑的病例也拿给我看。"

既然连主任都那么说了，孙医生也从善如流。当她正准备把梁乐笑的病例合起，看到家庭情况那一栏时，突然一拍脑袋。

"哦哟，我真糊涂。"

梁乐笑是以跑银行为由从办公室抽身出来产检的，担心回去晚了会被人发现，她一路小跑去产科B超室。天不遂人愿，远远地就看到队伍排得就像她昨天去买网红肉松小贝时一般，转了好几个弯弯。

今年是生育高峰，专科医院爆棚，综合医院的产科也都挤满了孕妇和后援团，吵吵嚷嚷，把肃静的医院走廊变成了菜市场。

她正考虑着要不要索性向公司请个病假，就听到有人叫她。

"Daisy！"

梁乐笑浑身一僵，会那么理直气壮叫她"雏菊"的人，只有公司同事。果然，办公室前辈Lisa正朝她挥手。

梁乐笑才进公司不足两周，得到现在的这份总经理助理的工作实属不易。跨国贸易公司，薪酬高，福利好，配停车位，老外总经理长期在海外根本不需要她助理。简直是传说中的事少钱多离家近的美差。

当初她在网上投简历的时候，发现竟然有二十人要参加面试。

不晓得是她积累的人品爆发，还是最近处在上升星座，竟狗屎运地一路过关斩将。最后只剩下她和另外四人参加"终面"。

最终面试的前一天，梁乐笑的闺蜜小艾与劈腿渣男彻底分手，寻死觅活了半天。梁乐笑站在天台上愣是给灌了一通宵的心灵鸡汤，才把小艾劝回人生正途。

结果第二天面试时，虽然通过化妆盖住了吹了一夜冷风的肿眼皮，但梁乐笑仍是一副"宁愿相信世界有鬼，也不相信男人的嘴"的灭绝师太样。再看她的四个对手，每个人身上都散发着"精英怪"的气焰，她坐老远就觉得浑身被她们的斗志灼伤得不轻。

万万没想到，梁乐笑最后屏雀中选拿到offer。

不久前，前辈Lisa才和她说了原委。

去年有个大学应届生入职半年就怀孕，病假产假哺乳假连休一年，还没来上班又怀上二胎继续休。公司人事部老总被激怒了，之后女职员的招聘除了个人资质，还多了个人婚恋生育状况这一条。

当初梁乐笑的四个对手在人事老总的眼中是这样的：

候选者A，南加州大学硕士，未婚未孕，年龄二十六，有稳定男朋友，预期年底结婚——马上要结婚生子的要来干吗？

候选者B，日本早稻田大学本科，有相关经历，已婚未孕，年龄二十七——最危险人群。

候选者C，国内A大硕士，已婚已育，年龄二十八，小孩一岁半——说不定就要二胎了！

候选者D，国内B大硕士，二胎妈妈，年龄三十一，成熟稳健有自信——都是两个娃的妈了，还有心思好好工作吗？

梁乐笑第一个女上司所说的确是真知灼言。女人本身实在有太多限制，同等条件下，如果是男人，谁会关心你是不是已婚，孩子多大了。

就在梁乐笑以"刚刚失恋感觉再也不会爱了"的优秀表现，从备胎中脱颖而出的短短两周后，她惊奇地发现自己已经怀孕三周半。为了保住这份来之不易的工作，她至少得熬过前三个月试用期才行。

"Lisa，好巧。"梁乐笑深吸一口气，展开笑容正面迎上。

Lisa瞟了眼逶迤蛇形的B超队伍，不由感叹："最近好多人怀孕。"

"最近好多人感冒……没想到感冒也要做B超。"梁乐笑咳嗽了几声，"Lisa，你怎么也来医院了，哪里不舒服吗？"

"我约了牙医。"

梁乐笑和Lisa闲聊几句之后，确定她并未起疑，偷偷松了口气。可当梁乐笑看到B超室叫号系统上闪烁的LED显示屏时，又浑身紧绷起来。

跑马灯红字显示：梁乐笑请到妇产科三号B超室

她跳起来，立刻拉着Lisa远离大屏幕。

"干吗？你不排队了么，Daisy流感可大可小，不要任性。"Lisa背对着屏幕，完全没有注意到令梁乐笑冷汗都要冒出来的那行字。

以为这样就安全的梁乐笑，很快就感受到了来自这个世界的深深恶意。

因为迟迟不去报到，梁乐笑的大名再次出现在LED屏上，外加人工合成语音无情且嘹亮地播报："梁乐笑、梁乐笑，请速到妇产科三号B超室。"

这一记魔音穿耳，打了梁乐笑一个耳光，相信无论Lisa站得多远都能听得一清二楚。

果然，Lisa甩开了梁乐笑拉住她袖子的手臂，一副恍然大悟又震惊不已的表情。

"怪不得你这么紧张，原来Daisy你……"

梁乐笑毛都竖起来了："Lisa姐啊，你听我说……"

"原来你，原来你也是翘班来看病的，别紧张，虽然我们是外企，实习期上班去看个病什么的倒完全没有问题。"Lisa从梁乐笑有些僵硬地臂弯里挣脱出来，"哎，都叫你不要紧张了，这没什么，先走了哦，记得要互相保密哟。"

托外资公司的福，托英文名字的福，原来Lisa根本不知道梁乐笑的中文名。梁乐笑仔细想了下，发现自己除了知道Lisa姓张，全名也完全不知道。

这是多可贵的同事情谊啊！

待梁乐笑从B超室出来，接到了一个电话——是青梅竹马十几年交情的好兄弟连诀。这几年他因为私事在国外的时间比国内长，梁乐笑也好久没见到他了。

"笑笑，我哥说你怀孕了，他要打断我的腿！"

梁乐笑忍不住翻了一个白眼。

"我怀孕和你有关吗？"

"当然没有。但是我怎么解释大哥都不听。你知道我哥，严肃起来超恐怖！"

梁乐笑当然知道连大哥严肃起来有多恐怖。每每不小心回想起学生时代那次丢人的家长见面，就忍不住生出一胳膊的鸡皮疙瘩。

当时，她和连诀因为关系过于密切被老师叫来双方家长面谈。她家老梁那张脸别提有多难看了，但一看连诀那边的家长，梁乐笑立刻感受到父亲慈爱的光芒。

连诀的父母在国外，来的是比连诀年长六岁的连辰。二十岁出头的连辰当时还是医学院的学生，架着一副黑框眼镜，有着和年纪不相符的沉稳，整个人都冷冷的，却有一种让人不敢轻视的气场。就连从师范刚毕业的老师见到他，都不禁收起了训人的气焰，变得好说话起来。

不知为何，那时梁乐笑总觉得，这人是在反光的镜片后严厉地瞪着自己。可当老师提出两人各停校一周的处分时，连辰又抢在老梁发言之前主动承认是自己管教无方，全部问题都出在连诀身上，应该加重处罚连诀，而不关梁乐笑的事。

在他专业坑弟数十年的说辞下，梁乐笑当场免去停校处分。但她忘不了走出相谈室时，连辰投向她的那一抹凉凉的目光，似乎是在嘲笑又带着些责备。

"喂喂，笑笑，你还在吗？我刚下飞机，特地回来看你了，晚上一起吃饭啊。"

电话那头连诀的声音唤回了梁乐笑的神智。

"笑笑，说真的，其实你有什么需要帮助，我都随叫随到，咱们这么多年交情，你的事就是我的事，你的困难就是我的困难，你的孩子就是我的孩子！"

再说下去，这没头脑的家伙就要义无反顾地喜当爹了，梁乐笑赶紧以信号不好为由挂了电话。

当初梁乐笑的确是被连诀的皮相骗倒。学生时代谁不喜欢和白净高挑、笑起来像少女漫画男主角的美少年交朋友，熟悉之后才发现连诀这孩子不但有少女漫画的外表，还有少女漫画的智商。

梁乐笑走进电梯，一抬头，发现里面有一人正定定地看着她。

他又高又挺拔，白大褂里搭着的浅蓝色羊毛衫，衬衫领口微敞，衬着他棱角分明的俊颜，金边眼镜下深褐色的眼睛，像是夜晚没有月光的深海。

这人吧，主要看气质，好看的人穿什么都好看，普通又单调的医生制服在他身上都像是阿玛尼新款风衣。当年连诀能把土肥圆的企鹅装校服穿得与众不同，俊美不凡，他大哥自然也是医生队伍中的顶级男模。

这次连辰没有戴口罩，因此梁乐笑能从他紧抿的双唇和紧绷的下巴判定，他真的对她相当不满。

梁乐笑眨了眨眼，憋出一句话。

"和连诀没关系，大哥，你放心。"

那人没有预想中的松了口气，依旧是皱着眉看她。

时光好像回到了十几年前的家长相谈室，他总是拿不解又严肃的眼神看她，让她自觉辜负了什么。

"我回去上班了，连大哥再见。"

她低下头，企图从尚未关闭的电梯门里挤出去。可手肘突然被人拽住，整个人被往里一带，贴到了冰冷的电梯上。咚的一下，连辰单手撑在电梯墙上，断绝了梁乐笑的退路。

这可是偶像剧里经常出现的壁咚啊，可惜梁乐笑从来不喜欢这种风花雪月叽叽哇哇的片子，连带自己没什么恋爱经历。因此，她此刻只是觉得自己被人高马大的连医生困住了。

低沉的声音从她头顶上方传来："梁乐笑，你在搞什么鬼？"

都说壁咚看颜值，目前这位把她逼到墙角"深情"俯视她的男人，不仅颜值很高，怒值也爆表。

"连大哥，你误会了，和连诀没有关系。几百年前我和连诀在您殷切指导下分手后，一直就是普通朋友，真的！"她故意把"分手"两字咬得很重，其实他们根本没牵过手。

"和他的确没有关系，但和我有关系。"说着，连辰慢慢从医师袍的内口袋中拿出一纸文书在她面前摊开，"梁乐笑，你是有多荒唐？"

外科医生特有的苍白手指捏着一份用英文书写的文书，签署时间是一个月前，有梁乐笑和连辰的中文签名。除了年少时代被老师逼着写的悔改书外，这两个看上去没什么关系的人的名字，从未并列出现在一张纸上。

而且这是一张结婚证书。

梁乐笑像是想到了什么变了脸色。

"连大哥一个月前也去过拉斯维加斯？"她颤抖地问。

"医院会议。"

拉斯维加斯哪有可能开什么医学会议，那里除了纸醉金迷就是纵情声色。梁乐笑当然不敢这么说，只能硬着头皮继续试探。

"连大哥当时也喝醉了？"

连辰只是一脸严肃地看着她，看到她心里发毛。

"连大哥，你有没有看过《宿醉》这个片子，北美票房冠军，现在出到第三集了。第一集讲的是一群好兄弟去拉斯维加斯，为就要结婚的哥们儿过最后的单身派对，他们都喝高了，结果发生了很多离奇的事。"

梁乐笑一边说，一边瞟着眼前这张薄薄的婚书，终于找到机会趁连辰不备，一把夺过迅速揉成球一口塞进嘴里。整套动作一气呵成，像是经常练过。

连辰定定地瞅着她，瞅到梁乐笑竖起了全身的汗毛，连辰却又像是习惯了她时不时短路的荒唐举动，轻笑出声。

"正本已拿去公证处公证，这是副本，消毒过的。"他顿了顿，"家里还有很多。"

一个月前，美国拉斯维加斯。

像是月球表面般暗淡粗糙的荒凉之境中，有一颗璀璨明珠般的不夜之城，叫人趋之若鹜。这里没有日落只有狂欢，这里没有戒律只有放纵，即便没能在赌场一显身手，也看不完的巨星秀场和逛不完的免税商店，或者随时来个艳遇。

只要愿意花钱，你就是拉斯维加斯的主宰。

梁乐笑花了钱，却什么都没有享受到。

"笑笑啊，阿光的电话总有打不通，但是他几分钟前还发了朋友圈。"小艾满面愁容，忧心忡忡地瞧着她，"你说他是不是不要我了？"

"想想好的方面啊，说不定他只是发生车祸了。"梁乐笑安慰道。

小艾的男友失踪，说好只是几天的商务出境，到了美国就全无消息，最后一次定位显示在拉斯维加斯。小艾生怕亲亲男友遭遇不测，千里寻来。刚好在东海岸自由行的梁乐笑不得不仗义相助。

结果，还不如遭遇不测呢。

两人在米高梅酒店的套房，找到了那个一丝不挂、正在做运动的烂人。什么商务出境，分明是来"度蜜月"的。

小艾受不了这种打击，要不是梁乐笑将她拖到楼下酒吧，她可能当场就昏倒了。

Tabu酒吧里，小艾给自己倒满酒，一杯接着一杯，企图借酒消愁。

"笑笑，为什么我喜欢的每一任，都会被我捉奸在床。"

说来奇怪，资质平平的小艾同学自从情窦初开，遇到过不少自认为的真爱，但最终都以男方劈腿收场。令人不由感叹，她是有多天赋异禀，才能笼罩如此强烈的光环，吸引那么多渣男前赴后继。

作为闺蜜和狗头军师的梁乐笑，没少吐槽她看人的眼光，有贴为证。

"早就和你说过了，这个人不靠谱。你还删我的微博留言！"

在小艾晒甜蜜的微博下方，梁乐笑所有中肯的提醒，都被认为是单身狗的羡慕嫉妒，小艾为了不让亲亲男友看到，删得一干二净。

梁乐笑忽觉手上黑啤的口味还不错，忍不住拿出手机拍了张上传微博。她有随手拍好东西的习惯，所有好吃好玩好看的都会忍不住晒在微博上。

见身边唯一可以依靠的友人竟然开始玩手机，小艾哭得更大声。

"你这个没心没肺没谈过恋爱的，怎么能理解我一次又一次受伤的心。"

说得好像有多值得骄傲，梁乐笑不屑地哼了一声。

除了学生时代与连诀传过绯闻，梁乐笑的确没怎么谈过恋爱。她充沛的精力全都用在吃喝玩乐上，微博上最忧伤的一篇大概就是"海鲜吃多了发皮疹好痛苦"的程度。

"好啦，下次再努力好了，反正你很有经验。"梁乐笑咧嘴一笑，拍了拍小艾的背，"喝酒！"

酒吧嘈杂的音乐里掩盖了小艾的碎碎念，五颜六色的灯光穿梭在亚非欧各色脸庞的男女身上，点燃着一支支驱魔乱舞的焰火。因为眼中有泪，小艾看到的是一个由温暖色彩构建起的朦胧世界。

那天她们到底喝多少，梁乐笑完全没有印象。最后的记忆是两人加入狂欢的人群又跳又闹。

翌日，梁乐笑从腰酸背痛中醒来，蕾丝像是荆棘那般，刺得她浑身不舒服。

蕾丝？

一个鲤鱼打挺，梁乐笑从柔软的床上坐起，低头发现自己昨晚的牛仔裤短T，竟变成了一袭缀满水钻蓬松而洁白的纱裙。此刻这脱了一半的蕾丝裙，已被她混乱的睡姿拱成了一个刺毛球。

梁乐笑赶紧拉好后面的拉链，将裙摆扯到膝盖下，不由惊出一身冷汗。

她断片了。

昨天晚上发生了什么一概没有印象，但从混乱的床铺以及酒店套房奢华的红玫瑰布置来看，一定发生了大事。

双脚一落地，眼前一片蒙眬，什么鬼东西挡住了她的视线，梁乐笑随手一扯，竟然是头纱。她这才发现，不但周围弥漫着过浓的香水味，足以俯瞰整个拉斯维加斯的47层的窗玻璃上还被涂上了*Happy Wedding*的字样。

梁乐笑不由抽一口冷气，退了两步，一脚踩在自己白孔雀般的裙摆上，终于明白过来——原来她穿的不是件普通的白纱裙，而是一件新娘的婚纱！

拉斯维加斯不仅以各种娱乐产业闻名世界，也是闪婚圣地。市政府结婚登记处和教堂24小时终年无休，平均每天举办300场婚礼，每年有12万对新人在这里结婚。发达的结婚产业将流程简化到只需男女双方说"I do"就能在不查背景、无须户口本的情况下神速结为美国认证的合法夫妻。

都说喝酒误事，看来这次她误的还是"婚事"。

那么，新郎是谁？

"Surprise！"正对大床的房门突然被打开，一金发碧眼的老外手持香槟，跳了进来。

要放在其他时候，梁乐笑说不定还会细细打量他白西装倒三角的身板，以及匹敌欧美电影明星的俊脸，可现在突如其来的"惊喜"，只会让受惊过度梁乐笑爆发出了歇斯底里的尖叫。

老外也是一愣，似乎是想要伸手安慰她，可说时迟那时快，梁乐笑以迅雷不及掩耳盗铃之势，提起裙摆狠狠将人踹到门框上。

男人后脑勺发出"嘭"的一声，沿着墙壁缓缓下滑，最终倒在地上不省人事。

糟糕，出脚太重了！

无论是谋杀亲夫还是残害国际友人的罪名，都够她受的。梁乐笑意识到自己闯祸了，弯腰去探人鼻息。

谁知那人突然睁开了蓝眼睛，梁乐笑再次被他吓一大跳。

"我很抱歉，我会负责的！让我准备一下……别来找我，也别……别报警。"她惊慌失措地边说边退，直到门口，一转身逃也似的疯跑起来。

清晨7点拉斯维加斯大街只有阳光和晨风，狂欢的荒漠绿洲还在沉睡。可这份宁静很快被一个提着婚纱赤脚奔跑的新娘打破。

她抱着云朵一样的婚纱裙摆，跑得飞快。散开的秀发舞动在细碎的朝霞中，乌黑里透出点点耀光，像是有精灵环绕周身。面纱被吹落，露出一张娇好的东方美女的脸，她来不及回头拾取，像是到了点必须回家的灰姑娘。

仿佛背后有洪水猛兽追赶，新娘以矫健的身姿超越了晨跑者、单车健身者以及巡逻警车。

围观的人越来越多，大有马拉松城市赛道选手路过时夹道欢迎的即视感。梁乐笑又羞又窘，恨不得用纱裙把自己的头包起来。

突然，人群中有人高喊一声："一定要幸福啊！祝福你！"

来自神秘东方的落跑新娘，在这些不明真相的西方浪漫主义者眼中，俨然是朝着真爱飞奔而去。梁乐笑所到之处，各国语言的祝福此起彼伏，不断有人为她加油鼓劲。中途有来蜜月旅行的情侣冲出来要与她合影握手，还有一对白发斑斑的老人甚至热泪盈眶地向她竖起了大拇指。

赶着回酒店拿护照跑路的梁乐笑心想：这都什么破事？！

当时，她不知道，自己已身体力行为拉斯维加斯的真爱传奇，又添砖加瓦了。

她也不知道，之前被她无辜踹倒的美国人，只不过是贵宾套房的管家，而她那句语法不对、表意不清的英语将会由这个倒霉的家伙传递给她真正的新郎。

就是眼前这位了！

叮！一楼到了，电梯门缓缓打开。

原本拥挤在门口争先恐后上电梯的病患，在见到里面两人之时，不约而同地让出了一条道。

梁乐笑塞满碎纸的O型嘴，张得老大，满是不相信命运如此待我的眼睛瞪得更大。身边的戴着金边眼镜的医生此刻深皱着眉，一脸的肃穆像是雕像。

连医生率先迈步，梁乐笑立刻跟上。

"连大哥，连医生，连先生，等一下我啊，公证是什么意思？喂！等一下！"

连辰黑着脸拐进一处角落，倏地停下，梁乐笑差点撞上他的背。

"等一下，连大哥，你不会是认真的吧。"

连辰淡淡的视线最终从梁乐笑滑稽的表情上移开，落在她平坦的小腹上。

"啊，这个啊。"梁乐笑摸了摸自己的肚子，"你放心我一定当它是亲生的。我不介意，你也别认真。"

"梁乐笑！"

"有！"她忍不住立正站好。

眼镜下的那双深褐色瞳目眼看要喷出火来："那天晚上你自己是怎么和我说的，都忘了吗？"

"我是怎么和你说的？"梁乐笑呆呆地问，她真的完全没印象。

他咬了咬牙，拳头握得嘎嘎响，真的像是被气到了，向来严肃的脸颊发红。最终他深吸一口气背过身去，说道："算了，周末我会去拜访你的父亲，你把东西收拾一下住到我这里来。"

这还不被老梁给打死?!

梁乐笑头皮都发麻了，从小到大她做过的荒唐事三天三夜都说不完，但这次是超水平发挥，达到殿堂级水准，竟然染指到她从小怕到大、面对面说句话都紧张不已的连医生身上。

不知为何，老梁和连辰也很不对盘，她还记得老梁每次提起连家兄弟时的感叹：弟弟一表人才，哥哥道貌岸然。要是东窗事发，她真的会被打死，而且还不知道是给两人中的谁干掉的。

梁乐笑差点没骨气地跪了。

"连大哥，我自由散漫惯了，虽说您是持证上岗，我们是先婚后'爱'，但是我爸有心脏病经不起吓的，我们两个的事，不，三个的事，还是慢一点儿再公开……"其实她想说的是全世界都有心脏病经不起吓的，我们还是不公开吧，"而且，您贵为外科主任，别人都知道您还没结婚，现在身边多了个孕妇，就算现在立刻结婚，别人会怎么想，你们老板，不，领导会怎么想，您忠实的粉丝会怎么想。连大哥，你们医院评职晋级都是要看个人作风的吧，我觉得我们暂时还是别告诉别人，看我多为您着想。"

幸好她平时有看过很多医务剧，积累丰富。可连辰听她说完，仍是一副不为所动的样子，梁乐笑实在没辙了，难道要她剖腹谢罪?

"求你了，别告诉别人行吗，我……我还要做人的，给我个适应期行不行?"她的态度软下来，可怜巴巴地拽着连辰的衣角，摇啊摇，大眼睛中似盛有泪光。

没想到刚才还铁面黑脸的连医生，竟然被她摇得态度缓和下来。

"你要适应多久?"

当然是天长地久!

梁乐笑当然不敢这么说，她继续装可怜："等我准备准备嘛，毕竟这事也瞒不了多久。我妈走了之后，我家老梁脾气特暴躁，心脏特脆弱，神经特敏感，得慢慢和他说才行。"

连辰点了点头说："好。"

梁乐笑终于松了一口气，还想说些什么，手机不合时宜地响起来，是连诀。

"笑笑，前面还没说完。你和我哥到底是什么情况？"

还有什么情况？小叔子，我恐怕要做你嫂子了！

连辰胸前的小灵通闪了。他不得不收回落在梁乐笑身上的目光查看信息，随即向她做了一个之后再找她的手势，表情凝重地向医务大楼走去。

嗯？这么简单就走了？

原本以为一本正经的连医生，动气起来会很难缠，梁乐笑都准备好了五千字发言稿，这下全都用不上。

看来，连医生应该真的很忙的，病患需要他，医院需要他，全世界都在呼唤他，那她这个无关紧要的人，是不是可以自动闪了。

梁乐笑心情大好："喂喂，连诀，新开了一家烤肉店，晚上我请你。"

陡然岔开的话题让电话那端愣了片刻。普通人都会觉得是梁乐笑在故意回避问题，但连诀不是普通人。

"为什么要请我吃饭？有什么值得庆祝的事？"

"庆祝我怀孕。"

"我又没帮什么忙。"

"噗……"

就在梁乐笑和连诀激烈讨论烤肉的时候，连医生已走远。他回头看了眼，那张眉飞色舞的小脸上，早已没有刚才的惊慌失措。

无拘无束，无惧无恐，无期无望，即使一个人也能过好自己的生活，这样的女人的确很适合做医生妻。

连开三台手术之后，已是夜深人静。中心医院喧闹的场景淡去，只有仪器规律的嘀嗒声在拍打着清冷的走廊。连辰褪下绿色消毒袍，按着太阳穴回办公室写病历。

严肃的俊颜，并没有因疲惫而有任何松懈，冷光灯下他刚毅的轮廓，有点让人觉得不近人情。

突然有一个暖色的光投在他的侧脸，深不见底的黑眸总算是染上了人间温情的颜色。

连医生的手机亮了，是微博的特别关注的推送。

> 笑妃娘娘：烤肉最高，新开的这家店我给三十二个赞，九宫图附给各位眼馋的亲。大热天怎能不来一发！

明明应该专注于文案，早一分钟结束手头工作好回家睡觉，但连辰仍眯着眼睛点开了微博。

她果然又和连诀去吃喝了。

向上翻阅，梁乐笑的微博堪称吃喝玩乐一条龙，偶尔有对生活的吐槽，但都轻描淡写一笔带过。她从来不记录真正不顺心的事，就好像那些不值得落笔，因此拉斯维加斯的那个夜晚，并未出现过。

公证结果很快通过律师函送到了梁乐笑的办公室。

毫无意外，"美帝"认证的无论是学历、驾照，还是结婚证书，都国际通用。这个结果在梁乐笑预料之中。她摸了摸肚子不由感叹，本来只打算隐孕的，现在还得隐婚，压力好大。

"Daisy，来一下。"Lisa找她，"老板叫你。"

梁乐笑被叫到刚上任的总监办公室。刚进门，她不由突然眼前一亮。

坐在老板桌后面的，正是梁乐笑参加工作之后的第一任女上司黄亚芳，依然是美丽精致又干练的样子，和几年前并无差别。

人生真的很奇怪，明明以为是后会无期的人，兜兜转转还会聚到一起。

"亚芳姐，果然是你！"

"叫我Queenie黄。"

"好的，女王大人！"（注：Queenie发音近Queen）

黄亚芳剑眉一挑，露出几分英气。她的美不柔不艳，而是一种从内而外的凛冽，年纪轻一点儿的男职员在她如炬的视线下，甚至会红着脸不敢抬头。

"你还是没变，梁乐笑。这几年都在混什么，怎么越混越差，还是跟着我好好干吧。"

"请叫我Daisy梁。"梁乐笑立刻狗腿应道。

"那么Daisy，今后要互相照应了。"

从老板桌后伸出一只手，白皙而有力。梁乐笑赶紧起身，双手握住。就说这种钱多事少离家近的美差怎么会从天而降，看来还是因为贵人相助。从此她们就是一条绳上的蚂蚱了，无论她愿意与否。

因此，当女王叫她晚上一起去陪客户喝两杯，梁乐笑非常识相地答应下来。

自从在拉斯维加斯喝出大事之后，梁乐笑就再也没有碰过酒。只可惜，当年在离职欢送会上以一人之力喝倒公司所有男同事的优异表现，令她在女王心目中一直处于"酒界英雌"地位。

陪酒这种事，梁乐笑当然不会真喝酒。

"你们这里有可乐么？"梁乐笑趁客户和女王不注意，偷偷叫住了侍者。

"只有雪碧。"

"雪碧就雪碧吧。"最多更咸一点儿。她迅速往雪碧里面倒了酱油，使劲一晃。除了还有点气泡外，在昏暗的灯光下还长得与红酒有八分像。

见女王向她使了个眼色，梁乐笑立刻起身，向对面的客户敬酒。好眼熟，这位肚突头秃的客户，总觉得哪里见过。

"Daisy，这位是李总。以前很照顾你的。"

李总……梁乐笑呆了呆，岁月真是把杀猪刀，不，在李总这边岁月是把猪饲料。几年前她刚找到第一份工作时，李总那叫风流倜傥玉树临风，活脱脱《泰坦尼克号》的莱昂纳多。这么些年过去了，李总还是莱昂纳多，不过是《荒野猎人》版。

当年女王陛下也曾在李总手下干活，但梁乐笑记得她辞职后不久，黄亚芳也离开了公司，顺便卷走了不少客户，曾掀起过一阵波澜。现在想来李总待黄亚芳算好的，换作别人早告上法庭。

既然是熟人，自然放开了不少，酒过三巡，无论是自家女王还是李总脸上都露出了心满意足的醺色。反而喝了一肚子酱油雪碧的梁乐笑，还保持着众人皆醉我独醒的状态。

"小梁啊，没想到你还跟着亚芳混，有我老李在，保管你们在哪里都吃得开，放心放心啊！"

《荒野猎人》版莱昂纳多越说越靠近，恨不得整个人往梁乐笑身上贴来。梁乐笑刚要躲开，黄亚芳抬头正好发现。

"吃菜啊，怎么大家都不吃了。"黄亚芳伸出筷子，嫣然朝李总笑了笑，一筷子戳在那只正要握住梁乐笑的咸猪手上。

李总哇地叫出声。

"Daisy！你干了什么。"黄亚芳露出凶相，挤到梁乐笑和李总中间坐下，作势要拿纸巾给人擦手。

李总果然是具有奥斯卡影帝气质的男人，客气地笑了笑，又看了看表，一本正经说道："亚芳啊，你别怪小梁，时间晚了她估计累了，这样吧，我们今天先散了，以后再聚，我答应你的事一定办到。"

"还是李总爽气。"

办到什么？他们在说什么？

梁乐笑在两人之间来回看，越想越不明白。她刚才明明也在餐桌上，怎么什么都没听懂？

把李总送走后，黄亚芳正襟危坐，双颊的红晕，艳丽而不妩媚，向来一丝不苟的端庄让她看起来更具女王的威仪。

"乐笑我和你说，女人的酒量必须比男人大，不然吃亏还是自己。"

"是是是，女王大人比男人更能喝酒。"

"我不喜欢喝酒。"

"是是是，应酬而已。"

黄亚芳欣赏地看了她一眼，媚眼如丝，如果梁乐笑是男人一定会心动，可下一秒只听"砰"的一声，女王陛下轰然趴倒在桌，一动不动了。

"女王陛下，醒一醒啊，你还没结账啊！"任凭梁乐笑如何哀号，黄亚芳显然已经进入了另一个世界。

这种时候必须江湖救急。有着众多代驾、代付饭钱经验，酒肉朋友圈中点赞排名No.1的连诀是不二选择，她一个电话打过去。

"来人，救驾！"

对方没有像往常那样，雀跃地叫着"喳"，好半天才从那头传来一个沉稳的声音。

"梁乐笑?"

早上收到公证文件之后，梁乐笑就把她已婚的身份和法定的丈夫忘在了天边，此刻听到这熟悉又陌生的声音，不禁心中一悸。

"连大哥，我找连诀，这是他的号码吧。"玩世不恭的语调，正儿八经地严肃起来。

"他手机放家里出去玩了。"

"哦，这样啊，连大哥晚安。"

"等一下，你在哪里，我来接你。"

梁乐笑一开始是拒绝的，毕竟她和连辰除了是夫妻外，并不是很熟……的确是很微妙的关系。但连辰的语气不容拒绝，从小她不就太敢拂逆这样的人。

虽说是连诀的哥哥，但梁乐笑总把连辰当长辈尊敬。他们相差了六岁，在她还是个小屁孩的时候，连辰就已经是个有思想有深度的大人了。还记得当初连辰辅导她和连诀两人读书时，惨不忍睹的盛况。自己在如此严厉的人的教导下竟然没有成为科学家，一定是天资不足。

"梁乐笑？"

对方的声音让她回过神来。

"我们在茂名路的Baby Pub。我老板喝多了，要先送她回去。"

"你喝酒了？"不赞同的声音立刻传来，梁乐笑几乎可以想象出他眉毛拧到一块儿的样子。

"没，我再也不敢喝酒了！"

等连辰驾车而来，梁乐笑已经扶着黄亚芳站在了门口。说是扶着，其实黄亚芳整个人都挂在了她身上。梁乐笑踩着细高跟，摇摇晃晃，几乎就要撑不住。

这一幕被连辰看到，自然又极度不满。他甩门出来的时候，有一瞬间梁乐笑以为自己看到了学生时代晚归时在地铁站等老爸来接时父亲的那张臭脸。一边担心着又要被他念了，一边又因为看到他而感到安心。

连辰迅速地从梁乐笑肩上接过烂醉如泥的人，招来侍者结账。他一眼都没有看账单，而是紧盯着面露愧色的梁乐笑。

"你知道你现在的身体情况吗？"

"知道。"

"如果不想要这个孩子，奉劝你早些打算。"话一出口，说话之人微微变了脸色。他后悔自己说的话，却只是板着面孔，叫人根本看不出那稍纵即逝的悔意。

"我要我要，我再也不乱来了！"梁乐笑听到他的话，立刻夸张地捂住肚子嚷起来。

说来，梁乐笑是个奇怪的孕妇。根据妇产科孙医生观察，梁小姐虽然没有像其他孕妇那样有责任感和母爱，总是穿着凉快的裙子和细高跟，一点儿都没有个准妈妈的样子。但她从来没有动过不要小孩的念头，也从来没有误过产检。

连辰将黄亚芳安置在后座，打开副驾驶的车门转头对她说：

"上车。"

路灯下，鹅黄的光晕落在连辰的肩膀，用暖色将他包围，可能是今天穿了便装的关系。在梁乐笑看来，他与平日里医生刻板的形象不同，靠在车边等她的姿态，竟和连诀的身形有八分相像。

这不禁让她想起刚上大学那会儿，自己第一次离开家去外地读书，不习惯昼夜温差悬殊的气候，半夜被冻醒和连诀抱怨了几句，第二天那小子就打电话说车停寝室楼下，叫她下来拿棉被。梁乐笑冲下楼，瞧见门口正有一人背对着她，靠在车门边打电话，她一开心便不知轻重地一掌拍过去，直接把那人的手机拍飞了，正要嘲笑连诀手机都拿不稳，没想到转过身来一脸怒气的人竟然是连辰，吓得她差点跌地上。连诀从副驾驶跑出来，梁乐笑这才想起，连诀的确还不到拿驾照的年龄，能开车的只有他忙到飞起来的医生大哥。所以这位大哥不但要再开数百公里回去，还要去修那个四分五裂的手机？当时的梁乐笑的确是有用棉被闷死自己的心了。

"戆卵滚开，老娘一脚踏死你！"

后座突然爆出一串粗口，梁乐笑赶紧钻进了后排，将正在与天斗与地斗与男人斗的女王压住。

"我们老板平时挺斯文的。"梁乐笑嘿嘿一笑，"我还是坐后面吧，麻烦你了，连大哥。"

宁可和醉鬼挤一起也不愿意坐在他身边的小心思，表露无遗。像是在意料之中，连辰并未多言，发动车子后，扔给她了一个DV。

"拉斯维加斯土特产。"从后视镜中看了眼梁乐笑茫然的表情，他补充道，"我觉得挺精彩。"

很快，梁乐笑就明白了他的意思。

照片可以美颜，可以PS，可以合成。但视频，特别是婚礼视频，是不容作假的。

昏暗的车内灯光中，梁乐笑看到自己一袭婚纱站在黑西装的连辰身边，脸上罩着头纱看不清表情。可当神父朗声宣读完了台词询问两人的答复时，新郎新娘同声回答：I do。

直白又果断，丝毫没有犹豫，像是这誓言酝酿已久。而且她还嘴角带笑地仰头主动去吻了新郎。

"啪"，梁乐笑合上DV，震惊不已。自觉在离经叛道的人生旅途上，又为自己树立了一个闪闪发光的里程碑。

"连，连大哥，那天我真的喝多了……我这人吧，喝醉的时候看上去镇定，但其实脑子什么都不知道，事后也完全没有印象。"

梁乐笑飞快地看了眼反光镜中的连辰，发现他从刚才起就一直注视着自己。那布满血丝、微微发红的眼睛，已把她的震惊、慌乱和故作镇定看了个透。

连辰却收回了视线，不再看她，似乎早已习惯了她无须解释的荒谬。

"所以呢？"他的声音里有疲惫和淡然，抬手按住自己突突直跳的太阳穴，咳了一下。

梁乐笑终于明白了，他根本不是来说服自己，而是直接宣布。可是为什么？

"为什么是我，我是说，连大哥你那么优秀，看上去也不缺老婆。"

"……我看你很适合，而且客观上我也应该负责。"他看着窗外，没什么表情，只是有紧握方向盘上指节分明的修长手指，微微泛白，可惜梁乐笑是看不到的。

梁乐笑才想起了他要负责的对象，她摸着自己平坦的小腹，眼神闪烁。

"连大哥，其实呢，我们也不是很熟悉对方的私生活。"言外之意是，你确定一定以及肯定是孩子爸爸吗？

可惜连辰没有给她任何逃脱的机会。

"我单身，没有交往对象。你在大学交换生的时候，的确在美国追过一个华裔，但他并不特别喜欢你，虽然你不想承认，可的确是被人甩了。回国后，你再也没有交过其他男友，只是以美食来填补自己。吃成这样没有胖起来，真是个奇迹了。"

"你调查我！"梁乐笑脱口而出。

"我只是看了你的微博。"

这时，一直处于挺尸状态的黄亚芳，突然坐起。幽暗的车厢里，她目光炯炯地瞪着梁乐笑，让梁乐笑不禁担心被她听到了所有秘密。

"女，女王大人……"

黄亚芳突然伸手抓住梁乐笑，瞪大眼睛细细观察，似乎想要说什么，可一张口，哗啦一声，一股温热的充满异味的固液物，瞬间向梁乐笑扑来，受到殃及的还有后座无辜的皮质车座。

呕吐后的黄亚芳打了一个嗝，一身轻松地、优雅地拢了拢秀发。

"你叫了专车？很好，司机师傅，就在这里把我放下来，我到了。"

连辰还真一言不发地靠边停车。

打开车门，一股凉风吹来，吹得车内污秽之气一团混乱，黄亚芳掩鼻，有些厌恶地瞧了她一眼。

"Daisy，天哪，你怎么把自己弄到这么臭。你不是很能喝的么，还吐得那么厉害。车钱帮我给一下，拜。"

说着她整理了下仪表下车走人，可从蹒跚的步履和摇晃的身姿来看，她并没有清醒，随时有卧倒路边的可能。

"对不起啊，我们老板平时真的很斯文的。连大哥……"梁乐笑一边擦着身上的黄黄绿绿，一边解释，就是没脸再去看他。

车内电话响起，连辰接听，神色越发严肃。似是医院病患的状况变坏，需要他立刻前去。他回头看了眼梁乐笑的惨状。后者举起沾满污秽的手摇了摇，尽量显出自己不要紧，随时可以被丢下的样子。

见她如此识大体，连辰明明应该觉得满意，又不知为何有些烦躁。他重新发动车子行驶至某处。

这个地方，梁乐笑非常熟悉，她还有备用钥匙，就在她老梁家隔壁。自从她搬出了老梁家之后，就再也没有来过连家兄弟的住处。

"上去洗个澡，不要感冒。或者，你要回隔壁？"

开玩笑，这种模样被老梁看到……她还是死了吧。

梁乐笑狼狈不堪，浑身滴滴答答，臭烘烘地敲了敲门。来开门的连诀一副见到鬼的样子。

"笑笑，你掉粪坑里了？！"

第二章　两小无猜，永远备胎

从生物学的角度上考虑，女人之所为要比男人更努力，是因为女性是比男性更进化的生命体。女性的生殖系统远比男性要复杂精密得多，但是进化的结果往往是多样性和不稳定性的结合。

梁乐笑的产检结果并不好。她的肚子里除了有一个健康发育中的胚胎之外，还有一个指甲盖大小的囊肿，就如同她的另一个孩子，紧紧依附在子宫壁上。

孙医生很意外，当她宣布这一结果的时候，梁乐笑相当镇定，只是询问了那颗小小的囊肿有多大。普通孕妇得到这样的结果，早就哭天抢地最后昏倒在地了。

"梁小姐，这个位置和大小的囊肿比较难以诊断，一般情况下是需要立刻做切片培养。但手术一定会影响到发育期的胚胎。如果要保住胚胎，则至少要到20周才能取样，可能会延误最佳治疗时机。这么说吧，梁小姐，你还年轻以后有很多机会。"

在孙医生看来，梁乐笑完全没有必要因为还未成形的胎儿而冒险，况且她本来的情况也特殊。

梁乐笑摆了摆手，在告知书上签了字。

"没事，之前体检也有发现，不碍事。"

"你确定？我在你的病例档案里没有看到。"

"哦，因为有一段时间我在国外，估计当时的记录都没有过来。

孙医生你把我的病例给我就行了。"

"档案之前就被连医生拿走了，你们认识？"

既然档案都被连辰拿走，那他估计不久也会知道她的情况。

"孙医生，你还是给我一份吧，我有其他认识的医生。"

"噢哟，你还认识其他医生。和你说姑娘，我们连主任人称'连一刀'，是中心医院外科的最厉害的手术医生。之后你要是动手术靠他就没问题了。"孙医生满是自豪之色，连医生名声在外，每位医务工作者都以他为荣。

"连一刀"有什么稀奇，她也被人叫作"梁一把"，她可是公司里唯一可以一把就倒进停车位的女员工。

她刚走出妇产科诊室，就有电话来了，是个陌生的号码。

"您好，哪位？"

"来1号楼10楼找我。"说着就挂断了。

如此言简意赅，也不报上姓啥名谁，又带着一种不容拒绝的语调，除了连医生还会有谁。

梁乐笑看了眼时间，还早。她是女王特招的经理助理，只要外籍总经理本尊不出现一天，她就可以继续游手好闲。

梁乐笑穿着一身飘逸的连衣短裙，既职业又有欧美大牌的时尚感，她的步履轻松，神态悠然，在一堆因为病痛而心急火燎的病患中，显得分外扎眼。当她向10楼的护士说起要找连医生时，那护士也并未阻拦反是和身边同僚小声说了句：

"不是姓白的。"

哪位姓白的？梁乐笑眼皮一挑，继续往护士指的方向走去。她并不在意，只是有些好奇。

连辰的办公室门虚掩着，梁乐笑推门而入。

那个以命令的口吻叫她前来的男人，此刻单手支着头，仰面靠在椅背上，一双总是严厉到没朋友的眼睛闭着，眼下有黑青。

就算是通宵背砖头的建筑工人都没他那么疲惫。

梁乐笑想起了小艾曾经交往过的医生男友。一开始的确很甜蜜，可随着实习医生转正，工作越来越忙，他们见面的机会越来越少，最后那个实习医生疲倦地和小艾分手，转投了护士的怀抱。

对于恨不得二十四小时都待在医院里的人来说，朝夕相处的环境更有爱的氛围。当初她还劝小艾，总是见不到的人，还不如不要见到。

有风吹来，掀起窗帘，像是少女的裙摆，当白纱落下她看见那人已经转醒，虽眼中布满血丝但看她的眼神却是平和又安然。他直起身子，招她坐在对面坐下。

屏幕点亮，上面有她的B超图。子宫里隐约可见两个黑点，一个是她的小朋友，一个是她的老朋友。

"我看了报告。"见她一如常态，连辰捏了捏隐隐作痛的太阳穴说道，"你是不是以前就知道？"

"知道啊。"

"大小在临界点附近，这种情况下没有办法切片取样，站在医生的立场上，我……"

一模一样的话她不想听两遍，梁乐笑忍不住打断他。

"没关系的，我以前有去检查过，只是个肉球，连医生你放心。"

连辰淡淡地注视她，其实他原本想说的是建议做进一步检查，他可以保证不伤害到发育中的胚胎。想必梁乐笑已在妇产科听了医生中肯而保守的意见，才会误会。

两人间的羁绊本来就脆弱，她有足够多的理由光明正大地切断。可梁乐笑一直是既来之则安之的态度，除了第一天告诉她那短暂的惊慌之后，她竟没有露出任何懊悔，只是一味地道歉，像是她才是占了便宜的一方。

连辰觉得心头闷闷的不太舒服。

他继续问道："是哪里做的检查？我在档案里没看到。"

"专业机构，国际认可，名誉保障。"

胸前的小灵通响起，打断梁乐笑类似妇科医院广告的slogan，又是急招。

几名小医生同时推门而入，应该是收到了同样的信息。没想到办公室里还有别人。那女人正与他们的冷面带教老师谈笑风生。众人皆是忍不住看了又看。

"连老师，要走了。"

连辰起身目光仍不离梁乐笑，见她还是那副"我很好别担心"的样子，不由眉头皱起。长臂一览，将她手机夺过，迅速输入一串字符，扔还给她。

"我的号码，回去将你专业国际有名誉保障的医学报告发给我，否则抓你住院。"

住院？！梁乐笑整个人一抖，赶紧识趣地点了点头。

连辰扣起白袍，走出门去，实习生、小医生和护士立刻跟上。他带队走在最前面，神情严峻白袍微扬，身后是扇形展开的一干人等，脚步匆忙，唯连主任马首是瞻。这气势一点儿不输给霸道总裁的出场。

梁乐笑和美国有时差，现在是当地时间深夜11点，她不确定此刻呼叫那位代表"专业机构、国际认可、信誉保障"的家伙能够上线。

没有令她多等待一秒，视频就接通了。对方调整了下摄像头，这让梁乐笑看到了他背后庞大而空旷的实验室，最终摄像头稳定下来，视频上出现了一张俊美得有些妖艳的容颜。

那人五官英挺，有着不同于亚洲人的苍白肤色，眼眶深陷，黝黑的眸子透着冷清又有种令人不敢直视的深蓝，仿佛多看一眼就会被吸进去似的。他的唇微微翘着，薄而红润与肤色形成反差，以至于明明是一本正经的面容，却因为天生的翘嘴角带出一抹艳色来。

"看了B超，长得不错。"地道的美式英语传来。

"你说我的小Baby？"

"我说的是你的肿瘤。"汪洋认真道，不说笑。

这位，便是梁乐笑大学时代传闻倒追过的美籍华裔汪博士。

同在波士顿，她是野鸡大学的自费交换生，而汪洋却是哈佛医学院生物科学专业备受瞩目的诺贝尔奖后备役。本以为是波士顿灰姑娘的故事，结果人家只是对她肚子感兴趣。准确地说，是对肚子里器官的遗传病有兴趣。

"对了，你结婚了？"对方传来一张刊登在某网的图片——是梁乐笑身穿婚纱在拉斯维加斯大街上逃命的照片，"婚纱照拍得不错，很有创意。不过，万一生下个金发碧眼的小孩，你给他解释基因突变还是隔壁老王？"

"这个你就别担心了。"梁乐笑翻了翻白眼。

"新郎是谁？"

和汪洋相处两年，基于小白鼠与主人的情感基础，梁乐笑也对这个冷漠科学怪人了解不少。

心有不甘？汪洋当然不是这种肤浅的人。唯一的可能就是……

"你是不是太闲了。"梁乐笑用的是肯定句式。

高冷的生物学家耸了耸肩，算是默认，玻璃般的眼睛里似没有人的感情。

当年在哈佛医学院，梁乐笑被他站在高处白袍飘飘的男神姿态吸引，而且他还对自己笑了。梁乐笑竟然以为自己一见钟情爱上了汪洋，偏碰上汪洋一副"随便你怎么耍白痴，我都当没看到"的纵容态度，断断续续地也算追了他两年。这两年中，她充分意识到自己与汪洋的智商差距，生活态度差距，世界观差距，以致最后当她终于发现自己是一厢情愿闹了乌龙时，反而松了一口气。

说来也怪，在梁乐笑短短的两段无疾而终的恋情后，她竟然都能和前男友成为不错的朋友。小艾那种每次分手都是仇人，恨不得永不相见的怨念，梁乐笑完全无感。是小艾的人生太具戏剧性，还是自己本来就没把恋爱当回事？

"对了，汪洋，把最后一次宫内囊肿切片的报告发给我，我被这里的医生盯上了。"

文件很快就传了过来，有人找汪洋说话。他转过头去吩咐了几句又转向屏幕。他单手撑着下巴，长时间意味深长地注视着她，不发一言。

就在梁乐笑以为是网络卡住的时候，蜡像般的人终于开口说道："我是科学家不是医生，而你是我的样本不是病人，我并没医治你的义务。但只要你听话，我一定会保住你的命。"

"嘿，别说得我好像得了绝症。"

"不是好像，你这蠢货。"他长长的睫毛微颤，露出迷人的笑容，"保持联系。"

视频被他关闭。

所谓的绝症，除了致人死的病症，也有一种一直到死都陪伴着的，无从医治的病症。比如糖尿病、高血压、近视，还有过敏性鼻炎。

梁乐笑打了个喷嚏，办公室里的温度太低，她不得不披上一件外套。

小艾震屏。

"我和你说，笑笑，我遇到了生命中的Mr.Right，这次我绝对不会看走眼了。"

"我很不放心！"梁乐笑克制住自己打出一串感叹号的冲动，小艾找男朋友的速度比她找工作的速度还快。

小艾传来了一张两人合照。

照片里她依偎在男友的怀抱里，一副甜蜜小女人的样子。男人金发碧眼，身材健硕，裸露的胸膛有几撮放荡不羁的胸毛，显示着欧美人特有的野性和奔放，仔细看长得像好莱坞某男星——名字忘记了，但每部片子都是出演花花公子。

刚想吐槽，Lisa的信息同时冒出来。

"Daisy，听说美国的总经理要来了，准备接驾。"说着，她也传来一份总经理信息。

梁乐笑一看简历照片就晕了，立刻切回前一个对话框。

"小艾！你怎么认识他的？"

"拉斯维加斯的酒吧里是麦斯陪我跳了一个晚上的舞，你都不知道跑哪里去了。"

所以改吃"西餐"怪我咯？好吧，这次梁乐笑就不在小艾的微博下面随便评论了。小艾的新男友竟然就是她的顶头上司，被看到影响不太好。

"Daisy，打一份出来。"

Lisa不知道什么时候从她身边一晃而过。梁乐笑慌张之下按了打印，定睛一看，她打的竟是小艾的照片。眼看蹲守在打印机边着Lisa就要看到她未来的顶头上司的"不雅照"。

梁按狂按取消，可惜那头已经打出来，她起身三步并两步，跃到打印机边，伸手撕下冒出头的打印纸，Lisa吃惊地看她。

"Daisy，你打印的是什么？"

望着打印机里残留着的茂密森林般的半截胸膛，梁乐笑干笑："人猿泰山剧照。"

大陆地区最大的Boss即将降临，公司上上下下都繁忙起来。一度被黄亚芳占据的总经理室进行重新装修，女王不得不从那里搬出来，乖乖进了隔壁小上一半的办公室。

可是女王大人并不在意，照样天天开会，把办公室的人折腾得人仰马翻。一时间，公司里分为两派，女王派和总经理派。梁乐笑这个总经理助理自动被分成了总经理派。看女王偶尔投来那意味深长的眼神，她决定按兵不动做好内应。

过了几天，风平浪静。只看见女王大人进进出出，比公司里任何人都繁忙的样子，梁乐笑隐隐觉得，女王是要放大招了。

果然不久，总公司传来了大消息。本来众人隆重接驾的亚太区总经理，竟然驾崩了！不知道黄亚芳用了什么手段，董事会否定了那人的任命，国内业务继续由黄亚芳主持，为此，她需要立刻起驾去地球另一端的总部述职。

临走，女王大人不忘给梁乐笑布置任务。叫她小心与李总接洽，凡是有关李总的都要向她汇报。以前梁乐笑就喜欢看宫斗剧宅斗剧，现在自己也能演出个现实版《权力的游戏》的角色，哪怕是最后领盒饭的配角，都与荣有焉。

电话那头的背景可以听到机场的Last call，女王暂时要横跨大洋，前往另一个战场。

从听筒里传来陛下最后的叮嘱："有任何事向我报告，我要登机了。"

"恭贺陛下顺利登基，陛下万岁万岁，万万岁。"

"梁乐笑，你认真点！"

"遵旨！"估计黄亚芳在电话那头都要爆青筋了。

做配角就是这么轻松愉快，任凭主角风光八面，雄韬伟略，征服世界，她都可以躲在后面，不需要背很多台词，有时还可切入看戏模式。

可是呢，每个人又是自己故事里的主角，这责任义务是逃也逃不掉。

梁乐笑下班，在一楼大堂里看见了熟人。连诀拖着拉杆箱站在那儿东张西望，瞧见了她，便立刻走来。以往总是精力过剩的帅哥，这会儿却挂着担忧的脸色。

"笑笑，我哥病了，发烧发到40度。"

"哦。"她应了声表示听到，继续往前走。

见她丝毫没有停步的意思，连诀只得拖着箱子跟着。他体型修长又着正装，走路都带着风，令周围女性不禁多看几眼。

最后耐不住，连诀终于拦了梁乐笑的前面。

"我哥发烧都到40度欸！"

梁乐笑眨了眨眼："那，多喝点水？"

"笑笑，我哥都和我说了，你就别装了。"连诀有些激动地突然握住了她的手臂，脸色凝重，"为了证明没有和我交往，你竟然嫁给了我大哥，牺牲实在太大了。"

　　"……"这人什么神经，是钢筋吧！当初到底是为什么会觉得这个没脑子的少年特别帅啊。

　　"啊？难道不是吗？"连诀露出困扰的表情，"总之，你果然是我一辈子的好朋友。笑笑，我现在要去机场了，你帮我照顾下我哥。"

　　"你是又去找他？才回来几天就走了，我们还有好多东西没去吃呢！"梁乐笑忍不住抱怨。

　　连辰不好意思地挠了挠头："有些麻烦的事要处理。"

　　"那人除了有爵位有钱长得帅，到底还有什么好的？"梁乐笑不由为自己的发小打抱不平，"想要见面不能自己飞过来吗？"

　　"不，不是这样的。笑笑，谢谢你关心我，但有些事你不懂的。"

　　她是真不懂。在感情上梁乐笑的迟钝可以拿奖。

　　连诀在梁乐笑身边见证好多有志青年，最后都郁郁不得志。

　　比如以前梁乐笑他们高中的男班长，端茶送水代写作业好几个月，竟然被她一句"真是一个好班长"发了好人卡。还有校外补习认识的那个男生，各种借口找她看电影去游乐园，小艾和连诀轮着代替她去，有几次去的还是老梁。隔壁学校的学长最可怜，放学想等梁乐笑一起走一段，却被梁乐笑误认为是跟踪狂，一路追打。

　　梁乐笑真的不能理解，或是不愿理解。以前她常听小艾说："哇，帅哥！我心里小鹿乱跳耶。"梁乐笑觉得自己心中的那头小鹿也许早就死了。她本以为只是没遇到合适的，直到后来汪洋说，你只是生病了，你的病让你无法恋爱，她才发现自己是如此的与众不同。

　　"笑笑，拜托，我大哥最近工作忙还要装修新家，晚上都看不到他回来睡觉，铁打的身子也扛不住啊，我不在家，你去照顾照顾他啦。"

"新房？"

"大哥是在装修新房啊，你们不是马上要搬进去了么？"

有人朝他们看来。

"小声一点儿！"梁乐笑一肘子拉过他的脖子，将连诀音量调到最小。那高大的男人竟也顺从地任她拐着，歪着脖子不说话了。

"男朋友？"路过的Lisa好奇地看向两人，"挺帅的嘛。"

连诀刚要说话，马上被梁乐笑用手堵上，她低声说道：

"好啦，我去就是了。"

有时候梁乐笑觉得连诀更像是自己的弟弟。明明是同学，自己只比他大五个月，却从初中起就样样要她操心，只因为连大哥根本忙到无法亲自照顾小弟。

这样想来，连辰那会儿也只有二十出头，刚进医学院都能忙成那样，现在成了外科主任医师，他是时刻准备过劳死么？

晚上，梁乐笑按约去了连诀家。厅里黑洞洞，冷冷清清，她打开灯，推开那扇平时总是紧闭着的房门，光线立刻从厅里洒进房间，与连诀的混乱不堪的房间相比，这里干净得不像有人住。

毫无装饰的墙壁空落落，书桌上整齐摆放着医学类书籍，没有私人物品。连医生应该是忙到不常在家住了。

鹅黄色的微光中，梁乐笑视线扫过床柜上立着的照片，有连诀小时候的，也有连家的全家福，最后她拿起了医生们的大合照，一脸严肃的连医生身边是一个同样穿着白大褂的女人，她微笑着，像阳光。

这个笑容是房间里唯一有温度的东西。

啊，梁乐笑突然想起来了，以前和连诀去医学院玩的时候曾经见过连辰与这人在一起的情景，之所以记得，因为那个女人还和她说过话。

那么现在这个与连辰关系匪浅的女医生又在哪里呢？

因为太过靠近床头，梁乐笑绸缎一样的长发，不小心扫过了连辰的脸。他动了一下，看着就要醒了，梁乐笑赶紧把照片物归原位，手忙脚乱之中，带倒了其他相框。

"啪"的一下，有相框落在了地上，她刚想蹲下去捡，可另一只手却比她快上一步，一把抓住了她的手臂，阻止了她向下的趋势。

从手臂上源源不断传来高于正常体温的热度，有点灼人。梁乐笑发现前一秒还闭着眼睛一动不动的连辰，此刻已经探出了半个身子。

"总做些危险动作。"比平日里更低沉的嗓音，在昏暗的光线中响起，竟透着一股性感的沙哑。

"没，我没事。"

梁乐笑赶紧缩回了手，藏在身后，不知为何被他捏过的那段手臂上的热度像是沿着神经，烧到了她的心。

月光从窗台上爬起来，正落在他侧脸，惺忪睡眼中盈着的氤氲，被微光一照，简直像有星辰掉在了里面。原来，连辰不戴眼镜是这副模样。整个人画风都改变了！别说严肃精锐，这表情，这神态，柔和得能掐出水来。

见她呆立不动，连辰没力气再训斥她的粗枝大叶，重新倒回床里，疲倦地用手臂遮住了额头。

"你怎么来了？"

"连诀说你病了，没人做饭。"说完，梁乐笑似乎听到他轻叹一声。

"我不想传染给你，抱歉让你跑一次，还是回去吧。"

"哦。好的。"梁乐笑闻言直起身子，果然退了两步，从房间出去。

本以为还要费些精力才能把梁乐笑劝走，难得她如此合作，连辰不禁有些意外，视线尾随着她的身影直到看不见。

仅有的光亮被带上的门阻隔在外，他的眼睛暗淡下来，直勾勾地瞪着天花板。他必须睡觉才能尽快恢复，明天下午还有一台重要的手术。可是，他睡不着了。

不知过了多久，在一片漆黑中，连辰隐约听到外面仍有响声，这声音规律又清晰，一下一下像叩击在他的心底。

自从他12岁时爸妈决定搬去加拿大定居之后，两个大男人的厨房便形同虚设，冰箱里除了速冻食品和饮料就见不到新鲜食材。他工作忙大多在医院食堂解决三餐，而连诀则大多在餐馆吃喝辣。

梁乐笑自然不知道剁菜的声音能有多吸引人，等她哼着小调，料理好一手好菜转过身时，发现靠在门边的连辰，正若有所思地望着她。

吓，这人站在这里有多久了，怎么一点儿动静都没有。

"连大哥醒了么，来吃点东西吧。"梁乐笑解开围裙将小菜和粥端上桌。

"不是叫你回去么？"原本应是咄咄逼人的语气，因为哑了声音又带着病容，显得软绵绵，听上去更像是别扭地埋怨。

一丝不苟的头发乱糟糟的，睡衣也松松垮垮，就算金边眼镜依旧反射出冰冷的光，大医生也算没了气焰缺了气场，这反倒让梁乐笑觉得他好相处起来。

"放心，我不会被传染。"说着她拿出早就准备好的口罩戴上，只露出一双灵动的眼睛。

连辰看了她一会儿，突然没头没脑地说了句："口罩也有保质期，你怎么还在用。"

说着，他转身从柜子里拿出新口罩交给她，坐下吃饭。

"味道不错对吧，连大哥，别看我总是外食，手艺也是不错哒。"

"我知道，很好吃。"他哑声说。连诀那小子总会把梁乐笑做的点心拿回来。

梁乐笑有些惊奇，没想到自己深藏不露的厨艺竟能被连辰赏识，得意之下不由轻飘飘起来。

"那你想吃什么？我下次……"说到一半，她突然收了声，有些不好意思地挠了挠头，"我，我去厨房打扫下，连大哥慢用。"

他们还没有那么熟吧。今天她的状态很不对劲，一定是因为看到了生病时温柔又帅气的连辰。等她缓过劲来回头的时候，餐桌边已经没有人。

敲门声传来，打断了梁乐笑的思绪。

门外是一位衣着鲜亮的小美女，若不是正发着脾气脸露凶相，倒还赏心悦目。梁乐笑不由多看了几眼，总觉得有些眼熟。

"连辰呢？打他电话都不接，有这么对待病人的么？"小美女气势汹汹。

"你有病？"中气十足实在看不出啊。

"你才有病！连辰擅离职守，主治病人都不管，还算什么医生。"

医患关系超紧张，竟然还有病患家属直接找上门的！连辰都已经生病了，难道还要应付这种莫名其妙的胡搅蛮缠。念着之前连辰也算是帮过自己的忙，她自然要帮着他的。

"连医生病了，没去上班。你找医院别的医生不行吗？"

梁乐笑好生相劝，可对方毫不领情，怒气不减，还对着梁乐笑上下打量露出狐疑的表情。

"你谁呀你，为什么这么晚还在连辰家？"

眼见着要喷到自己头上了，梁乐笑举起带着塑胶手套，洗碗洗到一半的手，指了指朴素又耐脏的口罩。

"我是他家钟点工。连医生出去了，我来打扫卫生。"

"骗人，车都停楼下呢！他不出来我就进去找他！"说着，小美女伸手向梁乐笑一推。

梁乐笑没有准备，眼见着向后仰去，还来不及稳住重心，便落在一个结实的怀抱里。

他还有寒热，身体是烫的。

这下瞒不住了，她回头给连辰一眼，真是一点默契都没有。

连辰将梁乐笑摆在一边，板起医生的面孔，冷冰冰地回道：

"白艺怎么了？"

"姐姐今天胸闷得不得了，还吐了几次，你这庸医却在家睡大觉。"

"吐了？"连辰脸色一沉，"什么时候的事，换过药？"

"都是医院给开的药，要是有问题我和你没完！"

虽是不理会小美女的威胁，连辰还是回头拿了件外套披上，对梁乐笑说："我去一下医院。"

梁乐笑抬了抬眉毛。如果她没猜错这可不是一件简单的医疗纠纷，需要连医生抱病前往。她不禁猜想那个叫白艺的病人和连辰的关系，瞧了瞧面前这位有些眼熟的小姑娘，突然"啊"了一下。

真糟糕，她还是太聪明了。他们说的白艺，不就是相片上那个笑得灿烂的人么。

连辰走了几步，突然停下转身问她："等下你还有事么？"

正在为自己的发现吃惊不已，梁乐笑下意识地摇了摇头。

"那一起去。"连辰说。

小美女一脸惊讶，想不通为什么连医生出急诊还要带着钟点工。梁乐笑也一脸惊讶，连辰去给人看病，拉她去干吗？

"脱了上床躺好。"

听到了男人的命令，梁乐笑乖乖照办，冰冷的床铺让她裸露的肌肤起了鸡皮疙瘩，当男人拿着冰冷的仪器触碰到她的时候，不由浑身战栗起来。

就在一小时前，梁乐笑被连辰带到医院。一路上他都开着车窗，虽然夏季傍晚扑面而来的风是热的，但也加剧了连辰的咳嗽。她好几次企图把车窗升起来都被阻止。最后连辰索性把车窗锁了，也免得车窗一上一下闹得心烦。

虽心里明白连辰是怕她被传染感冒才保持通风，可她又没有那么柔弱，有病的也不是她。

"等会儿我去病房，你去隔壁楼找我学长，他现在当值，我已和他说好。"连辰说。

"找你学长要干吗？"

"我学长是……"他皱了皱眉，似乎在想一个合适的词语，最终这个严肃的男人咬牙切齿地吐出四个字，"妇科圣手。"

眼下，这位圣手正紧盯着B超屏幕，持超声探头缓缓划过梁乐笑的小腹，桃花眼眯起来，看起来相当严肃专业。

"王医生，你也是妇产科医生吗？"

"不，我只是妇科医生。"那人回答说，"我可不想看到'血口喷人'的画面，会有阴影的。"

血口喷人……梁乐笑想象了一下这个血腥画面，顿时感到贴切无比。

"妇科怎么会有男医生？"

"梁小姐，你怎么能有性别歧视。"王医生瞪了她一眼，才转头继续看B超，"胎儿正常，子宫肌瘤2毫米，呵，肚子里可真热闹。"

连辰只是推荐了这位"妇科圣手"王医生，给她重新做B超，梁乐笑还不知道她和连辰的关系是否暴露。为了避免给他添麻烦，她原本打算小心翼翼隐瞒起来的，可是王医生的一句话就让她泄了气。

"你家连医生是不是管得特别多，职业病，把自己老婆当病人管，可也不能总不让你吃外食吧，微博都更新少了。"

梁乐笑差点从床上跳起来："你说什么？"

"笑笑君主，你的微博是带V的，怎么能说不更新就不更新了呢。"

她到底是先吃惊自己和连辰的关系被知道了，还是先吃惊就连"圣手"也是她的忠实粉丝，听上去她在医院还挺出名的。

"你们都知道哈……"

"都知道了。你放心，现在领证后怀孕还没办酒席的很多。"

连辰果然没有信守承诺，搞半天他身边一圈人都知道。

"那小子先前给我看过你的医学报告，这肌瘤现在看来不要紧，等胎儿长大了，里面可就会挤得慌。今后你得经常来看我呀。"王医生收了装备，解下口罩朝她一笑，这一笑风流不羁，俊雅不凡。

如果说连辰的身板让他成为医生队伍里的男模，那么这位王医生就是白衣天使里的颜值担当。

"不过梁小姐，容我问一句，你是不是之前有巧克力囊肿？病历上没有，但这个点和这个点有过手术的痕迹。还有宫颈这里，之前是不是也长过息肉？"

梁乐笑点了点头。

"真难得你这种体质能怀上孩子，这家伙可真是勤奋。"王医生桃花眼瞟向她，"要不你传授我一下秘诀，这样我可以造福我众多女性病患。"

"没什么秘诀，我就是调理过身体，这次好不容易怀上，下次可就没那么好运。我这辈子或许也就这么一次机会……你可别告诉连辰。"

"放心，妇科病情从不外传。"

"王医生，你不但是妇科圣手，还是妇女之友。"

"好说好说。"王医生乐了，"真没想到那小子竟然会把自己女人送我床上。"

尽管是小声念念自语，梁乐笑还是听到了。

"王医生，你是不是经常被病患投诉？"

"经常被人投诉的是你的连医生，之前我听说他被人投诉，说是住院一周主治医生没有笑过，害得病人天天以为自己没治了。"

梁乐笑可以想象，估计他和病人说"你得了绝症治不好了"或者"你的病没有大碍，放心吧"的语气是一样的。

若是所有医生都像王医生那么风趣亲和，估计医患关系也不会那么紧张，最多来医院"撕逼"的情敌会排队领号。

"照理说那家伙都快住在手术室了，哪有时间谈恋爱，现在不仅有了老婆，连娃都有了，这不是嘲讽我这个医学界吴彦祖么。梁小姐，你倒是说说，你是怎么和那家伙在一起的？"

这真是说来话长，她也只是顺势行舟变成了现在的状态。最重要的那晚上的事总也想不起来，莫名其妙地就结了婚，有时候梁乐笑真觉得自己要不是失忆了，就是脑袋坏了。

"欸欸，梁小姐，你怎么又躺下了，都已经好了。"

"王医生，拜托你帮我也照照脑袋吧，我觉得最近不太好使。"

"哈哈哈哈，你果然很有趣，比白艺强多了。"

当这个名字又被提起，梁乐笑就不能再克制自己不去关心。谁都会好奇老公的前女友，不是么？于是她仔细地向知道内情的王医生问起了两人的缘由。

半小时后。

"小辰，我们家小艺怎么会这样，看在过往的情分上，你一定要治好她啊。"

"你要是医不好她，我这老太婆也不想活了。"

"小辰，我家小艺过去待你也不薄。"

老远的，梁乐笑就看到连辰被一群人堵在病房门口。放在平日连辰那种冰冷不得靠近的气焰让人三步不得近身，但今天他病了，声音也哑了，气势弱人一等。那些人也不管连辰咳嗽咳得快把肺吐出来，只想着躺在病房里的人舒坦，盯着他进退不得。

也有可能，他只是对白艺的家属如此低眉顺目。一这么想，梁乐笑就不开心了。凭什么我的连医生要被你们这些不相干的人欺负啊，那我算什么，社会最底层吗？

"连辰。"她清冽的声音突出重围，让正在吵吵嚷嚷的众人收了声。

连辰见到她，不由微微皱眉。

"你怎么来了？不是叫你先回家么？"

"哦，我就来看看你这边情况。"说着，梁乐笑的目光不由飘进病房。

病床上躺着的人，果然就是照片上见过的那位挽着连辰的女医生，只是现在脸色惨白消瘦了不少，应该是无法再像照片上那样温暖地微笑了。

王医生是个八卦的人，他一五一十地将连、白两人的故事，绘声绘色添油加醋地说了一遍。

白艺和连辰是大学时代的同窗，顺理成章地成为情侣。只是连辰的感情淡了些，对她可有可无。之后不久，白艺便结识了某医院院长的儿子而和连辰分手，去了那家医院做了心内科医生。当他们再次相见，白艺是躺着被送进来了，真是造化弄人，心内科医生竟然自己是先天性心瓣缺失，眼下只能等着手术，而她传闻中的院长儿子男朋友却从来没有出现过。白艺的家人因为白艺之前是连辰女朋友的关系，几乎是赖上了连辰，也不管他和心内科是不是一个科室。

听了这个故事，梁乐笑既没有表现出对自己老公遭人送绿帽子的愤慨，也没有怀疑连辰至今还照顾白艺的动机。在王医生看来，她似乎过于冷静了。

于是王医生便怂恿梁乐笑说，你这个正牌娘娘若再不现身，忠厚老实的连医生迟早被白家吃死。

忠厚老实？那她这个总是被牵着鼻子走，一怕就怕了他整个青春期的倒霉鬼算什么，傻吗？！

不过，既然连辰的确有需要她帮得上忙的地方，梁乐笑自然也会积极配合，谁叫她是如此乐善好施之人呢。

看出梁乐笑和连医生的熟稔，白家妈妈不禁问起："小辰啊，这位是……？"

梁乐笑心里暗忖，如果连医生和白艺藕断丝连，他一定会遮掩和她的关系，如果他早就和白艺恩断义绝，这可是一举击溃白家的重要时刻。无论是哪一种，她都应该会力挺。

连辰哪知道梁乐笑脑中的神展开，他直视白家妈妈，沉声道：

"她是我的妻子。"

这语调既不像要驱赶前女友家人，也毫无炫耀的成分，他说得从容淡定，似是再普通不过的事。

好像……和她想的不太一样，但为何她又松了口气。正因为松了这口气，梁乐笑意识到，刚才自己一直都屏息期待着连辰的回答。

"小辰啊，你都结婚啦，怎么都没听你说。"

"是，有段时间了。"连辰说着，拍了拍梁乐笑的背，让她从看上去有些蠢的僵直中恢复过来。

正巧这时值班医生赶到，连辰吩咐了几句，在白家爸妈不知是失望还是懊悔的目光里，拉着还没回过神的梁乐笑离开。

夜晚的医院露台空无一人，只有空寂的晚风流淌，的确很适合密谈。

"是谁和你说了些什么？"连辰隔着口罩问道。

梁乐笑不打算出卖"妇女之友"。

"我自己脑补出来，我这人一般只要看第一集就能编出整个故事。"

"白艺的事我原本打算找个合适的机会和你说，并不是存心隐瞒。"

"没关系，连大哥，我一点儿都不介意。如果我的存在能帮你赶走这些缠人的家伙，那挺好啊，互相帮忙嘛。"

连辰眸色深沉，隔着眼镜也能感觉到怒气，相信在口罩下，他一定严肃得紧抿着薄薄的唇。

"谁要你这么做了？"

听上去他还不愿意了，好吧，其实他就是想要白家缠着他，要白艺依赖着他就对了。存心做好人，却被别人嫌弃，梁乐笑觉得自作多情，委屈地撇了撇嘴。

连辰将她的别扭尽收眼底，口气软下来耐心解释道：

"我是念在同窗之情将她安顿在此，否则照她的病情是没有床位可以长期住的，不住院她又随时会有危险。"

"院长儿子怎么不管？"

"那人只是白艺科研组的同事。"

你也只是白艺的同学啊——梁乐笑很想这么说，但又觉得自己管得太多而保持沉默，她不能理解自己胸中蓬勃而出的那股别扭劲是怎么回事，只觉得闷得慌，烦躁不已。

"对不起，我以后不会再管闲事了。"

连辰的眼色一暗，原先谈不上温和的表情此刻更为冷峻，只是在夜色里，他情绪的波动都被藏了起来。他轻轻咳了一下，指着梁乐笑的脸蛋，略带沙哑地说道：

"口罩。"

必然是医生的职业病发了，梁乐笑没多想，听话地戴上。

几年过去，面前的男子越发显得高冷俊逸。或许是病了，或许是月光的错，总觉得他的目光柔和得不像话，像是一潭因花瓣落下掀起涟漪的静湖，只倒影着她一人的身影。

真是奇怪，她的脸突然热起来，只得移开视线，浑身不自在。

连辰突然叹了一声，摘下眼镜，低头，一股消毒药水味袭来。

他隔着口罩，又轻又快地吻了吻她的唇。

第三章　傲慢与偏见与情感与理智

　　小时候梁乐笑只知道居里夫人是伟大的女科学家，却并不知道是拿过两届诺贝尔奖的女科学家，晚年还因绯闻而被世俗唾弃险些郁郁而终。这个世界上，女人果然要比男人更加强才行，只要稍稍示弱便有人等着落井下石。

　　举世闻名的女科学家如此，那默默无闻的女医生又如何呢。

　　梁乐笑知道自己是在做梦，在梦里她是风华正茂的白医生，不但是医学院的高才生，还与超帅气的连辰是神仙眷侣。虽然连辰对自己冷冷淡淡，但她好歹是能近他身的唯一女生，而且两人讨论起医术来也旗鼓相当。她想着总有一天他们是会结婚生子的，医生实在太忙了，才没有什么闲情雅致谈恋爱，只会选择身边的人而已。

　　可是有一天，白艺在自己身上发现了自己一直在研究的病症。她不能再继续浪费时间，不得不转到了另外一个专攻组。这个组里有某医院院长的儿子，那人猛献殷勤。白艺想着自己往后的日子估计很难，便趁此和连辰分了手。分手之后，白艺自然背上了嫌贫爱富的罪名，如今病症加剧，也多了许多落井下石的人。

　　只有连辰没有离她而去，只有过去那个对她爱理不理的连辰还在为她奔波。可他还是和别的女人结婚了，马上就要当爸爸了。

　　作为白艺的她看见连辰在产房门口踱来踱去，终于等来了消息。助产士抱着新生儿出来，冲他神秘一笑。

"恭喜啊连医生，母子平安，就是这孩子皮肤黑了点儿。"说着解开了襁褓。

里面那个黑得像块炭的非洲小婴儿，突然瞪大了蓝眼睛，响亮地叫了一声："Daddy！"

梁乐笑惊醒，发现床头柜的手机响了半天，窗外已天光大亮。

是女王陛下黄亚芳的急call。

"梁乐笑，你今天不用上班？"

"上班，必须上班……"还在实习期，她可不想丢了饭碗，只是昨晚没睡好，今天起不来。

"发给你一个邮件，这件事必须做好。"说着女王就挂了电话。

梁乐笑从床上爬起来，诡异的梦境已经丢在一边，目光落在桌上的口罩。

折叠的白色棉布像两片模糊的翅膀，微微伸展在阳光里，边上均被涂上了一层梦幻的嫩黄，又因为被亲吻，里层的棉布印上了她的口红，在柔白色里绽放着一抹艳丽，看着让人觉得美好又期待。

这种医用白口罩家里很多，都是从连医生处拿来的。

有年正值变异流感病毒爆发，进学校必须查体温，一旦有热度立刻被隔离。

她和连诀为了能不上学天天盼发烧。终于在淋雨吹风自作孽之后，她成功地发烧了。本来还打算在连诀面前炫耀的，可梁乐笑没想到，被隔离不是之前发水痘那样待在家里修养，而是被关进了冰冷的医院。

流感有潜伏期，所有发热观察病人都被关在一起。每天只允许家属探视几分钟，和坐牢似的。梁乐笑一边觉得无聊，一边又担心真被和她关在一起的潜伏者给感染了。她看过好多病发的视频，有人吐血而死，有人窒息身亡。难道她要一个人死在医院了么？

想来那段时间，竟然是她和连辰最经常见面的时光。刚成为外科医生的连辰比现在还要忙，可他坚持抽空来看她。梁乐笑想着，这人一定是来监督她做作业的——每天的作业都是由连辰转交的。梁乐笑为了不在连辰面前露出自己独自住院的害怕和寂寞，卯足劲地每天讲了一百个冷笑话，这才没让他小瞧。

可突然有一次，连辰莫名其妙地说了句："别怕，会没事的。"

结果，还真的没事了。

隔天，梁乐笑无病出院，连辰不知从哪儿搞来好几箱口罩分给了她和连诀。梁乐笑后怕不已，后来真养成了习惯。身边一有人感冒，她立刻戴口罩，还真躲过了好几次流感大暴发。

这箱口罩似乎是和连辰相识多年来，她收到过的唯一的礼物，就和他的人一样，有一股令人觉得安心的消毒水味道。

她刚想下床，突然一股翻江倒海的难受让她汗毛竖起，梁乐笑立刻冲进盥洗室，想要吐出点什么来，可呕了半天只有自己的口水。孕早期的干呕症状终于还是出现了，这便是肚子里有了生命的证明。

梁乐笑的心情突然又不那么好了，想着万一真生出个混血儿怎么办。她再次走过桌前，心烦意乱地把口罩扔进垃圾桶出门上班。暗红印在棉白上，配上折叠的小翅膀，还真像用过的卫生巾。

女王交代的事情很简单，只让她把标书上的金额去掉一个零发给李总的秘书。梁乐笑虽觉得不妥，但毕竟做主的是黄亚芳，她还得仰仗她才能留在公司。

刚发完邮件，老梁的电话来了。

"女儿，你最近都在忙什么，怎么也不回家看看。"

"工作忙。"

"我看你是忙着到处吃喝吧。你到底能不能安分点和别的姑娘一样谈个恋爱，这么老大不小了能不叫我担心吗？"

"哎哟，我怎么能和别的姑娘一样呢，我就是我，是颜色不同的烟火！"

"唱这歌的人因为自己和别人大不同，已经跳楼死了。"

梁乐笑竟无言以对。

"你可别像你妈，要不是老梁我苦追八年愿打愿挨，她早就成为当时的'剩女'了。"

老梁和她妈的故事用五个字可以精准概括——"烈女怕缠郎"。不知道为什么，梁乐笑她妈对恋爱之事完全不感兴趣，年轻时候别人当她是孤傲，年纪过了她仍不上心。最后也不知道老梁使了什么手段，终于把她拿下，否则真的很有可能孤独终老。虽然是和老梁结了婚，生了梁乐笑，但夫妻之间可谓相敬如"冰"，要不是她和她妈长得像，她妈又拿她当块宝，梁乐笑真怀疑妈妈是老梁强抢民女来的。

梁乐笑小时候一直担心爸妈会离婚，可梁家妈妈还没来得及离婚，便在梁乐笑念初中的时候就过世了，卵巢癌带走了她。梁家妈妈长年患有各种妇科疾病，都没怎么重视，有段时间妈妈总说腰痛，等真的去医院查了，却发现连手术的机会都没有，癌细胞早已经转移到了骨盆。

"你这丫头都不知道来看看我，空巢老人很容易得老年痴呆，到时候你来看我我也不认识你了。"

老梁继续在那头絮絮叨叨。她要不表个态，这个电话真没完没了了。

"好啦，我下周末回家。"

"就这么说好了！你可要来啊！"老梁兴奋的声音就好像以前她小时候听到爸妈说周末要带她去动物园一样，"也别总在外面吃，我做点拿手菜，你带锅来打包，回家煮饭。"

"我哪里有总在外面吃饭？"

"你的微博都写着。"

"厉害了老梁，你也会看微博了？"

"上回小区里打拳，连诀教我的，我说这么好的男孩子，你怎么就看不上呢？"

"是人家瞧不上我的性别。"

"怎么可能呢……我知道你一定是胖了，最近都不怎么发吃饭的微博了，是怕了吧，啊哈哈哈，听说胖是白领女性的绝症啊，怪不得连诀都不要你了。"

减少外食次数是事实，微博也都好几天没更新了。她最近没什么胃口，也许是怀孕的症状开始显现，这令本来就纤细的人更加清瘦。老梁见了应该会很失望吧，虽然口头上常叫她克制，但老梁从小就一直妄想把她塞成小胖墩。她抗议过，说以后嫁不出去怎么办，老梁就说我养你啊，塞成猪了就不会有人和我抢女儿，笑笑，你要胖胖的健健康康的才行。

要是被老梁知道自己偷偷摸摸结了婚，连小孩都有了……这事，得缓缓再说，至于连辰那边，能拖就拖。

梁乐笑承认是乌龟，但乌龟长寿！

一连几天，连辰倒也没主动来找过她，梁乐笑渐渐适应了晨吐和什么都吃不下的胃口，还好她过去吃得多，瘦死的骆驼比马大！

Lisa从休息室回来，手里端着刚泡的咖啡，瞟了她几眼。

"Daisy，你有男朋友吗？"

梁乐笑摊开双臂，给了她一个No的手势。她只有老公，的确没有男朋友。

"上次见到的难道不是？"

"那只是中学同学和青梅竹马。"

Lisa自动转码破译。

"两小无猜，永远备胎，I got it。上次我去医院看牙嘛，认识一个很不错的……"

"牙医？"

"不是，排队时候认识一个很不错的男人也来拔智齿，我们患难与共，这次邀他出来还有他的同事，你也一起来吧。别说做前辈的没照顾你，感受一下企业文化也好啊。"

梁乐笑沉默地看着她，举起一边的杯子。里面都是白开水，自从怀孕以来，她非但滴酒不沾，就连咖啡、茶、加多宝都戒了。

Lisa撇了撇嘴："Daisy，你这么年轻怎么都不积极呢。晚上订了四个人的位子，还是新开的怀石料理，Kate拉肚子没法去，你就卖前辈个面子。"

"Lisa姐，还有其他同事，你非得带我去呀？"

"因为你和我这种白富美类型完全不同，不担心会被看上。"

很有道理，至少活这么大，梁乐笑就没见过追过她的男人，追着她的打倒有不少，比如老梁。

Lisa继续说道："而且Daisy你是双鱼座，旺我！"

"星座不靠谱啊，Lisa姐。"

学生时代梁乐笑曾经和连诀讨论过。那个时候连诀就说星座不科学，他哥明明是巨蟹座，史上最顾家最温柔的星座，却从来不见他回家；至于温柔嘛，从他冰冷的目光、无情的话语里实在感受不到。

连诀是看着连辰的背影长大的，中学时期过的像留守儿童。住得近又是同桌，梁乐笑时常会去他家帮忙，来往久了，连诀索性就给了她一把钥匙。

有次她去连诀家打扫卫生，天气热为了方便，梁乐笑把长裙撩起来系在腰上，小内内时隐时现，听见浴室里有动静，她也没在意。反正经常一起去游泳，连诀排骨似的毫无看点的消瘦身材，她早就见怪不怪。

没想到浴室里的人，竟然毫无声息地出来了。

湿答答的头发贴在刀刻般的脸颊，黝黑的双目在看到她的一瞬，变得更深，不知是由于冷气还是吃惊，他上半身的肌肉猛地绷紧，这让线条分明躺着水珠的躯体更加诱人。

梁乐笑一时不知道要把眼睛放在哪里，也忘记了自己此时是光着两条腿露着屁股，正以奇怪的姿势拖地板。她被眼前成熟男性完美的倒三角形震惊到，不由心跳加速，脱口而出："连大哥，你比连诀身材好多了，他胸口都没肉的。"

"你，你和连诀……"他咬牙切齿说这几个字的时候，全身包括好看的脸、裸露的胸膛都涨得通红。

她这才醒悟过来，刚才的言语和调戏没有差别，连大哥不气死才怪，赶紧扔了拖把就跑，边跑还边想，哎呀连大哥真是好看，不但身材正点，脸蛋也不错，就是凶了点儿。

在那时并没有"小鲜肉"这样的形容，但"小刺身"这个词在梁乐笑脑中徘徊了很久，回家还流了一夜的鼻血。

之后不久，梁乐笑与连诀就被人告发关系过密。她一直不得其解，当初到底是谁那么无聊！

梁乐笑胃口不太好，但凭良心说新店环境菜品不错，可以给四星，可惜来的男人就差点儿了，最多一星半。聊的内容完全没兴趣，对面的男嘉宾又老是饱含深意地凝视自己，梁乐笑鸡皮疙瘩立起。奇怪了，过往她才没有那么引人注意。

梁乐笑低下头，躲开那人视线，开始刷微博，一条推送跳到了屏幕上，是小艾的特别关注。

和笑笑郡主美食九宫图不同，小艾发的都是闪瞎狗眼的甜蜜合照九宫图。外国男朋友很开放，以至于每张图都能看到他的体毛。

小艾总是好了伤疤忘了疼，每每与前一段分手，就会把之前的微博删光，好像从来没有经历过，随时准备展开一段新的恋情。

在崇拜她充沛的精力之余，梁乐笑在微博下评论：中美邦交就靠你了，好好发挥特长。

"Daisy，你说是不是？"

梁乐笑猛抬头，太专心刷微博完全不知道他们已经说到了什么，她瞟了一眼Lisa，马上收到了肯定的眼神。

梁乐笑赶紧点头说道："是啊，是啊。"

对面男子听了她的话，眼中立刻燃起熊熊热忱。梁乐笑顿感不妙，就听到那人说："那太好了，本来以为Daisy对我不感兴趣，没想到还可以让我……嘿嘿嘿，来，让我加一下你的微信。"

梁乐笑握紧了手机，摆出防御姿态。

"我只用微博。"

"微博也可以啊，嘿嘿嘿。"

"对嘛对嘛，Daisy，人家这么有诚意。"

梁乐笑骑虎难下，暗忖着要是告诉在座各位自己不但结婚了还是个孕妇，是不是都能消停。当然她的实习考核估计也要完蛋。

正在这时，气氛突然冷了下来，原本还嘿嘿笑着向他伸手的男子，仿佛看到了什么可怕的事，乖乖把手缩了回去，低下头吃菜。

有人从背后，一手搭上了她的肩膀。梁乐笑回过身，连辰不知何时站在了她的身后，脸色不太好，以至于周身散发着一股冰冷又刺人的气场。

不愧是常拿刀开人肚子的外科主任，本来就自带威仪，板起脸来更让人分分钟想跪。

梁乐笑不禁惊奇："你怎么在这里？"

"我看了你的微博。"

梁乐笑发微博介绍餐厅都会自带定位功能，新时代的线上跟踪狂么？不过看他冷冰冰的、心情不妙的样子最好还是不要招惹。

"吃完了吗？"

梁乐笑赶紧点点头。

连辰顺手拿起她座位上的包包，扫了眼明显被震惊的各位："抱歉，我们先走了。"

他一点儿都没有抱歉的意思好嘛。

梁乐笑起身快步跟上连辰，心中忐忑不已。明明他们只是形式上的婚姻，两人连情侣都谈不上，但她此刻却有一种被捉奸的愧疚感。

"连大哥，你听我解释。本来以为就是陪同事吃个饭，没想到会这样，你别生气。"

"我没有生气。"连辰依旧冷着脸，金边眼镜的反光让梁乐笑看不出此刻他真实的情绪，但时不时敲击在方向盘的修长手指，还是透露了他的浮躁。

梁乐笑小声问道："那你要带我去哪里？"

连辰开车带着梁乐笑去了一个高档小区，地段好房型正，一梯两户，估摸着这地价格不菲。

梁乐笑是个月光族，曾经也指望什么时候能住上贵一点儿的房子，房东立刻回答她，下个月，因为要涨房租了。

主卧布置得像新房，客卧已改装成婴儿房，软装处处透出主人的细心和情调，不像连辰之前住那间总也不回去的房间，这里反而更有家的感觉。

连辰从口袋中拿出钥匙交到她手上。

"周末我过来帮你搬家，你可以先整理起来。"他说。

短短一个月，连辰已经搞定了妻子、孩子和房子，这么高效能，果然是一天连开三台手术的效率党。

"怎么了？"发现她异常的沉默，连辰将她身子扳过来面向自己，"你不愿意？"

梁乐笑环顾左右而言他："做医生很有钱吗？"

"一般。"

"连大哥，我给你讲个笑话。有一人中了500万彩票，朋友问他，你这500万要做什么呀，那人说付房子的首付，朋友又问剩下的呢？那人说剩下的慢慢还，哈哈哈哈哈。"

连辰摘下眼镜揉了揉太阳穴，无言地看着她，一点儿都笑不出来。

"哎呀不好笑吗？我再给你讲一个……"

他叹了口气，打断她："梁乐笑，你是不想和我住在一起？"

"白艺姐还好吧？"

俊秀的眉毛微微皱起。

"白艺姐还有康复的可能么？我是说，连大哥你这么重情重义，不应该等到白艺姐康复了再考虑我们之间的事么？"

"和她有什么关系？"

"当然有关，要是她还爱着你，是因为生病所以才离开你，等她康复了，说不定会和你冰释前嫌啊。"

这话说得梁乐笑自己都不相信了，生活中哪有那么多韩剧桥段。

连辰定定地看她，眼底的某种情绪鲜明起来，让梁乐笑不由怀疑自己说错了什么。

"我和她都不会是你想的那样，之前不是，现在更不是。如果你是在介意我和白艺从前的关系，我感到欣喜，如果你是想用她拒绝我，我只感到伤心。"他淡淡地说着却紧盯着梁乐笑的反应，"我明天会请她出院。"

是要生死罔顾么，其实她也只是胡乱找个借口而已，要是因此害人家白艺治不好病，那可罪孽大了。

"不，不必，我相信你。"她连忙摆手，"但是我还没办法搬过来和你一起住，对不起。"

"不用说对不起，慢慢适应就好了，不过……"

连辰伸手将梁乐笑拉近，她一个趔趄落入早已准备好的怀抱。

"你已经是我的妻，这一点逃不了。"他小声说着，就像是在说只有两个人才知道的秘密，显得煽情又透着丝丝诱惑。

不像平日冷静权威的连医生，也不像高高在上的连大哥，她从来不认识这样生活化的连辰，因突然揭开了他不为人知的一面，不知所措地心跳加快。

"所以别再跑去相亲了。"

梁乐笑的耳朵靠在他低语的唇边，敏感地触及着她，宛若有股电流自上而下地让她不由浑身一颤，想要挣脱，却发现自己早就被连辰的双臂锁住。

"我……"她企图躲开连辰近在耳边的气息，可在扭动中被轻易俘获了嘴唇。

这次不再是蜻蜓点水，连辰固定了她的下巴，不容拒绝地吻了下来，带着压抑已久的恼怒和不甘。他霸道的吸吮偷走了空气，让梁乐笑整个人都晕乎乎，但身体却因为亲密的触碰着了火一般热起来，原本不知摆在那里才好的双手沿着他刚毅的身躯攀上了健硕的胸膛。

她开始认真地回应这个吻，好想抓住手掌下那颗和她一样剧烈跳动的心，好想得到更多……

突然，电话响了。

分开的时候，梁乐笑有片刻失神。她愣愣地看着连辰转身接听。因为靠得近，她听到了手机里传来了病患家属惊慌的声音，相比之下，连辰沉稳的嗓音就极具安抚作用，仿佛他的承诺就是一剂强心针，一种保障，瞬间能控制电话那头的混乱场面。

不用说，又是医院的救命call。与她相比，有更需要连辰的人出现了。

"抱歉，我得走了。"

"哦哦，那你快去。"梁乐笑双手撑坐在沙发上还有些心悸，她对连辰能够立刻冷静下来离她而去，有颇多不满。

正将衬衫纽扣扣起的修长手指顿了一下，刚走到门口的连辰突然转过身。

"也不是那么急，可以先送你回去。"

"谁要你送……"话没说完，梁乐笑发现连辰已经走到她跟前，垂着眼俯视她。

夕阳从落地玻璃窗金粉似的洒进来，落在他侧身。这让他犹如笼罩在奇妙的圣光里，眸子亮得犹如透入烈阳的深海，连辰微微翘起了嘴角，不似平日的冷静，显出无限风雅，说道：

"在你这边。"

什么在我这边？

梁乐笑像是魔怔了，不能思考无法动弹，直到他弯下腰，掰开她因为紧张而紧握的拳头。里面躺着一颗男士衬衫领口的纽扣。

"的确在你这边。"连辰喃喃自语。

难道是方才吻得太猴急，被她扯下来的！梁乐笑触电一样的逃到门口，佯装镇定。

"快走，快走。"

天，好丢人。之前汪洋有和她说过怀孕后，激素水平改变会对身体造成一定影响，但他没说过这会让她变得如此欲求不满，简直是纯情小白兔变成激情大野狼。

已戴上眼镜的连辰自然地拉起了她的手，走出门去。那颗纽扣就这样印在双方交叠的手掌中，被不知道属于谁的汗水染湿。

这个点小区里的人陆续下班放学回家，连辰却是赶去工作。

宽敞的林荫道显得有些挤，连辰不得不放慢车速。梁乐笑偷偷瞄他，这男人哪儿还有刚才火热又缠绵的样子，这高冷严峻的面容早已变成了令人害怕的连医生。

有个挺着大肚子的孕妇拉着她上幼儿园的女儿正走在车边。小女儿稚气的声音从车窗外飘进来。

"妈妈，妈妈，等你生完妹妹，再给我生个小狗，好吗？"

"扑哧。"梁乐笑忍不住笑出来，她转头看同样听到童言的连辰，发现从来漠视她冷笑话的连辰竟然微微翘着嘴角，显然也是被这童言无忌逗笑了。

她很快得出结论。

"连大哥，你喜欢孩子么？"

"喜欢。"

真心看不出来，原以为连辰这种时刻保持紧张情绪，随随便便一个"冷静"面容就足以吓哭一打小孩的医生，应该是最烦这种生物的。

"喜欢到什么程度？"梁乐笑不禁好奇。

连辰的视线注视前方，那对母女正准备从他的车前穿过。小女孩的鞋带开了，立马蹲下开始摆弄，于是挺着大肚子的母亲只得站在马路当中等着小短手系鞋带，因为肚子大，她无法弯下腰又拉不动女儿。她瞧见了车里的连辰，立刻露出了抱歉的神情，而连辰只是安静地等着，也不催促。

"什么程度？"

他听到梁乐笑在耳边又问了一次，不由转头看她期待满满的亮眼睛，目光落在她尚可算平坦的小腹，想着以后她开车或坐在副驾驶座，那个将要令她难以弯腰的肚子可能不能再用安全带绑着，不知道是否有更适合孕妇的汽车座椅，或者他可以陪她多走走，那样对生产也有好处。

"连大哥？"梁乐笑发现连辰在她面前走神了。

这个问题有这么困难么，梁乐笑不知道连辰此刻的想法，所以她并不理解他的沉默。对于连辰来说因为喜欢某人而喜欢某人生下的，带着她的基因的孩子，这就像因为喜欢某个人而喜欢她身体或性格的一部分那样，是再正常不过的事。

"那你喜不喜欢金发碧眼的混血宝宝，我给你生一个好吗？"

这次终于让连辰回过神来，可惜这种程度的冷笑话，连辰就算白她一眼都嫌麻烦，索性回答她："好。"

梁乐笑心里清楚，这才不是什么笑话。

汪洋只关心学术问题，向来不考虑别人的感受，更何况是她这个实验小白鼠。种子的提供者很有可能不是亚洲人，到时候该如何解释。

从口袋里摸出连辰给的钥匙无意识地把玩，梁乐笑第一次意识到，她不但把肚子搞大了，还把事情搞大了。现在才开始担忧，是不是晚了点儿。

第四章　拜见岳父大人

　　女性的认知是建立在人与人的关系之上，而非逻辑。女性比男性更在乎别人对自己的评价，更容易受到情感的影响。每个女孩子一进入青春期，就开始不可避免的期待一份刻骨铭心的爱情，到二十岁时，就开始考虑嫁一个什么样的男人。而在同一时期，男孩们考虑的可能完全不是同一件事，他们要考虑游戏、考试、事业攀登等，通常面对爱情这东西女人会飞萤扑火，而男人只是一笑而过。如果女人没有比男人更强悍的神经，那还怎么一轮接着一轮直面真爱。

　　小艾作为一名一直被击退但从未真正倒下的勇士，经过爱的滋养已原地满血复活，兴冲冲地来约梁乐笑见男友。

　　"中午吃饭？我很忙的，下午开会我要准备材料。"其实梁乐笑只是没胃口又懒得去，宁可蜷缩在自己的位子上睡觉。

　　"哦，那好吧，懒虫。"对方像是知道了她的懒惰，关了对话窗。

　　最近肚子没长多少，身子却越来越困，梁乐笑产检的时候有问过孙医生。第一次怀孕，但凡觉得异常的都会有些紧张，可妇产科医生见怪不怪都说正常。关于这个问题，她想到了远在大洋彼岸的汪洋。

　　视频上的汪洋看不出感情起伏，不过就算面对面，梁乐笑也感觉不到他有感情。

　　"还有哦，你看我的脸，有斑长出来了，好可怕！"

"要是觉得有异，就应该定期给我检查。"他只是这样说。

"你家研究室是开在我家隔壁？坐一次飞机要12小时，孕妇也很累的，好吗？"梁乐笑愤愤然。

"之前你的计划不是在美国生产么？"

留学回来后，为避免老梁起疑，梁乐笑每次去美国用的都是旅行签证，她所在的城市没有开放长签，每次签证都需要在职证明和收入证明。而她这种没有定性时常会离职的人最缺的就是这两样。

本来梁乐笑的确打算如果一切顺利，等工作了一段时间去签商务签，长期留在美国待孩子出世，不过现在因为连辰的事，计划都被打乱了。

梁乐笑为自己的随性深深叹了口气。视频那头的汪洋只是用琉璃珠一样的眸子注视她，像是在等她的结论。

"计划赶不上变化呗，我会继续传信息给你，保证不会耽误你的课题。"

"我想你一直搞错了一件事。"汪洋说。

"什么？"

"你对我来说，并不是普通的研究对象。"他单手撑着下巴，实验室冷清的灯光勾勒出他俊美无俦的侧脸，湛蓝的眼眸变得深不见底。

想当年她决定在交换生结束后回国之时，汪洋也对她说过同样的话，"你并不是我普通的研究对象"。只不过那时，他说完这句话就转头走了，现在他是准备解开谜底了么。

梁乐笑不禁屏息听他后面的话，他说："你对我来说，并不是普通的研究对象而是……非常重要的研究对象。"

一口水险些喷在屏幕上，什么时候起就连汪洋都开始讲起了冷笑话，他是在为抑制全球变暖出力么。

有人"震"她，是小艾，梁乐笑飞速地和今天表现略奇怪的汪洋告别，切回聊天框。

"大忙人，我们就要到了，就来你公司楼下港式茶餐厅，赏个脸。"

如果只是坐电梯下个楼，梁乐笑倒还可以勉强配合。

"麦斯最喜欢吃中餐，之前他在曼哈顿的家里就请了中华料理的厨子。笑笑，我可是看了你的微博推荐菜带他来的。"

曼哈顿……梁乐笑突然想起小艾的男朋友是谁，转头问向不远处的Lisa。

"Lisa姐，你刚才说，等下中午去哪里吃饭？"

"楼下茶餐厅啊，点评上有团购，满100减22，喂，你们中午一起去吗？"

办公室里立刻有人响应。

这还了得，美国派来的总经理还没上任就被毙了，女王陛下肯定是脱不了关系。要是他们在楼下茶餐厅来个胜利大会师，顺便再相互爆个料，世界岂不是要大乱。

不能让小艾和那谁来公司楼下吃饭！

"小艾，这样，你们中午不要到我们楼下的茶餐厅吃饭，我带你去个好地方。"

"哎哟喂，你不是懒吗？"

"想起你是我全世界最好的朋友，突然就不懒了！"

"……"

这是梁乐笑第一次参见Boss本人，麦斯不但有一张美式电影明星的俊脸，还有欧美人通用的友好表情，仔细看看竟然有神似《权力游戏》里因为女人而使全族领便当的鲍勃·史塔克。此刻他正和小艾两人黏在一起，连体婴般难舍难分。

"Honey，尝尝这个。"

"再好吃，没有你好吃，小甜心你真是肥而不腻。"

"哎呀，讨厌啦。"小艾拍掉男人摸在她腰上的手，一脸娇羞地躺在他怀中，突然她转过头很认真地问梁乐笑，"笑笑，你觉得麦斯怎么样？"

"中文讲得不错。"都会讲成语了，一定已经过了中文四六级，可惜用词怪怪的。

"还有呢？"

在小艾期盼的目光下，梁乐笑冷静地喝了口温开水，心里盘算着怎么说好。小艾的每次恋情都一定开始得轰轰烈烈，然后一路神速展开，最终又逃不过被人劈腿的定律。她身上一定有吸引人渣的奇妙光环，不然为何命运总是如此相似。

"你就是闻名遐迩的梁乐笑，幸会幸会。"美国人见梁乐笑一愣，继续说道，"我是汪洋的朋友，经常听他说起你。"

作为汪博士的小白鼠，她一定经常出现在他的实验记录里。

"笑笑，真是缘分啊！其实那天麦斯是被他朋友叫来拉斯维加斯找你的，可你不知道跑哪儿去了，就找到了我。你一定是我们的天使！"说着，笑笑甜蜜地在麦斯胸口用手指画了一颗心，麦斯低头亲吻了她。

忽略掉两人粉红色的气氛，梁乐笑奇怪地问："汪洋找我干吗？"

"你突然离开波士顿的实验室，汪洋担心你愁绪如麻，碰巧我在附近，就叫我过来助人为乐。"

你的成语是体育老师教的吗？

梁乐笑忍了下，再看看小艾，人家一脸崇拜，好像自己男朋友真是融汇中西文化的英才。撇开乱说成语不谈，这人讲话真靠谱吗？在梁乐笑的印象中，汪洋才不会担心她。

"亲爱的，你们在说什么，笑笑，你在波士顿干什么了？为什么会去实验室。"小艾问道。

"就是……"

"等下，不要讲！"梁乐笑突然反应过来情况不妙，几乎要站起来。

"就是Artificial insemination啊。"

小艾和梁乐笑皆瞪大了眼睛："啥？"

小艾能和美国人谈恋爱，英语肯定不差，梁乐笑在美国混了四年，口语也不错，可哪怕是专业八级，也很难一下子反应过来这个专有名词。

Artificial insemination，人工授精。

从高中发现自己有卵巢巧克力囊肿开始，梁乐笑的肚子里变相是长了一颗葡萄藤，时不时会冒出几个新的果子。那些不知道为什么，又不知道何时生长出来的果子，有时附着在卵巢，有时长在子宫里，有时落在宫颈上。

幸好现在微创手术发达，不然她不知道要被开膛破肚多少次。虽然直到现在为止都是良性，但总有一天她会因为结出的是一颗坏果子而死去，就像她的母亲。这就是PIT，梁乐笑不敢和老梁说，怕老梁受不了，毕竟他们两个好不容易才从悲伤中熬过来。

真是讽刺，当别人可以夸耀自己继承了父母的美貌、智商甚至财富之时，梁乐笑继承却的是母亲的肿瘤体质。

像她和母亲这样的病症很少，在母亲过世前就有罕见疾病基金会的人来找过她，当时他们提出的是帮助她的母亲，可惜已经太晚了。梁乐笑是自己找了去的，这笔钱帮她成功地隐瞒了老梁。

因为接受了基金会的资助，梁乐笑的病例很快被哈佛医学院的科学家汪洋发现。他是细胞学与内分泌科学的专家，正在做罕见女性遗传生殖病症的课题。她尚未发展到不可收拾的病情自然是最好的实验对象。在美国留学的几年，梁乐笑其实也是受到了汪洋的资助。

经过四年的研究和实验，推演失败了无数次之后，汪洋突然有一天对她说：

"试试看怀孕。"

试着孕育一个孩子，自然提高体内的激素水平再配合研制的药物。成功的话可以治愈PIT，就算失败了最多也只是把生殖器官拿走，而且在拿走器官前，她还可以得到一个孩子。

听上去很不错的建议……才怪。

生孩子哪有那么容易，她又不是圣母玛利亚，被雷劈到就能在马厩生出个上帝来。梁乐笑双手紧紧抱住自己，惊恐地看着表情冷淡的汪洋。

"我才不要生小孩！"

"你想死么，觉得自己还有多少时间？你比你母亲的情况要严重多了，最多再有两年就可以去见上帝了。"或许是第一次有人挑战他的权威，汪洋下颚收紧，看上去相当不耐烦。

"那我也……必须先结婚才行。"

"你是在向我求婚么，蠢货？"汪洋没什么感情的眼珠子里竟泛出了笑意，不过在梁乐笑看来，他绝对是在嘲笑。

刚来的时候，她的确喜欢过汪洋，后来因为认识到两人的差距就放弃了。反正也只有她一头热，恢复普通关系后，梁乐笑发现他们的相处模式竟然和在她以为自己在恋爱时的没什么两样。所以……恋爱什么的根本是错觉吧。

"那，那你说怎么办，我，我很保守，不会和人乱来。"

"没要你乱来，我也不舍得。"那后半句话，梁乐笑自动翻译成，不舍得弄坏样本。

因为体质影响，梁乐笑是极不易受孕的，自然条件下的受孕率据汪洋估计，低于千分之一。

幸好，美国是一个允许女性获取自己利益而不用与人平分的国家。比如生孩子这件事，完全可以由女性一个人完成，而汪洋的实验室也具有必要的医学执照。

美国的大学毕业后，梁乐笑没有拿到绿卡不得不返回国内，她通过旅游签证继续在汪洋的实验室接受治疗和测试，包括三次均以失败告终的人工授精。因为总是两国之间飞来飞去，她的工作没有定性，存款用得差不多，几乎难以维持签证的条件和旅行的费用。

去拉斯维加斯之前，她在汪洋的实验室里接受了第四次人工授精，有迹象表明，失败的可能性高于80%。她的签证又要过期了，下一次不知道是否还能不能签出来。梁乐笑有些灰心又不敢坐等着出结果，所以在小艾的感召下当夜飞去了拉斯维加斯。这是第一次，她与汪洋的不告而别，虽然说她觉得汪洋也不会在乎。

因此，当她得知自己终于怀孕的时候，不知有多开心，终于有希望可以过正常人的生活，不必时刻担心肚子里的定时炸弹。

麦斯挠挠头，打开手机开始谷歌打算把那个词翻译过来。他虽然能说成语，但解释不了专用词。

"你们这里为什么不能连上Google？"

就在梁乐笑拼命对麦斯挤眉弄眼，叫他住手的时候，手机响了，是连诀。那小子终于出差回来了。

梁乐笑听了电话以后表情越来越凝重，最后跳了起来。

"怎么啦，笑笑。"密不可分的两人被她的气势吓到了，双双抬头看她。

"我爸被车撞了！"

老梁这一辈子其实命挺苦的，幼年丧母，中年丧偶，老年虽还未丧子，但总不回家又喜欢四处闲逛的梁乐笑就像一个被风吹远的风筝，只偶尔在微信上问他讨过红包，养老是靠不住了，不啃老就谢天谢地。

他怀疑过人生，仰望过苍天，最后大彻大悟。如果说女儿都是父亲前世的情人，那梁乐笑一定是他前世欠下的情债，这辈子投胎是来清算的。

这不，刚想着去买只活鸡养着，等她周末来吃饭，就被小汽车撞翻在地，连肇事车牌都没看清。

梁乐笑风风火火赶到医院，看到老梁翘着打着石膏的脚坐在轮椅上和人谈笑风生，一口气终于放下。

轮椅被推过来，停在她面前，梁老头大为不满地仰视她："怎么才来，打你电话也打不通，幸好有小连，不然你爸我还横在马路上呢。"

　　推着老梁的连诀赶紧跳出来解释："笑笑她只是工作忙，梁伯伯，你看她不是一听说就赶来了么。"

　　梁乐笑双手叉腰说道："我这可是翘班来看你的，如果只是马路上摔一跤，就别特地叫我来了。"

　　"你这丫头！"老梁怒急攻心，眼看就要站起来揍人。

　　连诀赶紧挡在两人之间，将老梁扶回轮椅。

　　"伯伯，小心你的腿啊。"

　　梁乐笑本也担心老梁的伤情，见他如此激动便不再敢激他。也不知道为什么，这几年梁乐笑出国读书，回国搬家，再出国就医，瞒着老梁忙来忙去，本以为就算不住在一起了，也可以常打电话视频聊天什么的，与原先同一屋檐下的时候没什么改变。

　　可现在，老梁每次见她都唠叨个没完，一周打她好几次电话，又没有主题，只问问吃喝的事就挂了，即使去老梁家吃饭，梁乐笑也不知道应该再和他说什么，两人之间话题越来越少，这种逐渐的疏离感让她觉得可惜又无可奈何。

　　"女儿啊，好久不见我怎么觉得你有些变化……"

　　老梁上下打量梁乐笑，让她刚松懈的心又揪起来。

　　老梁退休以前是国企人事，有着一双透过现象看本质的慧眼。就在她万分紧张之时，老梁说话了："果然是胖了啊。"

　　"你才胖了，会不会聊天啊！"

　　"噗。"边上的连诀忍俊不禁，忽略掉老梁的嘀咕，梁乐笑转向连诀。

　　他应该是刚下飞机，那个男人的所在现在相当寒冷，连诀还穿着当地厚重的御寒衣物，脸上带着旅途的疲惫。即便如此，高挑身形以及笑起来露出虎牙的可爱样子，仍叫不少护士和病患家属多看了几眼。

虽然对连诀那位有诸多不满，但梁乐笑并没有说过他的坏话。第一次见到这人还是大学刚毕业的时候，连诀小心翼翼地向她描绘自己的恋人，恨不得把他所知的所有描述美好的词句都套上。他太紧张，像是很担心梁乐笑不接受自己这位同性情人。

连诀明显多虑了，在恋爱观淡薄的梁乐笑眼中，无论连诀选择另一半是男是女，是老是少，甚至是猫是狗都不重要。不过到底是怎么认识的啊？梁乐笑不认为整天坐在家里玩电脑的宅男会有机会认识大洋彼岸的那人。

所以当连诀说出是网络交友认识的，她险些跳了起来。网络交友能结交到异国贵族？逗我的吧！贵族不都用羽毛笔写字传信，坐马车出行，怎么也开始用平民的聊天工具了！他在QQ上叫什么？爱德华托尔斯泰忧郁蓝色？直到连诀一键呼叫伯爵大人用私人飞机将两人接到了古堡，梁乐笑这才相信了连诀的交友能力。

在离开城堡的那天，青年伯爵曾和她闲谈：

"梁小姐，听连诀说你一直觉得他……智商不够，请问具体表现在什么地方？"

"连诀小时候，说话结巴，每次和我说话都说不完整，一着急还脸红。不过我看他和其他人说话挺正常的，还有他考试经常不及格，每次我要补考的科目他分数都比我低，经常坐一起补习，我也是佩服了选择题全选错的概率都被他碰上。"

"哦？"伯爵笑眯眯地看着她，明明在笑，眼神却是冷的，像尖锐的冰锤让梁乐笑竖起了全身的毛。

她赶紧补充道："不过我觉得他后来聪明多了，开始认识到自己的问题，认真和您这样厉害的人物交往。"

"是得多谢梁小姐对连诀的照顾。"

"我也没怎么照顾他。"梁乐笑不好意思地抓了抓头，"以前，最多借给他看过《东京巴比伦》。"

"干得漂亮。"男人笑道。

那人是笑面虎，梁乐笑始终这么觉得，不过连诀喜欢的话，她也没有差。梁乐笑自我感觉良好，认为和连诀的关系至今都没有任何变化，有时是姐弟，有时是饭友，更多的时候像伙伴。

这次把老梁送来医院也全靠了他。

"连诀，真是谢谢你了。"

"笑笑太客气了，早就说了，我们从小一起长大，你的事就是我的事，你爸就是我爸。"

不过这智商真的没问题吗？梁乐笑不禁为他担心。

老梁倒是乐了，欣赏地拍了拍连诀的背。

"还是小连孝顺。当初要不是有恶人阻拦，我很看好你和笑笑的发展。"

"老梁！"梁乐笑连忙阻止他的胡言乱语，她爸不但摔断了腿，恐怕脑袋都进水了。她朝连诀猛眨眼，暗示明示他说些什么反驳。

可他，他脸红什么！还不好意思地挠了挠头，露出学生时代才有的青涩笑容。

"谢谢伯父夸奖。"

真是烂泥扶不上墙，梁乐笑就连叹气都觉得浪费，凑到他耳边小声问："你没和我爸说我和连辰的事吧？"

"还没来得及。"他用同样小声回答她。

想想也是，不然老梁怎么可能对她如此和颜悦色。

"不准说！知道了吗？"

连诀一脸迷茫，不明白明明是喜事为何她总要藏着掖着，最后只得妥协地点点头。笑笑做的决定，他总是支持的，谁叫笑笑总说自己比他聪明呢。

又是说悄悄话，又是眉来眼去，老梁看了满是欢喜。还以为女儿没人要，原来早就暗通款曲，私定终身。现在的年轻人花头多，便由着他们去吧。

梁乐笑再次感受到了来自老梁的诡异目光，让人浑身不舒服的探究以及那难掩兴奋又欲言又止的样子，实在令人很不安心。她下意识地摸了摸并不明显的小腹，一个转身，逃跑似的去办住院手续去了。

"唉，怎么就走了？"老梁纳闷了，拉住身边的越看越顺眼的连诀，"我那女儿的古怪脾气，没少给你添乱吧。"

这种时候，就算是木瓜脑袋也知道要呵呵哒。

老梁这一摔除了骨折虽说暂时还看不出大问题，但毕竟是年纪大了，医嘱吩咐留院观察。梁乐笑拿了片子去找先前看诊的骨科医生又问了个大概。医生看上去挺年轻的，看到美女还脸红，似乎是在连辰庞大实习生队伍中的一人。

再回来，轮椅已经不在原处，梁乐笑感叹了一下老梁的行动力，把病历卡塞回抽屉，无意间发现里面有个旧旧的皮面小本，她随手拿起。看得出主人时常翻阅，有些纸都卷边了，页面上有密密麻麻的小字，还有手绘的丑陋配图。

梁乐笑定睛看了一会儿，发现这竟是一本手抄微博书。她随意在网上写的微博，都被老梁抄在了本子上，还有不少批注。

下雨天和麻辣烫最配哦——麻辣烫都是地沟油。

筑地关门后，去东京又少了一大乐趣——每次去南京我都要去大屠杀遇难同胞纪念馆！

外焦里嫩烤肉最高！——硝酸铵是致癌的。

味道很好量太少，这家餐厅只能供情侣档享用，再多一人就吃不饱——家里烧菜都用盆装，够吃管饱！

三星米其林大师也就这水准，真的只适合卖轮胎——女儿啊，什么时候回家让老梁给你做一桌拿手菜。

梁乐笑看着，笑着，突然觉得眼睛有些酸。

老梁坐了一辈子的办公室，都没学会电脑更不要说现在的智能手机。他不太会使用微博，只能笨拙地把女儿的微博抄下来，随时拿出来看看，就好像她还在自己的身边，可以随时唠叨几句。

为了隐瞒自己的病情，梁乐笑的确有意无意地疏远了老梁，她以为让老梁知道自己过得很好，不让他操心就足够了。可他呈现在牛皮本上，那屡次被抚摸都留了痕迹的寂寞，作为女儿她却从来没有理会。

　　见到女儿回来，老梁跐溜一下滑过来，俨然已经和轮椅合为一体，大有参加残奥会轮滑比赛的潜质。梁乐笑赶紧把本子丢回抽屉关上。

　　"唉，女儿啊，原来连辰也有被人甩的时候，哈哈哈哈，看他那么厉害，原来也是没人要的。"

　　"啊？谁？"梁乐笑这才收起感伤，又被老梁的话吓了一跳。

　　"连辰啊，就是我们家小连那个又凶又坏经常破坏你和连诀小感情，连我都看不下去的连大医生啊！原来他也有苦恋被人甩的悲惨人生。"

　　八卦，恐怕是老梁在退休后重新赋点学习的技能，梁乐笑对于老梁的个人爱好并不在意，但他八卦的对象是连辰这就有些微妙了。老梁越说越起劲，眉飞色舞恨不得从轮椅上站起来演。

　　"人家白姑娘生病前都把他甩了，那小子还不死心，势必想等姑娘恢复健康念他恩德，再来个复合，你说这人傻不傻，哈哈哈哈。"

　　梁乐笑笑不出来，在她身后闻讯赶来的连辰更笑不出来，看到连辰的老梁马上也笑不出来了。一圈人顿时肃静，整个楼面恢复了医院的神圣与庄严感。

　　"欸，哥，你怎么来了，午饭吃了吗，一起啊。"完全读不出气氛的连诀，从医院食堂打饭回来，乐呵呵地招了招手。

　　连辰戴着口罩，只露出严肃的眼睛，一身白大褂衬着他神圣又威严，里面穿的是淡绿色的手术服，像是刚下了手术赶过来的，后面跟着的是刚才梁乐笑才见过的骨科小医生。

　　"不用。"他薄唇轻启吐出两字，经过镜片折射的目光过于清冷，让梁乐笑惊了一跳。

他身后那个小医生以为出了多大的医疗事故，非要主任下了手术亲自过来，怕得都快抖成筛子了，断断续续说了老梁的诊断情况。

连诀把饭盒打开，推着老梁就位，安慰他说："梁伯伯，我哥很厉害的，你放心，别说是断腿了，就算断头都能给接回来。"

"这么厉害他咋不上天！"老梁没好气地嘟囔。

"好了，你就别添乱了。"梁乐笑朝连诀瞪了眼，连诀不好意思地笑。

这一眉来眼去，在老梁眼中，显然是心灵相通的证明。再看冷冰冰的连辰，果然是大魔王一般的存在，当年要不是连辰阻拦，女儿和连诀早就在一起了。

真是越想越气，老梁突然拉过身边梁乐笑和连诀的手，交叠在一起。

"现在没人会告老师了，你们可以放心大胆地谈恋爱。"

梁乐笑惊了一跳收回手。

正在与小医生说话的连辰则明显一顿。

"老梁，你在说什么呀，我和连诀只是好朋友。"

"是啊是啊，要不是有人存心阻拦，你和连诀怎么会只是好朋友。"老梁故意讲得很大声，"要不是某人给老师打小报告，说他弟弟和同桌女生关系过密，影响学业，你们怎么可能只是好朋友。"

连诀一脸震惊。

"不可能啊，是我哥告的密？！我哥才不会这么关心我的学业。"

重点不在这里好不好，梁乐笑不敢相信地瞧着连辰。

虽然她的确想过连辰反对她和连诀混在一起的原因，但告老师这种背信弃义小儿科一样的事，真的是连辰做的？而且连诀的成绩是她能影响的么，数学物理长年满分，其余加起来不满10分。

这下，连辰的脸色更难看了，他冷冰冰地对老梁说道："等一下需要做CT检查，务必保持心绪宁静。"顺手拿起老梁床前的记录板，在主治医师一栏上签上了自己的大名。

"就是骨折而已，没那么严重吧！"

"左腿小腿骨错位骨折，摔倒时后脑磕碰地面，有轻微脑震荡症状，一定概率引发中枢神经系统性功能障碍……就是半身瘫痪，所以先做个CT看。"

见惯了风雨的老梁突然抓住了梁乐笑的手。

"女儿啊，我不会一辈子都要坐轮椅了吧。"

眼看连辰阴着脸要走了，梁乐笑快步跟上去。

"连大哥，我爸不是故意的，你别吓他。"

"以防万一进行检查是正常手段。"

"我知道，但你这么板着脸我爸会吓死，都和你说了他心脏不好。"

连辰猝然停了步子，梁乐笑一头撞到他的肩膀，本想抱怨几句，但总觉得那挺地笔直的身影心情不佳。拜托，她才是受到惊吓情绪波动的那一位好不好。

这一天发生的事实在太多了，正常的纤柔女子此刻都要昏倒了，况且她还是个孕妇。

梁乐笑小声嘀咕了两句，看了下手机。

"啊，都这个点了，连大哥还有什么事你和连诀说吧，我先回去上班了。"

手臂被人一把拽住，她回头只见连辰绷着下巴，那深不见底的黑眸子中蕴含着她不熟悉的波澜，就如同在医院第一次见到他时那样，仿佛是她辜负了什么。

"遇到这种事，为什么不给我打电话？"

梁乐笑愣了下，回答说："上次我发短信给你，你到了晚上才答复我，我想你手术那么多，小事就不麻烦你了。"

可这并不是小事。

放在之前，连辰的确会欣赏梁乐笑理智又冷静，凡事独立少来烦他的个性，但现在他却胸口闷闷，有一种被排斥在外的生痛感，仿佛他们三个才是欢乐一家人，而他只是一个医生，一个兄长，一个不太相关的人。

"我看到会打给你的。"他很诚恳地说着，像是诺言，目光因此有了重量，让梁乐笑忍不住想要躲闪。

"好，我知道了，下次一定，呸呸呸，没有下次了，老梁不会再骨折了。"

"梁乐笑，你不能总这样，我们……"

连辰话没说完，有个小小的身影从拐角处探出脑袋，呼啸着朝两人跑来。

"不许为难连医生！"

梁乐笑吃惊地往后退了步，那孩子得空钻到了两人之间，张开双臂虎视眈眈地瞧着她。

"我？"梁乐笑不可思议地指着自己，"我什么时候为难连医生了？"

"就是你！刚才连医生都露出那种表情了，你还说没有欺负他！"

梁乐笑立刻朝连辰脸上看去，那人不自在地撇过头，蹲下将小孩的双手拉下放在身侧。

"别胡闹。"

"连医生，我是在保护你。"

小男孩红扑扑的脸蛋带着天真的执着。连辰半蹲与他平视，拉了拉他皱起的衣摆，安抚性地摸了摸孩子的脑袋。

"这是我病人的孩子。"他向梁乐笑解释，心平气和地问那孩子："爸爸饭吃了吗？怎么一个人跑出来了，你妈妈呢？"循循善诱又有耐心的样子与人们印象中严肃又专业的连医生判若两人。

"连医生，给你看，妈妈新买的玩具。"男孩把手中的奥特曼玩具举起来，"它和连医生都是超级英雄。"

罕见的笑容出现在连辰过于刚毅的脸上，竟在一瞬间将严厉的气质消散。梁乐笑想起连辰说过自己喜欢小孩的话，之前她还不以为意，现在看来连辰将来一定是个好爸爸，她突然摸了摸自己的腹部，眉头微微皱起。

"连大哥，其实我有件事一定要和你说。"

可话还没出口，她便眼前一黑，整个人晃了下，向后仰去。若不是连辰眼明手快将她拽进怀中，估计下午她得和老梁一起做CT去。

闭上眼的前一刻，她看见向来冷静的连医生慌了神。她好想告诉他自己没事，只是饿过头有些晕，可声音怎么也发不出来，人软绵绵地像被抽去了骨头。

"笑笑！"

这是连辰第一次这么叫她，可梁乐笑却意外地发现并不陌生，似乎很久以前，他就是这么称呼她的。

是什么时候呢？

就算手术台上被病患喷一脸动脉血都镇定自若的连辰罕见地乱了分寸，一把将她抱起，顾不上周边病人医生的惊讶，快步走向急诊室。

哎呀，真不好，这样整个医院都会知道苦情戏男主角抛弃病重前女友，另结新欢。

迷糊中，梁乐笑闭着眼睛，嗅着医生白大褂上特有的味，莫名安心。

她突然怀念起这种近距离的消毒药水味，那些日子她每天都能闻到。

梁乐笑的妈妈在医院度过了她最后的半年时光，那段时间梁乐笑每天到医院报到。和肿瘤病房里其他唉声叹气、哭哭啼啼的家属不同，梁乐笑每天都开开心心地来，快快乐乐地去。就好像她妈妈随时都会好转，他们随时准备接她出院。

可就连老梁也不知道，梁乐笑每天从医院回家都会晚一小时，她需要用一小时来哭。

这个秘密只有连辰知道，那个时候他和连诀刚搬到梁乐笑的小区不久，还是医学院的学生，每周来医院见习。说是见习无非就是跟着老师做些杂务。在医院见到梁乐笑时，他无法把母亲身患绝症家门不幸的小姑娘，与眼前这个精力充沛风风火火的家伙联系在一起。她就像是上了发条的兔子，有着活蹦乱跳的精力，各种冷笑话脱口而出，让平淡无奇的琐事都叫她描绘得妙趣横生，平日里死寂的病房热闹得像春晚现场。别说是梁乐笑的妈妈了，就算再绝望的人都忍不住被她逗笑。

因为连诀和梁乐笑交好的关系，连辰才知道梁乐笑这么一个人，刚开始对她的印象无非是天不怕地不怕又爱闯祸的熊孩子，可这些天，连辰觉得自己才真正认识了她。

她是医院这个苍白空间里的一道彩虹，他想。

可是彩虹多半出现在下雨天。

因为一直在观察，连辰发现梁乐笑每天高高兴兴地从病房里蹦跶出来后，都会躲在无人的露台上哭泣。他想着，这孩子虽然不像外表那么没心没肺，但一定有一颗坚强的心。

有一次连辰鬼使神差地推开露台的玻璃门，坐在了哭泣的少女身边。梁乐笑吓了一跳，但发现来人并不是肿瘤科的医生后就坦荡起来。

一开始人两人并没有交流，一个只管自己哭，一个沉默地坐着。因为他总是戴着口罩，梁乐笑也不知道坐在身边的医生到底是谁。她哭完便走，从不与那人打招呼。

这种诡异的平和持续了一段时间，天性热闹的梁乐笑，最终还是忍不住和医生说话了。

她说："大家都叫我笑笑，所以我必须微笑。"

"好运总是青睐笑着的人，因为没有好运的人通常笑不出来。"

"妈妈开心就行了，她一定对我很放心。"

"要不是老梁和妈妈感情不好，不然老梁可以和我搭档双口相声。"

"明知道没什么用，要是妈妈开心的话，我天天来还是值得的。"

像是旁若无人的自言自语，但又会因为陌生医生怜惜的目光，或是低沉的肯定而感到安慰。小小的少女梁乐笑仿佛找到了属于自己的树洞,滔滔不绝将压抑在内心迟早要爆发出来的悲伤倾倒出来。

这些悲伤,她不敢和任何认识她的人说,连老梁都不行,但却因为这个陪伴自己的陌生医生而感到疏解。

人和人之间的际遇真是神奇又温暖。

后来两人再因连诀相遇时,连辰发现面前的女孩完全不记得自己,不免有些失落,不过想着她若是能把那段悲伤的经历忘掉,也是件好事。

但有时,他真的很想问她:"笑笑,你可还记得我?"

"别大惊小怪的,低血糖而已,走开走开,这里是妇科,我说了算。"

梁乐笑一睁开眼,就看到风姿卓绝的妇科圣手王医生正对连辰说教。她刚想说话,发现自己戴着输氧面罩,左手还绑着点滴。

"哟!醒啦,我说睡美人,孕妇怎么能不吃饭呢。"

她解开面罩哂哂一笑:"我不觉得饿。"

孕妇通常走极端,要不就是一直吃吃吃,要不就一口都吃不下。后者孕吐较少,有利于产后恢复。

"不吃也得吃,你不想天天来医院打葡萄糖吧。"王医生调侃道,"也别叫其他人太担心了。"

其他人黑着脸,就站在梁乐笑的眼前。因为表情过于严肃,让她有种自己又做错事的感觉。

"嘿嘿,连大哥,你饭吃了吗?"

那么活泼的人,现在却脸色苍白地躺在床上,手上插着点滴,巴掌大的脸蛋也瘦了。仿佛她并不是在怀孕,而是真的生病了。连辰将她打着点滴的手摆放回去,飞快地扫了她一眼,随即又将视线移开,瞳孔仿佛疼痛般一缩。

"起来吃点东西吧,我刚才去买的。"他说。

是医院隔壁的猪脚面,之前梁乐笑有在微博里夸过,此刻正热腾腾地冒着香气，水汽中连辰低垂眼眸为她布置碗筷。

"好香，好香。"王医生兴冲冲地凑过来。

"你去食堂吃过饭了。"连辰拍掉王医生企图去抓筷子的手。

连辰的脸色仍不好，但因为梁乐笑的苏醒，表情柔和下来，穿着白衣显得儒雅又可靠。她就这么愣愣地看着，感觉胸口满满的。

连辰胸口的小灵通骤然响起。

梁乐笑心中一阵低落，撇了撇嘴："我没事了，你去忙吧。"

连辰瞥了她一眼，不知为何，梁乐笑有些心虚，可说出的话收不回，只好硬着头皮吃面。

"有我看着呢，去吧。"王医生拍拍连辰的背，连辰这才点了点头，说了声拜托了，匆匆而去。

梁乐笑吸面条的声音刺溜刺溜的，神色淡定，一点儿都没有刚刚昏倒过的样子。

"真的一点儿都没有孕妇的自觉。"王医生搬来了椅子，坐在边上敲打她，"你都不知道，刚才辰辰有多担心，连手都抖了。也是，岳父大人刚住院，老婆大人又昏倒，够他受的。"

梁乐笑选择默默吃面，反正王医生是话痨，能在别人不接话的情况下继续自言自语五百字。

"对了，我听实习医生说，令尊和辰辰相处得不好？是不是因为白艺的关系？"

作为妇科医生竟然对外科的八卦一清二楚，真不愧是妇女之友！

"我爸还不太了解白艺的事……"那些听来的传言不算，"而且事实上他也不知道我和连辰的事。"

王医生立刻露出一种"你们很会玩"的微妙表情。

"都快十年了吧，你们要保密到什么时候？"

十年什么？梁乐笑险些喷他一脸面条，不过鉴于这话出自妇女之友王医生之口。她并不打算反驳，不然，王医生一定会用他丰富的八卦经验，击败她。

"我爸对连辰可能有些成见。"她只能含糊过去。

"你们两家还有什么深仇大恨不成？想想罗密欧都能和朱丽叶在一起。"

"但是他们最后都死了。"

王医生爆发出破坏形象的大笑。他觉得这女孩越看越顺眼，和闷葫芦一样的连辰简直绝配。

"梁小姐，你可要保重身体，我等你们糖蛋双发。"王医生双手插着口袋，朝她微微一笑，一件半敞的白大褂被他穿得风流倜傥。怎么看都不像和为人冷冰冰又严肃严谨的连辰是一个职业，"对了，如果你实在没有胃口可以试试吃面包，小麦做的食物比米饭更容易消化。"

妇科圣手都这么说了，梁乐笑立马去面包房买了所有看上去很好吃的面包来。一半塞给了需要住院动手术的老梁，又分出来一点儿给连辰送去。

还没走到连辰的办公室，远远地她就瞧见连医生眉头紧锁地站在走廊上与病人家属说话。先前与连医生关系很好的那个男孩子，呆呆地握着玩具奥特曼站在一边，像是吓到了，目光透过连辰身后的落地玻璃窗看向清澈的天空。

女家属越说越激动，双手紧紧抓着连辰的白大褂的衣袖不住地颤抖，连辰站得笔直雕像似的，冷酷又冷峻，他神情严肃轻声说了几句。女人突然脸色煞白，眼眶充血，一个踉跄险些没有立稳，幸亏连辰及时扶了一把。

来来往往的病人和医生没有向他们投来太多目光，在医院这种事司空见惯，总有人在流泪，总有人在挣扎。医生并不是神明，救不了所有人。

梁乐笑的眼睛有些刺痛，捏着面包袋的手指绞着，进也不是退也不是。

似乎是有所察觉，连辰向她这边看来，摇了摇头，让她不要靠近。

手机响了，梁乐笑如梦初醒般回过神来，是Lisa，她说："Daisy，你在哪里？大老板来了，快回来。"

回来的大老板并不是黄亚芳，而是传说中未曾到岗便被人干掉的美国老板麦斯，也就是梁乐笑真正的直属上司。原来，他和女友吃过中饭之后，还是去了公司。

这个措手不及打得办公室人仰马翻。女王派还在质疑人事调度的真实性，另一派已经忙着弯腰铺上红地毯。

于情于礼，都该通报一下女王大人，梁乐笑猜想她的电话一定让人打爆了，谁知道一打就通。

"我知道。"黄亚芳的声音平静听不出波澜，"我下周回来。"

梁乐笑有一种大战即将拉开帷幕的预感。一边是自己好友的新男友，另一边是自己的老上司，非要选边站的话，她能不能就站正中间？

"嘿，笑笑。"

梁乐笑立刻挂了电话，一抬头，麦斯本尊正坐在她的办公桌上朝她笑。

"没想到你也在这里上班，好朋友都凑到一起了。果然是一丘之貉！"高大的美国人耸了耸肩，很开心的样子。

明明中文都说不好，非要说成语，是有一种怎么样爆棚的自信，梁乐笑微叹，以英语询问道：

"老板，你有什么事吗？"

见她并不惊讶，麦斯自觉无趣地抹了抹鼻子，说道："把公司近半年的财报拿给我看。"

办公室终于不再是群龙无首的状态，而梁乐笑则因为麦斯的到来，充分地忙起来。她几乎忘记了自己是个孕妇，兴冲冲地投入到工作中，一边啃着面包，一边对着电脑噼里啪啦。

这令还在医院躺着的老梁不断抱怨，每每梁乐笑超过饭点踏进病房，他就小孩子似的噘起嘴嘟囔："怎么来得这么晚，心中还有没有我老梁了！"

"好啦，好啦，这不是来了，今天感觉好点吗？"

"你不来我就不好。连诀呢，怎么都不见那小子。"

"有我不就行了。"

"当然不行，姑娘家总是要嫁人的，你天天忙上班都没时间干正经事，不结婚以后谁来照顾你？"

"我可以自己照顾自己。"

"你这孩子，怎么还真和你妈一样，要不是我坚定革命意志地不放弃目标，你妈还真得像她说的那样独善其身至终老呢。"

"我妈真这么绝？她上辈子不会是尼姑吧。"

"就算是灭绝师太，我也是她的灭绝师公！"

梁乐笑立刻捧场地哈哈大笑。

连辰进来查房，撞见梁乐笑的笑颜，镜片下的眼睛中不禁露出暖意。他清了清嗓子问她："最近是在加班么，很晚才能见到你。要注意身体。"

梁乐笑回给他一个鬼脸，两人之间徘徊的暧昧，给苍白病房的背景添了些其他色彩。

查房之后，两人按照惯例要一起吃晚饭。要是老梁知道自己成了让女儿和连辰天天有机会见面并共进晚餐的丘比特，估计会比现在更加郁闷。

本来梁乐笑觉得天天和连辰一起去吃饭，应该会压力很大。谁对着尊严肃的雕像胃口都不会好啊，再说了她本来就没有食欲。

可连着几天，梁乐笑发现和连辰出去吃饭挺好，他很会选地方，话不多，和她的口味完全相同，甚至还会帮她拨虾壳挑鱼刺，看得旁边桌的女性都露出了羡慕的眼光。

有这样的老公还真是不错，梁乐笑对今天的晚餐充满期待呢。

她朝连辰的办公室走去，刚走到楼梯口，就被人拦住。

"你是连大哥家的钟点工，怎么在这里？"

梁乐笑瞧着来人，想了一下，终于从她中二的口吻中记起，这人是白艺的妹妹。

白艺也在这家医院，被时好时坏的病症折磨着。

"笑笑。"连辰从另一边上来，也瞧见了白家妹妹，并没有搭理，对梁乐笑说，"准备去吃饭了么？"

"你们……你们做什么。"白小妹盯着两人相握的手，眼珠子都快弹出来了。

"白鑫，这是我的妻子。"

"啊！你竟然和钟点工结婚了！太过分了。"

梁乐笑"噗"的一声笑出来，换来连辰不客气地一瞪。看来他那天也是听到了。

"连辰，你对得起我姐吗？我妈说你结婚了，我还不相信呢。"白鑫气急败坏口无遮拦，"还有你这个钟点工，我姐和连大哥患难与共，你真是缺德呀，会遭报应的！"

"够了！"连辰沉着脸打断她的话，"白鑫，我再说一次，白艺和我是同学，念在同学的分上，我帮她一把。如果你有疑问，白家有疑问，下周病房到期后，请立刻搬出去另找高明。"

说这话的时候，连医生带着不讲情面的威仪，让人忍不住觉得他心一横，还真公事公办让白艺回家自生自灭。白二小姐有些害怕了，她不想害死姐姐，得罪不起眼前这个无情的男人。

"对，对不起。"白鑫明上道歉，心里不甘心，一跺脚，"哼"的一声扭头就走。

少女的身躯气得微微发颤，眼中布满不应属于双十年华的阴霾。走到拐角处，她又回头愤愤地看了眼那对琴瑟和谐的夫妻，竟将自己的指甲抠断了。

见她走远了，梁乐笑幽幽地说："连医生，你好凶，我都怕了。"

"你觉得我太凶了么？"他眉头皱起。

梁乐笑点点头："下次应该再凶一点！拿出你让实习医生颤抖的本事来啊。"

"又从哪里听来乱七八糟的事。"连辰瞧了她一眼，眼中似乎有丝笑意，"走吧，别再饿过头了。加班好几天了，不觉得累么？"

"不工作，哪儿来钱养自己。"

"我可以养你的。"他白皙的手指无意触碰到了她的小腹，又说道，"我可以养你们。"

透过镜片，他深邃的眼睛泛着柔光，让梁乐笑不小心着了迷。

"那你……打算养多久？"

"自然是一辈子。"

老梁也说过这样的话！

"连医生，你都不会讨厌好吃懒做的女人吗？"

连辰笑而不答，顺手把她搂进怀里，那是一个充满消毒药水味的拥抱，也是一个为她阻挡一切风雨的承诺。

不知为何，梁乐笑眼眶红了，只好把这事怪罪到孕妇就是容易感动的特征上。她忽然想起和麦斯聊过的话题。这个来自男女平等世界的男人，竟然认可公司对女性入职的筛选，并一语道破：

"有这样的机制是为了防止女员工休假过长，要说美国职业女性和男性平等是因为她们通常顺产第二周就可以回去工作。"

"不坐月子么？"

"什么是坐月子？"外国人不明白。

"就是……躺着不动？"她也不确定。

"一个男人既然有让女人怀孕和生下自己小孩的，必然会护她周全。真的无法工作的话，帮女人坐月子请产假，还不如让女人辞职回家养着来得实际。"

所以，连辰就是那个实际的人？

像是为了证明自己的确很实际，连辰在某次晚餐后，将梁乐笑带去了珠宝店。

其实两人的关系确定下来之后，早就该买婚戒，只是连辰太忙，梁乐笑也全然不在乎。她不禁好奇地问他原因。

"总不能让我妻子，被人当成小保姆吧。"

"那你有没有考虑过，就算买了戒指，我也只是个带着戒指的小保姆？"

和梁乐笑在一起，必须时刻留意不能被冷笑话转移话题。连辰自是明白，她现在并不愿意两人的关系曝光，只是再这样拖下去，他的耐心就快耗光。到时候，他可能也管不了老梁的心脏有多脆弱。

见他的脸色阴沉下来，梁乐笑暗觉不妙地摸了摸鼻子，露出谄媚的姿态。

"好嘛，好嘛，当然要买咯，婚戒当然要选最大颗，连医生，你准备好把全部积蓄都交出来吧！"她信誓旦旦，像是马上要承包整家珠宝店。

连辰失笑，任着她胡闹。

"先生真有眼光，这款是本店镇店之宝，但凡买回去的夫妻，都会拥有最美满的婚姻。"珠宝店的销售卖力地夸着自家的对戒。

连辰并不认为钻石对戒会给婚姻多少保障，但这种仪式性的物件他希望梁乐笑能戴在手上。而且，这款绝对符合梁乐笑够大够闪的要求。

他回头，见到梁乐笑正在边上的柜台和销售小姐热切地说着什么。刚才，她把那一排的戒指都拿出来试戴。

不一会儿，梁乐笑就跑来凑到他耳边小声说："我选好了。"

她伸出手展示了一下，这是一枚含蓄的白金指环，没有闪瞎人眼的钻石，也没有复杂华丽的装饰，戴在梁乐笑肉肉的手指上显得小巧又自然。但是全完不符合先前闪瞎眼的要求。

梁乐笑看得到柜台小姐失望的神情，心中过意不去。其实她一开始也想要大颗钻石的，但无奈……

"拔……拔不下来。"梁乐笑哭丧着脸解释给连辰听，又不敢大声张扬她的窘迫，"哎哟，就买这个吧，拜托。"

连辰将她的手抬起，戒指卡在梁乐笑手指根部，因为手指关节过大而脱不下来，但手指骨并不粗，也不至于勒疼她。这微妙的卡位令连辰欣然点了点头，说道："那很好。"

他要来了同款男戒，明明是一样的样式，戴在外科医生修长白皙的手指上，却显得超凡脱俗精致优雅。

或许真的是戒指太不起眼了，一连戴了好多天，都没有人发现。最后还是被Lisa发现了，Lisa一脸为她打抱不平的样子："Daisy，这还算戒指吗？易拉罐拉环都比这粗，好吗？要是有男人送我这种货色，分分钟叫他滚！"

老梁的手术很成功，没多久就能出院，病友都夸连医生手艺高超，他却不稀罕地哼哼。虽说两家是邻居，但老梁一直不怎么喜欢连辰，反而对连诀喜爱有加。

因为他早就知道连诀没什么心思，非常听话，而聪明又有恒心的连辰迟早会从他这里夺走什么。

这天，终于没有看到连辰来查房，老梁心情大好，瞧着年轻的代班医生顺眼很多。

"笑笑啊，最近怎么没见到连诀那孩子，你们不是走得很近吗？"

梁乐笑因为没见到连辰正心不在焉，敷衍地说了两句。

小医生认识梁乐笑，知道她和连辰的关系。

"连主任下午有个手术。"

现在都晚上8点了，外科手术鲜见拖到这么长的，梁乐笑见小医生欲言又止的样子，忽然想到前些日子在连辰面前情绪激动的女家属，小声问道："情况怎么样？"

"肯定是连辰学艺不精，哪有手术那么长的。"老梁小声埋怨，他也就只敢在连辰背后吐槽，"医生快、快帮我看看，我这腿医得对吗？"

小医生赶紧大力点头，以表达对带教老师崇高的敬仰。

"连医生是我们外科主任，正教授级的，老先生你放一百个心。"

"我知道，别说是断腿了，就连断头都能接上，对吧！"老梁鼻子里出气，轻蔑地哼了声，"唉，笑笑，你去哪儿啊？"

入夜后，医院很安静。白天人来人往的过道，现在悄然无声，只有仪器发出嘀嘀嗒嗒的声响。

一声稚气的大喊，打破了这份宁静。

"大坏蛋！把爸爸还给我！"

小男孩扭着身体企图扑上去，却被妈妈死命拖住。他"哇"的一下哭出来，眼泪鼻涕一大把，愤愤地把手里的奥特曼玩具扔到医生身上。

啪嗒一声，塑料玩具裂开。办公室内，连辰冷着脸瞧着男孩的张牙舞爪，无动于衷。冷静的眸中，像是没有任何感情的波动。

孩子的妈妈回过身对他鞠了一躬，这才拖着哭闹的小孩走了出去，匆忙间，差点撞到闻声而来的梁乐笑。

没错了，就是前日见过的母子。之前实习医生告诉她，这家的爸爸得的是恶疾，动过很多次手术都是连辰主刀的。病情已经到了无法控制的地步，每上一次手术台便离死亡更进一步。但不做手术，或许第二天就会死。别的医生才不会揽上这种治不好的病，只有连辰。

见这气氛，梁乐笑有些尴尬地招了招手。

"一起去吃晚饭么？"

连辰没有表情地注视着门口的梁乐笑，最终他收回视线揉了下太阳穴拉开椅子坐下，打开卷宗开始工作。

"你自己去吧。"他的声音又轻又冷淡。

"不饿吗？我听说你刚结束手术。"

"不饿。"冷冰冰的话语从他嘴里蹦出来，似是绝情的。

和连医生熟了，梁乐笑自然不会被他拒人千里之外的冷淡吓倒，她继续走向他。

咔嚓，脚下传来清脆的破裂声。梁乐笑低头，奥特曼塑料玩具正被踩在脚下，四分五裂，她刚弯腰要去捡。

"我来，你别动。"连辰阻止了她的动作，捡了起来。

梁乐笑记得为什么过去一直觉得连辰冷酷无情。还在读书的时候，连诀告诉过她，连辰有个主治病人因忍受不了病痛从医院的病房窗口跳楼自杀。连辰正巧从楼下经过，脑浆和血溅了他一裤子。在确定病人已经死亡之后，他没有露出任何正常人该有的感情波动，按时回家，一个人喝了点酒便早早地睡去。因为第二天，还有三台手术要做。

当初，她真的觉得连辰又冷酷又无情，简直像个机器。可现在看来连辰也不是全然没有感情。他表现出来的过分冷静，像是在压抑什么，不容别人窥探。

"嘿，很抱歉踩坏了，你别那么凶嘛，和我说说话呀。"

连辰沉默了，眉宇间尽是严厉。可梁乐笑反而不怕，她接着说道：

"我妈妈最后的半年是在医院里过的，癌细胞跑到了全身各个地方，她最后走的时候，大家除了伤心还有感激。每次手术医生都是尽了最大的努力，哪怕知道手术也只是为了维持多几日。当时我还小，即便当时不理解，但是长大后也明白了是医生为我们家争取了更多的时间来互相告别。"

梁乐笑抚上连辰苍白纤细的手指，弯下腰贴近他的侧脸，在他毫无防备之际，以迅雷不及掩耳之势拉过他的脑袋，对准了薄唇狠狠地啄了一下。

"这样有没有觉得好一点儿？"

她的笑颜近在咫尺，恶作剧般又带着真心。连辰摘了眼镜，揉了揉眼睛回望她，玻璃一样无情的双眸，终于有了暖色。

突然，他长臂一揽将梁乐笑整个人搂进怀里，用下巴压下她乱动的肩膀，沉声道："让我靠一下，一下就好。"

两人的心都扑通扑通地猛烈跳着，梁乐笑越来越鲜明地感受到吹拂在她颈部的气息是温暖的，怀抱着她的胸膛是温暖的。连辰并非是一个冷漠的人。

医生并不能拯救所有人，但这绝不是罪。

去爱去体谅去共情，产生了关系和感情，也意味着失去的时候会痛会悲。而医生不可以悲伤，甚至不可以分神，否则就是对第二天上手术台的病人的不负责。那么多年来，他一个人到底是如何度过那些无能为力也无法为之悲伤的告别？

明明肩头被硌得很疼，可梁乐笑却用更大的力气抱回去。她眼底迸出稀薄的泪，不知为何觉得心疼难忍。

"笑笑。"

沉沉闷闷的声音从紧贴着她的胸口传来，梁乐笑应了一声，这才发现自己已经泪流满面。真讨厌，孕妇的泪腺果然特别发达。她竟然对厉害得不得了的连辰产生了怜惜，为他藏在心底根本没有表露出来的悲伤而难过不已。

"我只是最近压力大，需要发泄一下。"她抽泣着。

连辰发现了她的异样，想要拉开两人的距离，可梁乐笑却不肯轻易放手，她捧起了连辰冷峻的脸庞，重重地吻下去。连辰浑身一震，想要推开她的双臂反而牢牢锁紧，任她发泄似的胡乱地舔着、咬着，然后以更热烈的感情回应她不断加深的吻。

"你们在干什么！"

一声大喝令深拥在一起的两人闪电般分开。

梁乐笑哭得泪眼蒙眬，她看到敞开的办公室大门口，老梁坐在轮椅上，手指发颤地指着他们，而连诀则推着轮椅手足无措地瞧着她。

"连诀，你带着我爸乱跑什么！"梁乐笑挂着眼泪气急败坏，大声吼道。

连诀的瞳孔缩了一下，躲在门外不敢看她。

连辰比梁乐笑的反应快，已经大步走向两人。

"梁伯伯你听我说，我和笑笑……"

"笑笑是你叫的嘛，你怎么对得起连诀，我梁家的女儿没那么抢手。"老梁气得血压都上来了，划着轮椅将梁乐笑往外拽，"你要是和这家伙在一起，我这张脸往哪里搁。"

梁乐笑无语，真想不通这两人的关系什么时候搞得那么糟了。眼看快要被他拉过去，她一把拉住连辰的白大褂。连辰的唇被咬得水润嫣红，给白袍医生的形象填了一份禁忌的性感，让梁乐笑呆了呆，但她没有忘记自己要说的话，转过头对着气得冒烟的老梁说道：

"老梁！那我肚子里的孩子怎么办。"

在梁乐笑爆发出那句惊人之语后，老梁并没有像她与连辰叙述的那样心脏病发作，而是不可思议地瞪着她，再瞪着她身边与她十指缠绕的连辰。老梁依靠着拐杖站颤颤巍巍地站起来，连诀几次想扶，都被他甩开。

老梁抢起臂膀，连辰岿然而立闪也不闪，就在所有人以为他是要给连辰一拳时，老梁的手臂却牢牢地勾住了连辰的脖子，挂在他站得笔直的身上，说道：

"走，喝酒去。"

众人皆震惊地望着他。

"都带着一样的戒指了，以为我老梁瞎了不成！"

医院门口的小饭店，在场一共四个人，老梁是伤员不能喝酒，梁乐笑是孕妇也不能喝酒，连诀酒精过敏，只有连辰每每被老梁倒上酒后，二话不说，一干而尽。

一杯接着一杯，连辰的酒杯就没有空过。梁乐笑虽不阻拦，但脸上表情相当纠结，而始作俑者的连诀早已把头埋在桌子里。

老梁看着沉默着的三人，突然有种农奴翻身做主人的感觉。

"这么说，你们是旅游结婚？"

梁乐笑立刻点头如捣蒜。

"不对呀，我看过微博，笑笑你说是去美国玩的。"

"微博上哪会说这个，我很注重隐私的。"

老梁古怪地盯着梁乐笑，看得她不由心虚。但梁乐笑也是在老梁眼皮底下调皮了二十年的人，她深信一句话：坦白从宽牢底坐穿。

果然老梁思量之下，终于又开口了："那也不能，也不能这么大的事瞒着老梁我呀！"

连辰正打算说什么，梁乐笑生怕他对错口供，赶紧抢白在前。

"怕你反对。"

"岂有此理！"老梁一把拍向小木桌，这力道要是放在武侠小说绝对是将木桌一劈为二的功力，就现在来看，气势也惊得在座几位都不免抖了下，"你们都没告诉过我，凭什么认为我会反对。"

现在告诉你了，不是一样反对么⋯⋯

"梁伯伯，是我们考虑不周。"连辰毫不理睬梁乐笑在桌下踢他的无影脚，不知何时已放下酒杯，正襟危坐，"您放心，我一定安排妥当。"

老梁瞪着眼面前的青年医生，只觉得他目光坦荡，沉稳坚定，显得越发令人讨厌，又看看自家女儿一脸做了亏心事，又打死不肯承认的模样，真是气不打一处来。

自从梁家妈妈过世，女儿的性格就很古怪，不服管教不说，上了大学之后更是一个人跑去美国，远远地躲着他。虽说联系没断过，女儿也没惹出过什么大问题，但总觉得女儿是在疏远自己，逃离这个伤心地。

如今她和连辰在一起，总比和美国人结婚，再也不回来的好。

最终，老梁只得哼了一声，示意连诀继续为连辰斟满。

"喝酒！"

梁乐笑已经不记得连辰喝了多少，明知道老梁是故意灌他的，却因为心虚也没能阻止。直到后来，她觉得连辰有种自罚的意味。

他是在罚什么，他并没有做错什么啊！

"好了！连辰明天还要上班呢，老梁你给我适可而止！"梁乐笑摔了筷子，大声喝止。

老梁虽是不满，嘴上嘟囔着女大不中留，倒也知趣，没再叫店家拿酒来。

结束之后，连诀对自己的无脑行为仍有愧疚，对梁乐笑说："笑笑，我送我哥回去吧。"

"人家夫妻回家，需要你帮忙吗？"老梁瘸着脚搭上连诀，"你还是送我回医院躺着吧，哎小连，以后你千万不要生女儿，和白养一样。"

看着那一老一小走远，梁乐笑终于松了口气，转头看身边的连辰，他的脸色有些白。不知是因为空腹喝酒，还是其他。

秋天的晚风很凉，他整个人没了平日叫小医生们胆战心惊的气场，垂着眼帘不知在想什么，靠在墙角显得清冷又寂落。

梁乐笑恍然想到，今天晚上，他的病患死在了台上，他必然是难受的，只是因为老梁的突然搅局……更难受了。

"对不起哦，老梁这边，我本来想用更加和平的方式告诉他。"

连辰幽幽地看了她一眼，金边眼镜在微弱光线里的反光，仍让梁乐笑不禁有种被看穿的心虚。其实她是根本没准备说。

"也好，否则不知道你会拖到什么时候……梁伯伯的心脏很健康，别拿这种事当玩笑了。"

梁乐笑眼皮一跳，想起自己以前胡扯的借口。

"那个……最近老梁心情不错，心脏也就强壮了呀，哈哈……"她的声音渐渐弱了，不敢看他的表情。

连辰叹了口气，捏了捏她的手心，表示自己并没有生气。

"笑笑，刚才我很怕梁伯伯不祝福我们，我很担心。"

梁乐笑惊讶不已，很难想象面对生死都能淡然处之的连医生，竟然会有害怕的事。可不知为何，在他说出口的瞬间，她的心像被爪子抓了一下，又疼又痒，脸颊也顿时红了。

"咳，没什么好担心的，老梁是刀子嘴豆腐心，他都听我的。"担心被他看到脸红，梁乐笑的头垂得低低的。

"是我考虑不周，我会安排，你放心。"连辰轻声说。

气息正落在她的耳边，又是一阵瘙痒。

"我去取车，你别开车了。"梁乐笑撇过头，不想让连辰发现自己像个小女孩那样轻易激动。刚跑开一段距离，又偷偷回头看了眼。

连医生站在路灯边，整个人笼罩在鹅黄的光晕下，朦胧又温和。他目光就那么温柔地一直追随着自己，无论她跑去多远。好像任何距离，任何黑夜在他面前都不值一提。

糟糕，梁乐笑又觉得心疼，她越来越经常地感觉到这个曾经让她躲避不及的男人，可以仅凭一个动作一个眼神，就轻易拨动她的心弦，让那些酸楚又甜蜜的感觉弥漫心田。她捏了下戴着戒指的手指，仿佛从戴上它开始，她便有所不同了。

第五章　逃跑新娘的新郎

男女双方家里对婚礼这件事的看法截然不同，这和中国五千年封建礼制休戚相关。对于男方家里，婚礼就是个仪式，最多可以算是收回前期红包投入的走过场。但是对于女方，婚礼就是未来美满生活的第一步，必须大宴宾客昭告天下。因此无论是旅行结婚，还是索性不办婚礼，丈母娘都会跳起来反对。

当连辰说着"考虑不周必会改正"之时，梁乐笑完全没有意识到，他是打算举办一场婚礼用来更正两人的"错误"，以免已故的丈母娘从土里跳出来反对。

可惜，当天不管现场气氛多浪漫，草坪婚礼多气派，焰火晚宴多精彩，新娘全场是蒙的。

和她一起蒙的还有临时被叫来当伴娘的小艾。

"笑笑，你怎么不早点通知我！哪有说结婚就结婚的，我连准备都没有！"她今天是穿着T恤衫和牛仔短裤来看梁乐笑男朋友的。

"我真不知道。"头纱下的新娘也很纠结地在挠头。

连辰不但是效率党，还是党代表。请帖礼服司仪场地跟拍，全套搞定，比婚庆公司还厉害。一个外科医生对操办婚礼能有这熟练度，他到底结过几次婚啊。

"我大哥只是比较有经验，他参加过很多场婚礼……大家都觉得他比较像证婚人。"伴郎连诀在边上小声说。

"嗯，可以想象，超严肃的。"小艾点头同意，"但笑笑，我怎么办，以后谁做我伴娘？"小艾仍处在痛失伴娘的悲哀中。

"抱歉啊，事出突然，我结婚对你影响很大么？"

"对我影响不大，对我妈影响太可大了，每次她催我，我都和她说看人家梁乐笑留过洋的都没谈朋友，现在……算了，不说了，等下捧花记得直接给我。"

梁乐笑点点头，还来不及紧张，就被从加拿大赶来参加儿子婚礼的公婆搂在怀里，sweet，honey乱叫一气。

连辰和梁乐笑突然袭击般的婚礼，在众人包括双方父母看来竟然没有一点儿违和感，反而是一种小情侣认识了好多年，打打闹闹经过波折后，终于走到一起的如愿以偿。毕竟她和连家兄弟做朋友的时间太长了，嫁给哪个都不会令人意外。

"但是我很意外啊！"新娘小声嘀咕，可是没人理她。就连一开始比她还激动的小艾都因为拿到大红包冷静下来。

"或许人家连大哥早就对你有意，是你自己后知后觉呢。"小艾数了数红包里的现金，突然灵光一闪，"啊，对了，还真有！"

当时还在念书的小艾刚与前男友分手。

梁乐笑对小艾讲过，不要给任何人渣表现出渣的机会，一旦发现苗头不对就应该抽丝剥茧地挖掘真相，然后果断抽身而走。拜她所赐，小艾的人渣灵敏度异常高，以至于后来捉奸一捉一个准。

小艾和前男友分手后，那人苦苦纠缠，誓要复合。向来劝分不劝和的梁乐笑坚决抵制，阻碍两人见面。隔了几天前男友终于想到了学校周末的舞会。

"小艾，做我的舞伴吧，只是做舞伴而已，答应我。"

小艾还没说话，梁乐笑又跳了出来。

"想也别想，小艾才不会和你跳舞。"

前男友早就看梁乐笑不爽，声音粗起来："小艾又没新男朋友，你管得着吗？"

"谁说没有，他，他就是男朋友，他会来舞会！"梁乐笑一把拽住身边人，将他推到人前。

前男友看到"男朋友"不由吓退一步，妈呀，好严肃的尊容！好惊人的气场！

梁乐笑这才发现连诀那死小子又不知道去哪儿了，刚才情急之下抓到的是与连诀身形几乎一致的连辰。她浑身僵硬，拽着连辰的那只手放也不是，拉也不是，小腿肚子忍不住打起战来，不敢抬头看连辰的表情。她想向小艾求救，发现果然是好朋友，小艾早就闪开了三米远。

一时间，谁都没有说话，空气几乎要凝固。

一只骨骼分明，手指纤长的手伸向前男友，沉稳的男声说道："你好，我是她男朋友。"

不同于学生的浮躁，已是外科医生的连辰挺拔俊秀，带着成熟男子特有的魅力和压力，让前男友抬不起头来。

前男友哪敢去握这只手，他回头一看跳得老远的小艾，突然意识到："这到底是谁的男朋友？"

"当然是小艾的新男朋友，小艾，你过来，你男朋友没有误会你和前男友见面，别怕，快过来。"说这话的梁乐笑自己内心已经怕到要跪了，她能感觉到挽着的臂膀肌肉发紧，金色边眼镜下的目光灼灼像要洞穿她的头顶。连大哥这是……误会了？刚才那么果断，到底是想承认自己是谁的男朋友？

结果，连辰真的应约来参加大学生的舞会，小艾憋着气跳完第一支曲子，回家后因为惊吓过度，立刻发了烧。自始至终，小艾都不明白，连辰既然不愿意来，为何还要赴约，难道只是因为某个人搞错的承诺？

所以从那么久那么久之前，连辰就倾心梁乐笑了？小艾眨了眨眼，看向身边的梁乐笑。面纱下的新娘瞪大了一双满怀笑意的眼睛，正注视着端着酒杯与岳父大人交谈的新郎。虽然嘴上说着"好惊讶"，"真没想到"之类的话，梁乐笑心里应该是开心极了，小艾从没见过友人露出如此幸福的表情。

把恋爱养成类hard模式都通关的连医生，小艾真心佩服。他到底是有多大的耐心和毅力，才让梁乐笑这种完全没有恋爱细胞的女人点头。

"喂，连诀你哭什么！"小艾突然叫起来。

"我感到好幸福啊……"伴郎哭得都快昏了，"真不枉费我一直撮合这两人，现在他们终于修成正果，笑笑不会离开我了，一辈子都是亲人，多好，多幸福啊！"

"活生生把前女友变成嫂子，还一辈子都是亲人。"小艾忍不住吐槽这基佬，"连诀，你果然棒棒哒。"

再等梁乐笑反应过来，她与连辰已经算是名正言顺的夫妻，不得不搬入连辰准备已久的新房。

事情走到这一步，似乎一切顺理成章。只有当事人觉得匪夷所思，梁乐笑努力回忆过去和连辰的交集，还是想不出他们之间有任何火花。

她看过《初恋50次》和《记忆中的橡皮擦》，虽然无感，但小艾每次都为男主的默默付出和女主的失忆哭得稀里哗啦。

难道……

"我是不是失忆过？"

半跪在地上，正在把她从家里打包来的物品一一拆开的连辰，好笑地看着她。

"据我所知，没有。"

"那为什么对我这么好？"

连辰身形一顿，彻底停止了工作，走到她的面前。高大的身形投来的阴影将梁乐笑整个包裹起来。刚才还要笑不笑的脸现在非常严肃，眼神中尽是深沉的情愫，让她忽然觉得自己说错了什么。

似乎是看出了她的局促，连辰叹了口气，飞快地捏了下她的鼻子。

"你没有失忆，只是缺根筋。"

梁乐笑和连辰认识超过十年，但其中四年她和连诀看着更像情侣，还有四年去了美国，印象中并没有太多与连辰的交集，如果有，她也只是待他如兄长，如父辈。

大学一年级，梁乐笑确诊PIT，她瞒着老梁借着交换生的理由，去美国治病，又怕伤离别，拒绝了所有人去机场送行的好意。原本梁乐笑打算独自去机场，临行发现一个人根本拿不了那么多行李，最终还是有人送了她。

那个人，就是百忙之中赶来的连辰。

他脸色冷冰冰、一言不发地将梁乐笑送到机场。向来爱热闹的梁乐笑一路上憋成内伤，受尽了他周身的冷空气，简直像是坐了辆运生肉的冷藏车。

直到快要出关的时候，连辰突然说道："要不是连诀说漏嘴，你是打算不辞而别么？"

刚拿到对方大学通知那会儿，梁乐笑和所有朋友都吃过散伙饭，微博上晒了整整两周，还没出国就胖了五斤，唯独没有想到连辰。

只是朋友的哥哥，关系没那么好吧！可人家毕竟抽空帮她运行李来了，梁乐笑讨好地赔着笑脸。

"对不起嘛，连大哥，等我回来一定补上。"可她刚说完就后悔了，他们并没有那么熟。

"补上什么？"

"补上请客吃饭啊，以后我回来一定请你。"

连辰眼神一暗，微不可查地叹了一声。

梁乐笑小心地观察眼前这尊冷面大神，生怕一不留神又得罪了他。可不知怎么的，她总觉得连辰现在硬邦邦的表情并不是生气。

为什么呢，她的离去真的有那么重要？

当梁乐笑和自己那些好友喝着酒说着离别时，有人放声大哭，有人舍不得地拥抱，还有人信誓旦旦说每年都飞去看她。她心中自然是感动，但再感动都不及此刻的动摇。

她是不是做错了什么？梁乐笑不理解，只是被这气氛压抑得想要逃跑。

而且她真的那么做了，拖着行李箱，往后挪了一大步，随即那一直沉默的男人突然向她看过来。

"一个人在外，不要喝酒。"他说。

梁乐笑奇怪地瞧着连辰。

"连诀并非每次都有空，我接过你几次，每次都很不像话，特别是上周。"

"连大哥，我没干什么蠢事吧！"

即使喝醉了，她也能像正常人一样面不改色说话聊天，但脑子其实一片空白，过后大多也不记得。因此只要是喝酒，每次她都会和连诀事先说好一定要去接她。

"连大哥，我是不是在你面前说了什么不得体的话？"

某次，她喝醉后很一本正经地和一哥们儿说自己是蕾丝边，要他介绍女朋友，不然就抢了他的女朋友，直到现在那哥们儿看到她还绕道跑的。

连辰看了她一会儿，薄唇轻启："没有。"

明明说了没有，但他的目光却有分量，带着些难以言明的情愫仿佛是她辜负了什么。

现在想来……梁乐笑的心咯噔一下。

就是这个眼神没错！方才，连辰总是这么看她。这欲言又止，无从说起的无奈，像是一种屡屡落空又执着等待着回应的习惯。

所以说，真的和小艾说的一样，连辰早就对她有情，只是自己不知道？

"笑笑？"见她发呆，刚准备回去收拾的连辰又回到她面前问道，"是不是累了，不舒服么？"

梁乐笑摇了摇头，仔细端详面前的男人，忍不住伸手去抚摸他刚毅的脸颊，摘去碍人的眼镜。有那么一句话形容他再恰当不过，明明可以靠脸吃饭却偏要靠实力。当年竟然没有发现他那么帅那么赞，简直是戳瞎了狗眼。

"连辰，我是不是还欠你一顿饭？"

连辰微讶，又想到了什么，摇了摇头。

"不欠了，你已经请过我了。"

"什么时候？"向来他们一起吃饭，都是连辰买单。

"你已经请我吃过喜酒了。"

"连医生……你真是……"

"嗯？"他抬眸，抓住了她手，低头亲昵地吻着，又抬起头贴在自己脸侧摩挲。目光柔和。

只是这么一个小小的动作，又让梁乐笑有哭的冲动。连辰待她总是那么温柔，那么小心翼翼，仿佛是待世间唯一的珍宝。

他环着她的腰，低头吻她。

已经是深秋，梁乐笑却一阵阵发热。被连辰触摸的皮肤，酥麻酥麻，突然仿佛有电流窜到她身体里引她微微发颤。不再满足浅尝辄止的亲吻，她眸中尽是叫人拒绝不了的邀约，手也不规矩起来。

"笑笑，克制。"连辰从有些失控的吻中缓过神来，低声相劝，本是一本正经的话语，却因为动情的沙哑声音而显得更加诱惑。

"克制什么？"衬衫下，男人的肌肤像是包裹着钢铁的天鹅绒，梁乐笑又摸又捏，想要把自己身上的燥热宣泄在上面。

连辰努力忽略掉被她撩拨起的火，将她胡乱摸索的手按到微微隆起的腹部，像是呢喃一般靠在她耳边说道："太平点儿，好么？"

正在兴头上的梁乐笑才不会善罢甘休，双手乘势继续往下，明显感觉到环抱着她的躯体浑身紧绷，气息紊乱起来。

"都三个多月了，放心没问题！而且，我可以在上面啊。"

连辰眼神一暗，感觉自己最后的理智都快被她剥光。

"笑笑……"只是普通的名字，因为喘息被他念来性感无比，"笑笑，我是谁？"

"还有谁，你是连辰，我老公啊……"

连辰将她一把抱起走进卧室。途中被急迫的新娘拉下脑袋吻了又吻，还未走到床前，胸口的衬衫扣子便不翼而飞。

……

几个月前，连辰心急火燎地赶到拉斯维加斯，沉稳严峻的面容露出少有的焦虑，他很急，非常急，生怕自己去晚了，梁乐笑又干出什么荒唐事来。

起因是连诀的一通电话。

"大哥，你正好在波士顿开会，能帮我去看看笑笑吗？她先前和我打电话，说了很奇怪的话，我担心她是不是出事了，我查到她通话的地址在波士顿。"

连诀并不知道自己的大哥和梁乐笑有多熟稔，甚至连梁乐笑自己都不知道。如果她知道的话，应该就不会如此肆无忌惮。

连辰按照连诀查出的地址，在梁乐笑的住处扑了个空，倒是遇到了正给她收拾东西的汪洋。

汪洋曾经出现在她的微博里，是梁乐笑的暗恋对象。连辰下意识地想到她或许因为汪洋受到了什么委屈。

汪洋则是有趣地打量他，蔚蓝色的眼睛毫无情绪波动，像剔透的玻璃珠子，却仿佛能洞穿一切。

"她和朋友去拉斯维加斯捉奸了。"汪洋说道，"这女人的生活真是丰富多彩，不是么？"

梁乐笑经常都会在微博里写友人A的分手故事，本该是心酸愤怒的背叛，竟被梁乐笑描述得怪诞又搞笑。

她像是天真无邪的孩子，不懂得男女之情的魅力，自然不能理解遭遇感情背叛的痛楚，说她是没心没肺再恰当不错。可这次，梁乐笑在出发前和连诀打过一个奇怪的电话。她说："连诀，你要不要我给你生个小孩，反正你也不会有小孩了。"

这不禁让人担心，没心没肺的女人，这次真的遇到了什么大麻烦。

赶到梁乐笑在微博上定位的酒吧，早就不见人影，手机也关机。连辰只得漫无目的地在日落后的街头四处寻找。

拉斯维加斯大街即使在午夜依旧热闹非凡，一身正装又形单影只的连辰，与此地浮夸奢华的气氛格格不入。

穿什么在街上走的都有，暴露的比基尼、性感的兔女郎、搞怪的Cosplay、洁白的婚纱，形形色色的女人，或是演员或为生意，娇艳地朝他笑着，浓妆下看不到本来面目。这本来就是一个消费至上的城市，只要有钱，什么事都能办到。

一阵银铃般的笑声，令连辰猛然一顿。白色的轻纱从眼前一晃而过，他伸手拉住了那人纤细的手臂，瞪退了尾随在后，企图与她搭讪的家伙。

"嗨，连大哥。"梁乐笑回过头，朝他嫣然一笑。

这笑容太过灿烂，映着霓虹灯的色彩，像是在梦里。连辰不由心悸，但马上看出了端倪。梁乐笑又喝醉了，清醒的梁乐笑看到他像是老鼠见到了猫，躲还来不及，哪会像这样笑着和他说话。

"你又在搞什么？"

她傻兮兮地笑，纯真又认真，拉着他的手摇啊摇。

"我想要结婚。"

"什么？！"连辰不禁将她抓得更牢了。

都说酒后吐真言，梁乐笑喝多了也会忠于自己的欲望，她现在说想要结婚，便是真的心里想着要结婚。如果放手了，很有可能一转身这家伙就真成了别人的新娘。

她是怎么了？是在谁那里受到了委屈，连辰不禁心疼起来。

"那你准备和谁结婚？"他沉声问道。

表情有一瞬的呆滞，梁乐笑似乎这才开始思考结婚对象。就在她还在用酒精麻痹后的大脑使劲思考新郎是谁的时候，一人急急忙忙朝她跑来。

"小姐，可找到你了。"白人胖子头挂单反，气喘吁吁地夹着三脚架而来，"你的新郎来了吗？"

在拉斯维加斯到处都有卖婚纱的小店，因为到处都有人在结婚。二十四小时营业的小教堂，比二十四小时营业的便利店更加灯火辉煌。

胖子见了梁乐笑身边一身怒气的连辰，解释道："小姐刚在我这里买了婚纱，说想要拍婚纱照，满大街找新郎。"

"你们竟然卖婚纱给醉鬼？"连辰不客气道。

"醉？醉了吗？完全看不出啊。"

白胖子见他面容严厉，口气不善，又瞧着姑娘撒娇般拉着他的手直摇晃，心里有了谱。定是女方喜欢男方，用这种方式逼婚，但男方丝毫不为所动，怒气正盛。

哎呀，生意做不成了，这男的分分钟要当众把梁乐笑的婚纱剥下来扔还给他，办理七天无理由退货。

可上帝还是善待他的，白胖子听到了那男人说：

"你们这里有男士礼服吗？"

白胖子立刻露出了"终于等到你，还好没放弃"的微妙表情。

"这位先生，现在办理结婚登记，送豪华酒店蜜月套房一晚，晒幸福照片至推特并@本店，更有全单98折优惠等着您。顺便问下，结婚证你们是要合法的还是不合法的，合法的加盖内华达州认证章，国际通用，只要9块9美金，不合法的可以PS任意信息，只要99美金。"

"为什么不合法的那么贵！"新娘叫起来。

白胖子嘿嘿嘿，这种事情不好说得太明白，拉斯维加斯本来就是全世界男人公认的耍流氓的好地方。

"先生，您看选哪种啊？"

梁乐笑抢在连辰之前脱口而出："必须合法啊，才不要花冤枉钱！"

白胖子再次看向连辰，毕竟这个严肃的男人才是说了算的人。从白胖子阅人无数的经验来看，这男人很有原则意志坚定，不是随便玩玩的那类，哪可能就因为梁小姐撒娇一下就冲昏了头，真的套牢自己。

谁知，男人竟然板着脸，说了一个"好"字。

婚礼的过程全都按套路，新娘玩得很尽兴，新郎显得火很大。

再后来，梁乐笑酒醒之后，如他预料中的一样跑了。连辰按捺住把她抓回来好好教训一顿的想法，等着她自己找来。可谁知，梁乐笑根本没有看到床头的结婚证书。

闭了闭眼，连辰从记忆里回过神来。

此刻，再次新婚的妻子正心满意足地蜷在他的身边，终于不会再逃跑了。

满溢的幸福感让梁乐笑瘫软在被褥里不想动。连辰连带被褥一起搂着她，白皙的皮肤上动情的红晕尚未褪去，就像一颗好甜好美的棉花糖。刚刚平复的感觉又因为眼前的秀色可餐蠢蠢欲动起来。这个磨人的小妖精，每次兴致来了都会非常直接，让他傲人的定力变得不攻自破。

"对了，我有件事一定要和你说，关于肚子里那个……"她眯着眼睛，半睡半醒地摸着自己的小腹。

"嗯？"连辰有一下没一下地抚摸她裸露的手臂，像是在安抚一只懒散又爱偷吃的猫。

可过了很久，懒猫都不再有动静，他不由问道："你要说什么？"

答复他的是梁乐笑均匀绵长的呼吸，她舒服得竟然说到一半便睡着了。

算了，让她去吧，连辰微微勾起嘴角，为熟睡的人儿抚开遮挡在脸上的头发，翻身在她的背后躺下，双臂轻轻从身后揽住她。未来得及平复的胸口贴上女性柔美的后背，鼻腔中尽是她秀发散出的清香。

他意犹未尽地吻了吻梁乐笑裸露的后颈，缓缓合上眼。这一刻，他感觉自己的心终于被填满了。

公司里，梁乐笑已婚的消息不胫而走。不少人向她道贺，就连刚从美国回来的女王陛下都立刻知道了。

"真没想到你这么快就能结婚。Daisy，有你的。"黄亚芳露出了一种很难说是祝福，更像是在惋惜的模样。

"女王大人，别这么说，像你这样事业有成的成功女性，才是男人追求的目标。"

"我么？不打算结婚，不准备在这种事上浪费时间。"

梁乐笑明白了，刚才女王大人的眼神并不是在恭喜她，而是表达失去一位友军的遗憾。在黄亚芳眼中，她本来应该是那种没什么心思谈恋爱，不专注于男女感情的同类。

但是……那种感觉真的很好，梁乐笑食髓知味，后悔没有早点归顺连辰。别看他平日冷感又严肃一派禁欲系作风，在床上可就是另外个人。要不是念她还是个孕妇，连辰绝不会让她有机会在早上起床，医生的工作果然够压抑。

她企图和小艾讨论男人的表现，结果小艾尖叫着关了对话窗。

有人向她们走来，是麦斯。梁乐笑端详着外国帅哥的俊脸，暗想照例说外国人在这方面应该很有特长，为什么小艾……难道他们还是纯洁的？想想小艾历届男友，哪个不是三天亲嘴一周上床的？这次节奏有点慢嘛。

"嘿，Daisy，一大早能不能不如狼似虎地看着我？"外国人有礼有节地朝女Boss问好，随后看向她，"听说你结婚了？真不可思议。"

麦斯的成语向来词不达意，梁乐笑并没有在意。

"Daisy，看来我不在的时候，你已经和你的上司相处得很好了。"

梁乐笑一惊，意识到现在已经到了两大Boss正面交锋的时刻，两人皆微笑着看着她。

怎么办？这是要让她选边站了吗？两人都是她的朋友，很为难欸！

正在梁乐笑僵着脸不知道要说什么的时候，两个Boss一前一后走进会议室，关上了门。

"Daisy，签一下。"Lisa扔给她一份合同，"你的实习期已经过了，麦斯和Queenie对你很满意，恭喜你啊。"

三个月已到，本来以为很难隐瞒的事，没想到谁都没有注意。

天气渐凉，外套下梁乐笑微微隆起的小腹毫不起眼，只是……有些事她必须和连辰交代，该怎么和他说呢？

连医生的周身，总散布着一种让人不敢轻易靠近的严肃氛围，被他瞪一眼更是寒风入骨要哆嗦好久。但连医生的病患投诉是最少的，一来他恪尽职守；二来的确是没有病患敢挑战。上次那个因为打架斗殴进医院的小混混，一开始还嚣张跋扈地闹腾，等出院的时候已不知怎的被连辰收拾得服服帖帖，不仅送了面锦旗回来，还退了混混身份回家踏踏实实开了家小店。人们每每回忆前混混都说，看到连医生，就让我想起了以前对我很严厉但其实关爱着我的小学教导主任。

正因如此，不但连辰身边的实习小医生对他又敬又怕，周围的同事不敢造次，就连做了好几年的资深护士被他冷冷地看着，都会不断检讨自己刚才八卦是不是讲太大声。

连医生已婚，新娘是圈外人，并不是心仪已久的白艺，是幡然悔悟还是另有隐情。护士之间口耳相传的八卦，已上中心医院十大热议事件榜。

但他本人并不在意，反而因幸福的婚姻生活，整个人都神清气爽起来。

此刻，即便是在这万物萧瑟的深秋，与连辰擦身而过的人都有如沐春风的感觉。他面容沉浸在阳光中般朝人点头问好，金边眼镜衬着他五官深刻的面容，显得冷峻又儒雅。

"连辰。"王医生从后面走来，拍了拍连辰的肩，"今年援助的项目，你是不打算去了吧。"

"嗯，不去了。"

王医生点了点头说道："你终于想通了。别的科室都抽签决定，就你们科室年年都是你。"

中心医院每年都会有无国界医生的援助活动，为期三个月。虽说是出国但那地方又穷又苦，医学条件落后不说还经常有武装运动，一不小心就会被卷到冲突里就能当烈士了。

之前连辰没什么牵挂，科室里没人愿去，他就去了。

可现在不一样。想到终于娶得娇妻，连辰就不觉流露出温柔的表情。

王医生靠得近，险些被自己突然耸立的鸡皮疙瘩硌硬死，他抚了抚手臂，由衷感叹："看你和弟妹终于修成正果，我终于又相信爱情了。以前还以为你只是随便找个理由敷衍白艺。"

连辰奇怪地看他一眼，并肩走进食堂。褪下白袍，两人西装笔挺，一人神情严峻一人风流倜傥，皆是相貌气质突出的青年医生。

想当年连辰和白艺在医学院可是标准的金童玉女，佳偶天成。他们出入同一实验室，导师相同，经常可见结伴而行，久而久之旁人就得出了"双璧"是情侣档的结论。

正值女神档期的白艺乐得其成，没有做过任何解释，让其他追求者都惋惜不已。

可某次两人真谈到感情问题时，连辰却十分诧异被传成是白艺的男友，并说自己早已有了喜欢的人。心高气傲的白艺当然不信，他们从早到晚都待在一起，就没看到过任何女生靠近连辰。于是连辰随手一指，指向个明显不是他们学校，只是路过来大学院买奶茶的丫头。

"就是她，我喜欢的人是她，好多年了。"

"可那孩子……还在读中学吧。"白艺不但震惊而且震怒。心想着，就算你对我无意，也不能随便指个路人甲来搪塞啊。她白艺可是医学院女神般的存在，哪点比那丫头要差？

连辰收回看向实验室外的目光，见白艺向来平静冷淡的面容涨得通红，眼中尽是不信和愤然。

"白艺，我会和大家澄清我们的关系，你放心。"

"不行！"白艺急中生智地顶回去，"嗯，其实我也有喜欢的人，不过他不在我们学校，如果让学校里那帮家伙知道，肯定有人天天来烦我。再说你吧，我看我们导师一门心思想把女儿介绍给你，碍着我的面子才没有很明显，不然你就等着给未来岳父大人打工吧。一个导师是如此，外面莺莺燕燕多了去，要不是我，你哪能这么清闲。反正你的小女友也不在我们学校，我们现在这样不错，既然都是不愿意惹麻烦的人，不如保持沉默。"

"只是这样，女孩子总是吃亏的。"他有些犹豫。

"没关系，就当是欠我一个人情。"

之后两人再也未提及此事，相处一如既往，但在外人眼里，他们还是医学院的院对，直到被爆出白艺的恋人另有他人。连辰无辜戴了绿帽子，这帽子还像是呼伦贝尔的大草原，几年间涨势可观。

都不知道到底是谁欠了谁。

正值医院的午餐午休时间，食堂里挤满了各路人马。王医生和连辰寻了一地刚落座，马上便有人在边上坐下。放在过去，除了王医生，才不会有人愿意与浑身散发冷气的连辰一桌，可现在那两位护士小姐不仅畅谈甚欢，还在偷看连辰。

连辰目不斜视，似乎没有发现自己已经成了关注对象，他垂着眼睛正在刷新手机微博。今天是周六，只要坐班到两点，本来约了梁乐笑去看电影，可她说已与人有约，一早就出了门。

又去吃喝了。

九宫格照片，奶茶、炸鸡、手抓饼，满满都是垃圾食品。梁乐笑的胃口的确不如往常，偶尔能生出想吃的念头，都是些奇怪的食物。连辰不禁抬了抬眼镜，微微一笑。

这一抬一笑令同桌的女性不由心口一紧，背后苍白的墙壁仿佛开出了朵朵小花。王医生摇了摇头，他几乎都要听到她们内心的惊叫了。

突然，连辰的笑容隐去，眉头蹙了起来。因为看得很仔细，他发现了梁乐笑自拍照的背后有某个熟悉的男人的巨型海报。

怀孕后，梁乐笑的皮肤愈发光泽，秀发乌黑透亮，身材日渐丰韵，不用刻意打扮，便能令人在人群中发现她的美好。整个人都透着一股成熟苹果的香甜气息。

这些改变均拜荷尔蒙所赐。孕妇的荷尔蒙不但让她变得更美，还让她充满女性的欲望。过去清心寡淡，不知男女之情的梁乐笑，眼下根本经不起撩拨，一个吻便是一串火。虽然最后大多因为力气不足被连辰夺回了主权，但不得不说她燃起的热情足以燃尽连辰的理智。

有时，他甚至恐慌，现在的梁乐笑因为怀孕而改变了性格依赖着自己，是否会在某一天突然又变回没心没肺的样子。到那时，乘人之危的自己，是否还能留住她。

连辰毫不犹豫拨通了梁乐笑的电话。

"你在哪里？"

梁乐笑压低了声音回答："我正听讲座，A大，不说了，晚上和朋友吃了饭回来。拜。"

在周围人愤怒的目光下梁乐笑收了手机，狠狠地吸了口奶茶。众人这才将视线重新投向台上的主讲者汪洋博士身上。

他是校庆主办方请来的优秀校友。少有学者像他这般英姿勃发引人注目，也少有亚裔能将英伦风西装三件套穿得如此得体。那张嘴角上扬总在微笑的俊脸，带着一种藐视众人的孤傲和清高，这偏偏又成了他吸引人的特质。作为一个科学家，他简直是时尚界的残念，影视圈的遗珠。

A大医学院和别处主要输送医生队伍的医学院不同，大多数毕业生都走上了科研的道路，是代表了国内最顶尖的医学研究水平的医学院。汪洋在A大本科以第一名的身份到哈佛深造，历年来发表了不少具有影响力的论文和学术成果，他不仅是细胞遗传学界的传奇人物，也是众多A大医学院学生的憧憬。

校门口某人硕大的海报，像极了偶像剧的剧照。

海报上的汪洋西装背心外穿着实验室白袍，站在哈佛的顶端，神态高冷漠然，目视前方。衣摆被风吹起飘飞，仿佛是件白色的斗篷，那是所有超级英雄都会有的斗篷。

眼下这位明明看不起普通人却立志拯救苍生的超级英雄，眉宇间正透着不耐烦地给医学院的学生演讲。

"世界上存在物竞天择的道理，优秀的基因携带者往往更容易找到配偶，繁衍下一代。而相对的一些劣质基因，比如病、丑、蠢则会在这场比赛中被淘汰。当然那些矮、挫、穷的基因也岌岌可危。"

台下一片笑声，梁乐笑可笑不出来。她觉得A大纯良的学生们并未意识到，刻薄的汪博士是扫了他们之中几个一眼，才补充的后面那句。

"反过来说，基因比人聪明，懂得为大局取舍。不利于人类演化的基因会自取灭亡，而不是争强好胜地努力不输在起跑线上。"

"那博士照你这么说，是不是人一生下来就注定有胜利者和失败者的差别。"学生提问。

"按照基因学理论，能被生出来的都是胜者。你是那颗最合适的精子，切莫辜负初心。"

"博士，既然你说基因趋向完美和繁殖，那为什么现在很多人'搞基'，还有人丁克呢？这不是断子绝孙么？"

"所以这些人的基因表达，并非和他们现在的外貌地位是一样优秀的，不愿留下子嗣，哪怕其他基因再完善也是会被淘汰的失败者。"

台下好些读到博士的单身女性莫名中箭，场内一度骚动起来。

"汪博士，你有女朋友么？"

所有人都竖起耳朵，阶梯教室宁静，因此最后一排吸奶茶的声音就特别响亮。汪洋的目光扫了过来，梁乐笑不由一惊，立刻低下头。

"没有。"他说。

女学生开玩笑地说道："如此优秀的基因如何遗传，要么考虑下我吧，你的智商那么高，我那么漂亮，我们的孩子肯定又聪明又漂亮。"

"我很担心他继承了你的智商。"

学生哄笑。看来他们是相当喜欢这位风趣又刻薄的优秀学长。可这位学长此刻已露出了烦躁，不要问梁乐笑是怎么知道的，反正她就是知道汪洋这个表情是不耐烦了。

"汪学长，听说你在研究PIT综合征，国际上很少有这方面的材料，能简单介绍一下吗？"

"PIT综合征，简单地说就是不利于生育又会因生育而将疾病带给下一代的病症，近五年罹患这一疾病的人明显上升，诱因为第二十八号染色体异常，但具有自我毁灭的特性因此未曾被当成疾病报道。"

"什么是自我毁灭的特性。"

"之前已经说过，劣等基因倾向于不被遗传，因此患有此病的人感情大条，情商过低，油盐不进，总曲解别人的好意，一直活在自己的世界里，通常碌碌无为，又因并发症英年早逝，基本没人会记得。"

梁乐笑默默忍受来自台上那人的飞刀，要说毒舌，应该没人比得过他了。当初真是瞎了眼，才会觉得自己是喜欢上这家伙。

学生有人提问："既然如此，为何PIT综合征还在人群中增多？"

汪洋垂下眼帘，勾了勾嘴角，哼了一声。这个忍不住嘲笑又自觉嘲笑也是施舍的不屑表情，在和汪洋相处的那段日子中，她常会见到。每当她心里念着他的好想要表白，又被泼了冷水缩回原地时，他总是这个这样子。

突然，汪洋朝梁乐笑看过来。今天他的眼珠是黑的而不是天空般的湛蓝，多半是带了隐形眼镜的关系。这双宛若深渊般黑不见底的眼眸，就这样直直地逼视她，有着往日不同的亮泽。

"为什么？自然因为，总有王子，喜欢吻醒睡美人。"说罢，他随手将手中话筒往讲台上一搁，两三步走下了台，朝后排走去。

台下的学生感到莫名其妙，纷纷议论。主持人上台救场：

"非常感谢汪博士给大家带来生动的演讲。"

当梁乐笑意识到汪洋是冲她而来之时，不由想要逃跑。很少见到他如此气势汹汹，步履间有股要拿她兴师问罪的感觉。她赶紧弯着腰从后门逃出，在走廊没走几步，便被人从后面抓住了手肘。

"梁乐笑。"

梁乐笑不得不转过身来："嗨，汪洋，好巧。"

不上班的日子，梁乐笑没有穿宽松不显肚子的衣服，因此从体态可以判断她是个孕妇的事实。汪洋看到她微微发生变化的身体，有些发愣，不由伸手摸了下她的肚子。

"都这么大了。"他不由脱口而出。

两人分别时，梁乐笑未有孕。分隔两岸后，多是通过视频交流，或是传些报告，汪洋从未见过她真实的孕态。

"大么？医生说我羊水少，肚子偏小。"梁乐笑不喜欢有人这样摸她，况且还是异性。之前她的肚子也只被医生和连辰摸过，她随即拍掉汪洋的手，"是什么风把你吹来了？"

"你在线上天天担心这个担心那个，又不肯过来给我看看，作为负责的科研人员，自然要亲自验收标本状态。"

梁乐笑想：果然是这样，真没有人情味。

"走吧，先去吃饭。"科学家提议。

"去新疆餐厅！"梁乐笑可是做过攻略来的。

A大对面的新疆餐厅闻名遐迩是西南高校学生中殿堂级的美食餐厅，曾被A大米其林轮胎社团评为三星餐厅。梁乐笑选址此处，除了为一饱口福，另一半也为看到汪洋吃瘪的样子。

汪洋吃的不挑，几个三明治就是他在实验室一天的干粮。他也不懂得分辨美食，梁乐笑曾经用心为他做了一个月的爱心便当，结果只拿到和便利店三明治差不多的评价。

他只有一种东西忌口：辣。

大盘鸡，烤羊肉，丁丁炒面上辣油鲜艳，香气四溢，梁乐笑食指大动。

"胃口不好，嗯？"语气不怎么好，汪洋眼角一提，生出艳丽来。

"除了胃口不好，还经常犯困，记性也差了，每天早上干呕浪费我化妆时间，经常迟到被扣钱，还有明明胃口不好，肚皮反而突出来了，好多裙子都穿不下。"她打了一个饱嗝，客气地说，"你怎么不吃呀。"

嘈杂的餐厅里，汪洋支着单手微笑地注视着眼前眉飞色舞的女人，带着一种格格不入地优雅与傲慢。

"听上去，你过得不错。"

哈，果然是汪洋说话的风格。这人真是一天不损她就闲得发慌。

"汪洋，你怎么会来？"

"路过而已，校友会那群疯子太烦人。"

早知如此，当年就不应该解散学联，建立什么W社团。这些年W社团非但没解散还发展成了精英社团，出了好些个人物，几乎要和哈佛的"坡斯廉俱乐部"齐名。

"路过？你要去哪里？"

"德马丝柯。"

"哇，你这个路过有点绕路啊。"梁乐笑不由惊叹。

汪洋是个持才傲物的科学怪咖，当年颁发总统科学奖那会儿，他就以"实验繁忙无暇领奖，你们快递给我就好"的理由缺席了。真有什么事，可以让他这个大忙人从美国东海岸的老巢，特地千里迢迢，横跨大洋地路过，这校友会的主办者可真是神人了。

要是在过去，梁乐笑一定会说，你明明是专程来看我的，别找借口了，我就知道你是喜欢我的。可此时，她只是笑了笑。时过境迁，当年对汪洋的一厢情愿早已烟消云散。

"德马丝柯，是不是要打仗了，那种地方好玩吗？"

"国际罕见病基金会论坛今年在德马丝柯。"汪洋微微侧过头，没什么波澜地看她，"想和我一起去？"

"我干吗要去，作为你的样本被人参观解剖么？"

国际罕见病基金组织，是资助她进行PIT综合征治疗的国际组织，也是梁乐笑与汪洋的缘起。

梁乐笑和汪洋首次相遇是在哈佛医学院的实验室，她是被基金的工作人员带去的。汪洋穿着实验白袍，头也不抬地继续做着她不能理解的生化实验，似乎根本没打算正眼瞧她，好像她是被送进实验室的另一只白老鼠。

如果第一次见面还不能说明汪洋糟糕的性格的话，之后几年两人的相处，让梁乐笑知道了什么是天生凉薄、冷酷无情。他仿佛是一支高岭之花，藐视着所有人。

哪怕是当初以治愈之名给她做的体外受精试验，这人恐怕都从来没有想过，对于一个女孩子是一个多么重大的决定。

"对了，我一直想问你。"梁乐笑抬起眼眸，有些紧张和不安地捂着肚子，"我真会生出个金发碧眼的小孩？"

汪洋挑了挑眉。

"汪洋，我知道你一直不在乎我的感受，也知道签过协议不可以问这些，但是这对我很重要。"她必须告诉连辰了，无论是什么结果，"所以，拜托……"

"你觉得我不在乎你？"汪洋打断她的话，双臂环胸，露出了一脸不赞同，随后自嘲地哼了一声，一如梁乐笑和他相处时常见的表情，"你放心，不会出现你担忧的情况，因为……因为精子是我提供的。"

梁乐笑一口茶水喷出来，被呛得面红耳赤，眼泪都快跑出来。

汪洋看尽了某人的丑态这才慢慢悠悠说道："开个玩笑，我绝不会让自己的后代有任何变笨的可能。"

"你很讨厌哎，怎么可以开这种玩笑！"梁乐笑拍着胸口，喘着粗气。

经过多年磨合，梁乐笑早习惯了汪洋的冷嘲热讽和刻薄调戏，可这次他看她的眼神一点儿都没有得逞的愉悦，反而带着一丝不确定的迷惑。

他就这么看着她，仿佛入定一般。即便是带着黑色的隐形眼镜，凑近看他的眼睛仍泛着深蓝。最终，似乎是极不情愿地承认："梁乐笑，恭喜你，第四次人工授精也失败了。"

过了好久，梁乐笑才慢慢反应过来这句话的意思，她不可思议地瞪大了眼睛，抚摸在肚子上的手指不禁微微发颤。千分之一的自然受孕机会，竟然在那一晚发生了奇迹。

"这是连辰的孩子。"他说。

"啊！你怎么不早说！"梁乐笑不禁激动地站了起来，餐椅被她掀翻在地，而她浑然不觉。

"我告诉过你需要面谈，是你躲着……"

汪洋未说完的话被淹没在梁乐笑用力的拥抱中。不习惯与人肢体接触的高冷科学家立刻要推开她，可刚抬起的手，却轻轻抚上了她的后背，慢慢收拢，浅浅地拥住了她。

他的侧脸感受到了她眼角的湿润，深深地叹了口气，像是惋惜专研几年的研究成果终究落入了他人之手。

梁乐笑兴奋地喃喃自语着："太好了汪洋，太好了！我要去告诉他，现在就去！"

连辰下了班直接去了A大，内心愤怒又焦躁。没错，是他以卑劣的手段，让梁乐笑不得不和自己在一起。梁乐笑是他的执念，一守守了那么多年，本以为早已习惯了她的没心没肺，习惯了她的荒谬随性，只要绑在身边就好。可现在，连辰发现，原来比得不到更难以忍受的是对失去的恐慌。

连辰匆匆在校园里停了车，一抬头就看见汪洋的巨幅海报。真是有病，好好的学术演讲非得宣传成偶像见面会。

"学长，能给我签个名吗？"

听到声音，连辰倏地转身，把身后的女学生吓了一跳。

"对不起，我们认错人了。"女学生像看到了什么可怕的事物，花容失色，赶紧跑远。

连辰皱着眉头，意识到自己急着出门，竟连医生的白袍都没褪下，模样与海报上那人还真有几分相似。他心情恶劣地脱下白袍，随手塞进车里。

在校园里寻了几步，远远地便看见了梁乐笑和英俊的青年科学家并肩而行。

她从来没有如此活泼，像是回到了少女时代，红扑扑的脸蛋洋溢着满足和欣喜，时不时与边上那人说笑，那人没什么反应，她自己一人笑得喘不过气。

在连辰的印象中，梁乐笑见他多半是敬畏有加，就算现在关系亲密，她都没有对自己这样笑过。

本来就冷着脸的连辰这下更散发出阵阵寒气，这令非常熟悉这种冷飕飕感觉的梁乐笑马上发现了他的所在。

梁乐笑见他，立刻绽放出了更大的笑容，拽着汪洋走近。

"连辰，你怎么也来了。我来介绍下，这位是汪洋，汪洋，这位是我的先生连辰。"

连辰终于在听到最后一句时，表情缓和下来。

可无论是前男友和现老公见面，还是科学家与医生见面，总让人有一争高下的竞争感。两人不动声色地握了握手，眼神中赤裸裸地表现了互相看不惯。

"好久不见，连医生。"汪洋似笑非笑地说。

"你们认识？"梁乐笑问。

"连医生来找过你，可惜那时你已经出发去中部。"

梁乐笑立刻警觉起来，她一抬眼，汪洋便对她摇了摇头，似乎知道她在担心什么。

对于梁乐笑和汪洋之间的眉来眼去，连辰没什么好脾气。

"如果没什么事的话，我们先走了。"连辰不想与他废话，拉着梁乐笑就往停车的方向走。

"但是，汪洋，汪……"梁乐笑闭嘴了。她发现连辰又拿熟悉的眼神看她了。那眼神中饱含着气愤，不甘和无奈，好像自己是红杏出墙、辜负了他的坏女人。

回家的路上连辰一言不发，梁乐笑憋着难受，几次都用手指戳他的手臂，想要说些什么。

好久，连辰紧抿的薄唇终于叹出了一口气。

"怎么了？"

"连辰，我会生下你的孩子了。"她眼睛亮亮的，充满憧憬地望着他。

单手支着方向盘的连辰，淡淡地说："的确。"

见他依旧没什么好脸色，梁乐笑突然扑过来勾住他的脖子，贴着他的耳朵兴奋地说："太好了，太好了，我要为你生孩子了！"

连辰手一抖，差点擦到边上的车，带着薄怒瞪她，顺势将车停在路边。

"你发什么疯？"

可就这么一瞪，原先胸中那团说不出的抑郁之气竟然消散了。梁乐笑明亮的笑颜像是一束透彻而耀眼的光，穿透了一切阴霾和焦躁。

"我是说，肚子里的孩子是你的，简直太棒了。"她捧着已初见形状的肚子，对着他甜蜜地笑。

梁乐笑的举动总能轻易波动他的情绪，明明是还在为她隐瞒自己去找前男友的事气恼，此刻却怎么都气不起来了，他不自在地撇开脸去。

"这不是理所当然的事么？"

才不是理所当然的事，汪洋都失败了四次，而他一发命中……这么说好像有些猥琐，不过这种强大的能力要放在古代，估计他的子嗣比皇帝老子还要多。梁乐笑心思一歪，笑容也变得谄媚。

"我知道连辰生气了，别生气了嘛，你不喜欢汪洋，对不对？我也不喜欢他。要不这样，你惩罚我啊。霸道总裁言情小说里常有，这种时候，你只要说'小妖精，晚上再来收拾你'。"

连辰抬手捏了捏她的脸蛋。他才没有那么无聊。

见他态度缓和，梁乐笑突然想到。

"汪洋说你去波士顿找过我，是怎么回事？哎，连辰，你不是说去拉斯维加斯开会才遇上我的么，怎么会跑去东海岸了。告诉我，告诉我，来嘛快告诉我嘛。"

她拽着他的手臂摇晃，一副打破砂锅问到底的样子。

要堵上喋喋不休的女人的嘴，最简单粗暴的方法，就是吻她。

连辰猝不及防地回过头，托住错愕中那女人的下巴，给予了致命一击。

一个悠长而缠绵的吻后，他在梁乐笑的耳郭边小声说道：

"小妖精，晚上再来收拾你。"

魅惑的言语像电流直穿过身体，梁乐笑微微发颤，脸色通红，脑子里一片糨糊，早就把之前想问的疑惑忘得一干二净。

第六章　男人来自火星，女人来自金星

怀孕后的女人全身激素变化，分泌更多诱人荷尔蒙，一方面会让女性心理和欲求发生微妙的变化，另一方面也令身边的男子神魂颠倒，心甘情愿为她做牛做马。这是女性保护自己和后代最原始的方式。从生物学角度来看无处不显出比男性更进化的特征：女人原本就比男人聪明。至于为何后来逐渐被男权掌控了世界，或许也只是因为女人们懂了，征服男人就等于征服世界。

看完HBO神剧《权力的游戏》第七季，梁乐笑更加确信女人狠起来远比男人要可怕得多，她们为了达成目的不惜伤害爱人、孩子和自己。可惜在三次元中，梁乐笑期盼的双王大战迟迟没有开播。

女王大人黄亚芳和麦斯相处和谐，即便女王大人锋芒毕露，处处强势，可这位美帝来的副总非但不介怀还尽力配合，时不时一起加班后共进晚餐，去的还是梁乐笑微博上记着要去拔草的那些五星餐厅，算他有眼光。

但，说好的大乱斗呢？照顾一下办公室里都选好边站，时刻准备开战的同事的心情好吗？

另一方面，小艾那边的恋情却出现了警报。

两人下班约在新开的网红奶茶店里，足足排了一小时。梁乐笑胃口不好，对油腻的奶盖不感兴趣，但也忍不住拿那杯辛辛苦苦排来的奶茶摆拍传了微博。

"笑笑，我觉得麦斯没有之前那样爱我了。"

梁乐笑心里咯噔一下，和只知道吃喝玩乐的小艾相比，黄亚芳可是甄嬛级选手，简直The Queen of撩汉！

"他他他，有什么表现？"梁乐笑十分为友人紧张。

"麦斯从不给我点赞！我发了那么多微博，他从来不来点赞！"

啥？梁乐笑无语，刚做出的紧张表情僵硬了。

手机抖了下，进来一条信息。连辰：少喝些，会反胃。

"你看，你老公就很关注你的微博！"小艾愤愤地吸了好大一口奶盖，顿时有种堵住咽喉难以呼吸的感觉，闷得她眼泪都要出来了，"麦斯就从来不会。"

"你有没有想过，麦斯根本没有微博账号，美国人都是用推特的。"

小艾一愣，顿时恍然大悟，可又想到了什么焉了下去。

"他还嫌弃我的名字俗气。"

"你名字俗气？"梁乐笑忍不住喷出来。

小艾全名艾薇儿，没错就是那个国人熟知的加拿大籍黑眼圈叛逆歌后。这洋气又上台面的名字，曾经让梁乐笑羡慕了整个青春期。

难道麦斯觉得黄亚芳这个名字比艾薇儿洋气么！外国人思路真奇葩，会说成语的外国人更加难以理解。

梁乐笑又安慰他："你的名字在他看来估计就和你看你们办公室叫王娟、陈芳一般，没有异国特色。"

"笑笑，你变了，以前每次我只要一抱怨，你都先指责我男朋友，说他会变心就不是好男人，人渣就要趁他还未显露渣的一面时快点分手。然后……还真的和你说的一样，他马上就变心了。"

"我真的是这么说的？"梁乐笑不禁心虚起来，原来过去她自己不懂爱，还带偏了小艾。

"不过麦斯和你的不一样，他说越是想着坏事，坏事就越会按照你想的发生。当我想着或许他不爱我了的时候，我表现出来的姿态、说话的语调都会带着失望和暗示，然后对方可能会被感染，变得失望和退却，到最后真的不再爱我。"

第一次听说有人这样用墨菲定律的，若不是麦斯本人是她们讨论的疑似出轨对象，梁乐笑几乎要为他鼓掌了。

"咦，是麦斯！"小艾指着玻璃窗外的人，露出疑惑又震怒的表情，"他边上的女人是谁，为什么挽着他！"

梁乐笑一眼看到了黄亚芳，她最近染了头发，顶着一头红云，美艳至极犹如高岭之花。

"等等小艾，别激动。"梁乐笑一把拉住已经准备冲出去的艾薇儿，"你刚刚也说了，越是想着坏事，坏事就越会照着你想的发生，我觉得麦斯讲得很有道理。"

小艾手足无措地拉着她，眼泪瞬间充满眼眶。

"那你说我怎么办啊，我好喜欢麦斯。不想失去他。"

小艾的电话响了，竟然是麦斯打过来的。梁乐笑朝她努了努嘴。

"亲爱的，猜猜我在哪里？"

艾薇儿吸了吸鼻子："亲爱的，你在哪里？"

"上次你在微博上说想要网红包包但订不到，我同事Queenie正好是他们的会员，我去帮你买咯，晚上怎么犒劳我？"

还好是误会，如果刚才小艾贸然冲上前去，反而会给麦斯留下嫉妇的坏印象。男女之间的感情甚是微妙，往往一个瞬间，一个决定便会彻底改变。

梁乐笑的确是变了，本来的她，的确会成为艾薇儿那个糟糕瞬间和决定的始作俑者。

看出梁乐笑变化的，还有办公室的Lisa。

"Daisy，你是不是有了？"

怀孕这事果然和怀才一样，时间久了才能被看出来。梁乐笑大方地点了点头，现在她已经没有遮遮掩掩的必要。

"我说呢，怎么看你都觉得哪里不一样，自带柔光，越来越有女人味了。"Lisa指了指她的肚子，"我赌女孩。你去照过了么？"

为了监控PIT综合征对妊娠的影响，梁乐笑总在做B超，但从来没有关心过肚子里的小生命是男是女。对她来说，怀孕更像是治疗的一种方式或是向连辰任意撒娇的一个借口。

　　"喂喂喂，想什么呢。"Lisa在她面前挥了挥手，"你没发现人事总监愤恨的眼神吗，他为自己第二次看走眼正懊恼不已呢。"

　　"我会好好工作的。"梁乐笑向她保证。尽管这个保证一再被连辰挑战，他希望梁乐笑休假回家。

　　"但愿吧。"Lisa说，一副不很信任的样子。上个姑娘也这么说，结果刚怀孕几周就请了长病假，到现在还没回来，公司没有新招人，直接把她的工作转嫁到了Lisa身上。

　　简直是无妄之灾，还没灾后重建，现在又来一波，是看她没男朋友可以单身很久，好欺负是吧。想到这里，Lisa看梁乐笑的眼神就冷了。

　　"Daisy，走了。"麦斯从办公室出来，帅气地敲了敲她的桌子，终于将梁乐笑从Lisa莫名的不友善中解救出来。

　　今日是公司的酬谢宴，摆宴滨江之畔的游艇会所。梁乐笑前期多次踩点，筹划周详，如今已令广告公司安排妥当。都说了她的确是在好好工作，为什么Lisa就是不信。

　　"可能是你身上幸福的光环太耀眼，让人觉得讨厌吧。"麦斯如是说。

　　麦斯的英文不会像他的中文成语那般词不达意，但梁乐笑仍是没听明白。

　　即便是身怀六甲，梁乐笑仍明艳动人。小礼服恰到好处地遮掩了她微凸的小腹，淡妆又精致的小脸气色红润又常带着笑容，叫人看着就觉得柔美又甜蜜。

　　这说不定正是一个女人最美的时刻。

　　与之相比，同为女性的Queenie黄就显得过于霸气外露。她的美丽张扬又高傲，让男人趋之若鹜又不敢擅自采撷，大有从女王进化到女神的趋势。

坐在签到台，梁乐笑无聊地打量各路来宾。和黄亚芳关系密切的李总没有出现，和黄亚芳关系也很密切的孙总倒是来了，还有关系挺密切以及偶尔密切的男嘉宾陆续到场。这个场子里到处都是黄亚芳的裙下之臣，就和当年梁乐笑待的第一家公司一样。

可后来，那家公司倒闭了。

又有人来了，梁乐笑职业地朝来人笑，那人龙飞凤舞签下名字，她仔细一看，也是认识的——贺修远，伶俐通信的CEO。

如果说黄亚芳是她的第一任上司，那么这个男人就是她的第一个客户，还是黄亚芳介绍来的。与此同时，黄亚芳也看到了来人，高高在上的女王陛下竟露出了不知所措的表情，虽只是一瞬间，却让看得一清二楚的梁乐笑吃惊不小。

竟然还有哪个男人是Queenie控制不了的？

嘉宾进出完毕，梁乐笑伸了伸懒腰，决定躲到楼梯间休息。她一打开安全通道的门，就看到了本该被众星捧月的女王陛下正缩在台阶上抽烟。

"Queenie，你不要紧吧？"

黄亚芳抬头看了她一眼，夹着香烟的双指微微发颤。

"他来了，还是来了……"

"你说谁？"

黄亚芳挥了挥周身的烟，站起来，用鞋跟拧碎了烟头。无懈可击的美丽妆容，掩盖不住她的苍白。

"梁乐笑，你说人是不是都会有报应，当你以为这下可以顺风顺水坐着享福的时候，总会有以前造的孽、欠的债来讽刺你。"

"Queenie，你欠了什么债？"

黄亚芳苦笑一下，没有回答，匆匆走出了楼梯间。她混了那么多年，从各色男人那里捞好处，从没有觉得哪个男人会像那人一样可怕。

之后的某天，麦斯出差了，梁乐笑被意外放了半天假，她第一时间就想到了连辰，可打了半天电话都没接，想着他或许又在手术，顿时又没有了胃口。

从来不能随传随到，永远有比她更需要他的人。

梁乐笑现在充分理解连诀这个留守儿童的心路历程。那小子说的没错，亲人是医生，还是外科医生的话，一定会感觉到空虚寂寞冷。

真有点儿冷。梁乐笑抱了抱手臂，深秋的风让孤零零的孕妇在人群中显得更加寂寞。

真奇怪，过去她也总是孤身一人，在美国读书的时候更是无亲无友，怎么就从来没有这么酸不溜秋的玛丽苏感触。看来，怀孕真的能让一个没心没肺的傻白甜，变成一朵多愁善感的小白花。

还是开得特别灿烂，特惹人注意的那款。

当梁乐笑发现自己被人关注的时候，已经来不及装作没看到掉头走开。

几步外的女子长发及腰，苍白的脸上露出浅浅的笑容，消瘦见骨的身形罩在素色的长裙中。

"乐笑，真巧。"白艺说道。

或许连辰都不知道，梁乐笑和白艺是认识的。高中时期她常与连诀去连辰的大学打羽毛球，碰到过几次，因为连诀的关系，每次白艺都会热情地请他们吃饭。那时候的白艺简直是从画中走下来的女神，不像现在病弱得随时会被一阵风吹走。

两人都是如花似玉的年纪，一个即将迎来新的生命，另一个正走向生命的终结。不禁令人唏嘘。

"白艺姐，你好些了？"

"稍微能出来走动而已。"

病中的美人有种令人说不出的羸弱美，路人不禁频频回头。

有个看得入神的，就这么直直地撞向毫无防备的梁乐笑。梁乐笑一个踉跄，眼看就要向身后车水马龙的街道仰倒。

"小心！"白艺上前一步，抓住了梁乐笑的手臂。

梁乐笑这才站稳，心口猛跳，红苹果般的脸上染上一层冷汗。

"乐笑，你还是老样子，都快做妈妈了，怎么不稳重些。"白艺幽幽地说，听不出喜怒，"一起吃饭么？附近有家新加坡餐馆还不错。"

惊魂不定的梁乐笑点了点头。

连辰一回家就看出了小妻子的心情低落。

"怎么了？"他伸手揉了揉她额前秀发，"手术结束后不是立刻给你打电话了么。"

拍掉那只搅乱她发型的手，梁乐笑把自己抱成一团缩在沙发上，一声不吭。连辰弯腰，把她的脸蛋从一堆头发里拨弄出来，顺手捏了一下。

"起来，这样对胎儿不好。"

梁乐笑陡然坐起，愤愤地瞪了他一眼。

"要你管，那是我的！"

男人摘了眼镜，随手放在桌上，素来冷峻的面容露出一丝无可奈何的宠溺。

"中午和谁吃饭，惹你不高兴了？"

每天吃饭梁乐笑都会发微博，无论好吃不好吃都点评下，但要是碰到不顺心的事，微博里就会根本没有这一天，就像他和她在拉斯维加斯的相遇，梁乐笑就从来没有提过。

梁乐笑眼神闪烁了一下，要不要那么敏锐。

"就……就一个人逛逛，都怪你没空陪我玩。"

玩？梁乐笑马上意识到自己用错了词，连辰这么忙哪可能有时间浪费在玩上。就算是不在医院的空隙里，小灵通仍可以随时把他召唤走。欸？最近好像都没见那东西了，连医生是不用时刻待命了吗？

她正这么想着，男人的手，拂过了脸庞将她落在额前的秀发拢到耳后，温柔的触碰带着消毒药水的味道，手指因常年消毒变得干燥又苍白。这是一双拯救过很多生命的外科医生的手，但此刻却在她的侧脸留恋。

"笑笑，下次一定陪你，只要你提前和我说。"

"骗人，你才不会丢下……"

这时，梁乐笑的手机响了，她低头去接听，因此错过了连辰仿佛是承诺一般的眼神。

"Daisy，你下午哪儿去了！不是说下周的上市材料还要重新做吗？现在Queenie都让我做了，"听得出电话那头的Lisa有多抓狂，"你是孕妇也不能这样，要我接手至少把清单给我啊，你什么都不说就溜走，怎么给你收拾烂摊子。"

"对不起，要不我现在过来……"

"难道叫人说我欺负孕妇么，谢谢，你不用来了！"电话被挂断。

梁乐笑叹了口，Lisa对她的成见越来越深，已经很难解释，瞧见连辰始终坐在自己身边，心想他恐怕听到了全部。

果然，连辰开口说道："要是不开心，就回家休息吧。"

本是一句关切之话，梁乐笑却像被踩到尾巴的猫一样跳起来。

"要是叫你不做医生，你愿意么？你的工作高贵，我的工作低贱咯？"她不想咄咄逼人，可是满心的烦躁让她表现得像个刺猬。

"我并没有这么说。"见她沉默着，带着委屈的小脸皱成了一团，连辰内心最柔软的地方疼了一下，"笑笑你有什么不开心的事，和我说说。"

"好让你开心开心，对吧！"梁乐笑横过一眼。

因为身体内的激素水平发生了变化，孕妇的情绪容易波动，脾气暴躁。她再也不是过往那个没心没肺无忧无虑的梁乐笑了，但连辰觉得眼前这位不知为了什么原因与他怄气，正发着牢骚的女人，比任何时候都要真实。于是他笑了……这种时候不应该笑的，他知道。

"你走开啦，走开。"她挥着手企图阻挡连辰的靠近，可在看见他眼底的血丝和淡淡的疲惫之时，不由眼睛一热。

该有多累啊，连着三台手术，换作她站也站不了那么久。

以蛮力扭动的身子放弃抵抗，瞬间便被圈在男人的怀中。

连辰沉稳温热的呼吸落在她脖颈，很痒，但她逃不出禁锢的怀抱，只得任由自己紧贴他结实的胸膛。

"好了，别闹了。"

深沉的声音在耳畔响起，他吐纳的气息钻进了耳朵，梁乐笑浑身一颤，仿佛有股电流穿过，原本只是内心的浮躁，瞬间蔓延到全身，每个细胞都躁动起来。

第一个吻落在连辰耳后，是一个试探性的小心翼翼的吻。可当她发现连辰呼吸一窒，却没有阻止时，事情便变得一发不可收拾。

沙发里深陷的两人，忘我的纠缠在一起。梁乐笑早就忘记了刚才的满腹怨气，手脚并用地缠上自己的老公。最终这一串的失控还是被连辰阻止，他微喘地抵住梁乐笑的额头，问道：

"不生气了？"男人嗓音低沉沙哑，说不出的性感，"乖，先吃饭。"

面色的潮红还未褪去，梁乐笑心凉了半截。虽说她现在这个状态的确比较容易冲动，但男人不是就想要这样么？难道是因为她现在身材走形像个梨，所以连辰才不愿意碰她。见连辰起身，梁乐笑一手拉住他。

"你，你是不是，不喜欢我的身体！"

连辰转过头，眯着眼睛居高临下地看了她一会儿，素来严峻的脸庞，因突然出现的微笑，变得俊逸非凡。突然他俯身将她的毛衣拉至胸口，初见形状的肚皮暴露出来，就连上面那条丑陋的黑线也一览无余。

梁乐笑来不及惊呼，连辰便捧起她的肚子深深一吻。

"这么圆鼓鼓的肚子，我喜欢还来不及。"

发生了什么事？她的肚子被表白了？明明连辰对她本人都没说过"喜欢"二字。

连辰捏了捏她震惊不已的脸颊，说道："你先想想吃什么，我去洗个澡。"

"刚不是洗过了。"

连辰充耳不闻，走向浴室。梁乐笑这才反应过来，被他捏过的脸颊更加通红。

他刚关上门，放在桌上的手机便震动起来。

屏幕上的来电名字，像针一样刺得梁乐笑从沙发上一跃而起，是白艺。

如果白艺是一个对连辰念念不忘的前女友绿茶婊，那梁乐笑大可以理直气壮地从心底里厌恶她。可今天，两人的见面却让梁乐笑觉得，即便当初白艺对连辰怀着爱恋和憧憬，现在却早已放下，或者说是知道自己得病的那一刻开始，她便收回了所有的感情，用剩余的生命默默祝福他的幸福。

"等我完全康复了，再请你们夫妻吃饭吧，怎么说我也是看着你们走到一起的，真好呢。"白艺苍白的笑容刺着梁乐笑的内心，她和她都知道那是完全不可能的事。白艺不会再有好起来的那一天了。

和自己后知后觉地接受连辰，毫不费力地成为连太太相比，白艺未能成真的暗恋竟高尚好多。梁乐笑只是一味地随遇而安，从未真正在为等待她已久的连辰想过，不知道连辰的口味，不知他的兴趣爱好，甚至都没多少爱他。

好吧，她只是刚刚开始习惯自己的身份，刚刚开始喜欢上连辰而已。思及此，梁乐笑更心虚了。

手机持续震动着，她忽然觉得有些害怕，不由自主地伸手按断。

整个世界清静了，却有一股难以言明的内疚爬上心头。要是白艺有什么重要的事找连辰怎么办，要是她再打来怎么办。正这样想着，梁乐笑发现自己已经下意识地删掉了这条未接来电，直接按了关机键。

这是梁乐笑第一次做坏人，因此她第一次失眠了，惴惴不安到了天亮。

第二天午后，梁乐笑昏昏欲睡，正想着要不要趴一会儿，小艾在线上震她。

"笑笑，你老公出大事了。"说着她丢过来一个链接。

梁乐笑原本眯着眼，勉强撑着头，在看到网页内容的瞬间，身子不由绷直了。

主治医生疏忽大意，令女患者求生无望，没有病死却因人而亡。

白艺死了，死于心脏衰竭，被人发现在医学院的实验室里，曾经是和连辰相处七年的地方。

当班某连姓医生明知道病人情况不好，还是批准了暂时离院的申请，对患者夜不归院隐瞒不报，病患心脏骤停而亡。

接着楼主爆料说连姓医生和病患以前是情侣关系，自从病患生病后便分了手，自己偷偷结了婚，没有告诉病患及病患家人。通篇都在描绘连姓医生是怎么始乱终弃，抛弃自己身怀绝症的青梅竹马，甚至暗示是连姓医生让病患离开医院自己去死。

帖子下面一片骂声，都说连姓医生实属渣男，他老婆一定是个妖艳贱货，一定要人肉起来把两人曝光出来。

抛开那些故意歪曲事实的偏激言论不说，昨天还一起吃过饭的人，虽然脸色很差但不至于晚上就走了啊！这怎么可能？！

联想到昨天晚上那个电话，梁乐笑不由心惊，难道那是白艺最后的求救电话，难道是她害死了白艺！

白艺生命最后一点的时光究竟是怎么度过的，那个永远打不通的号码，她究竟打过了几次。

手机响了，是一个不认识的号码，梁乐笑心头一突。

"梁小姐是吧，我是孙医生，"给梁乐笑做孕检的孙医生虽为中年妇女但浑然没有八卦天赋，至今不知道她和连辰的关系，"你的唐氏筛查结果出来了，有点问题，有空来医院找我拿。"

梁乐笑呼吸一窒，心像是要跳出胸口，连胃都抽经起来。莫非是她害死白艺的现世报？

"什，什么问题？"她的声音有些颤抖，强烈的不祥之感，通过电波缠上了她，只觉得天旋地转，必须抓住什么才能站稳不倒下去，"好，我马上来找你孙医生，等着我。"

梁乐笑拿着包就往外跑。

Lisa见状，不高兴地嘟囔着："吼，孕妇了不起哦，动不动就去医院。"

这次，梁乐笑再也来不及解释什么。

等她心急火燎赶到医院，发现到处都有记者，白艺事件短短时间内从线上发酵到了线下。连辰不在办公室，不在门诊，没有上手术。他哪还有可能正常上班，自然是看不到她的唐氏报告了。

梁乐笑匆匆打了他的电话，电话显示关机。

没错，她昨天不但把连辰的手机关机了，还藏在了沙发缝隙里，估计现在手机还卡在那儿呢。

一时间，梁乐笑慌了神，看惯了的医院场景，像是在梦里那般不真切，一阵阵恶心翻滚着要从胃里出来。她觉得冷，一抬手，额头竟全是冷汗。

她的手机响了，险些抓不住掉落在地，不是她一直在等的人，是连诀。

"笑笑，你联系得上我哥吗？"

梁乐笑深吸好几口气，才能发出正常的声音：

"我在医院，还没有找到连辰。"

"白艺姐真的过世了么？"连诀也认识白艺，可这并不代表，她意外身亡可以作为要挟他哥哥的理由。

在得到了梁乐笑肯定的答复后，电话那头继续说，"本来我是想把帖子直接删了了事。但是通过IP查询到用户名和地址，发帖人是白艺的妹妹白鑫，她在学校发的。他们白家都不是好人，估计不会就发个贴那么简单。"

差点儿都忘了连诀虽然看上去笨笨的，但他的确是一个黑客。

"你知道她地址？发给我。"

"笑笑，你要干吗？别做傻事啊。"

"你放心，我有分寸。"

梁乐笑挂了电话，心情复杂地走向妇产科室。都因为她的见死不救，白艺真的死了，连辰脱不开身，负罪感压得她几乎站不起来，但无论如何该受到报应的，不能是肚子里的孩子，这个孩子是她和连辰的奇迹啊。

孙医生见梁乐笑这么快出现，稍有诧异。在她的印象中，梁小姐这个孕妇很特殊，虽然每次都有准时产检，但对自己的孩子并不上心，也从来也不见有人陪她来产检，简直就像生不生都无所谓那样。

早唐测试结果是高危。也就是说，孩子有一定概率是弱智或者低能儿。

见梁乐笑这副失了魂的样子，孙医生心有不忍："梁小姐，唐氏筛查只有70%的准确性，而且高危也不是一定就是唐氏儿，只是唐氏儿的概率大，羊水穿刺准确率更高，几天后就可以拿到定论。"

梁乐笑松了口气。

"好，好，好，就做那个。"

可真当孙医生拿出一只小孩手臂那么长的细针管，在她面前晃过的时候，梁乐笑眼睛都发直了。

天，那足够将她的肚子前后穿出个洞。

"来，签字吧，反正你也没什么陪同家属，自己决定就可以。"

长长的羊水穿刺说明令梁乐笑看得心惊肉跳，白字黑字写着：有一定概率引发流产，有一定概率刺伤胎儿……她意识到，比起汪洋对她进行的各种目的清晰、从不失手的治疗相比，羊水穿刺也并不是十拿九稳的医学测试。

"别担心，没那么吓人，门诊手术而已，这么多年我就没见过羊水穿刺出过问题，你想好了就签字吧。"

骗人，要签承诺书的手术才不可能万无一失。

正当梁乐笑犹豫不定，隔壁来串门的医生打岔说道：

"孙医生，你可别乱说，小心病人投诉你，你看外科那连主任多可怜，就因为签了个字允许病患外出，就被白家那些白眼狼咬得死死的。要是我是连主任，一开始就不会给姓白的那姑娘安排病房。你说这病都拖了几年了，本来就是治不好的，随时会那啥，还不如早早让她回家待着，也就不会出那些个岔子……哎，心脏骤停，谁想得到会是这么走的。这么说来好像连主任还真和白小姐有点什么旧情，要不然他孤家寡人那么久也最近才结婚。你看网上那帖子讲得多恶心，像真的似的。"

"就你八卦。"孙医生笑笑不评价，"怎么，梁小姐，你想好了没有？"

梁乐笑像没有听到孙医生一般，看向另一科室的医生，"这位医生姐姐，那连医生他会怎么样？会被抓起来吗？"

八卦医生被梁乐笑认真的样子逗乐了。

"抓起来？凭什么抓他，我看连主任一点儿问题也没有，就是运气差些，本来嘛这种事，只要家属不闹腾，自然就会过去。就算要闹到底，我们医院的律师团也很强的，连医生可是当红医生，是我们院长的学生，宝贝他还来不及呢。"

"梁小姐，你到底做不做了？"孙医生敲了敲桌上的承诺书。

梁乐笑回神，摇了摇头。

"我要回家和家人商量下，拜托你孙医生，先不要和别人讲。"

孙医生一脸莫名其妙，她还能和谁讲？

梁乐笑打算还是先征求汪洋的建议，刚一出电梯，短信来了，是连诀发来的白鑫的地址。她握了握拳，下了决心。既然她不能解决自己肚子里的麻烦，那至少要帮助连辰解决麻烦才行。

梁乐笑在其他地方看到过，现在的医患关系环境下，有的时候家属的一句话会让医生一辈子无法行医。

白鑫那洋洋洒洒几千字的帖子，远远不止一句话。她看过很多遍了，从一开始气到分分钟砸屏幕到现在能心平气和地揣测对方的想法，梁乐笑觉得自己的情商也不是一般的高。

　　满是诬蔑的字里行间中，饱含着不是对往生者的惋惜，而是对连医生的仇恨。

　　什么仇，什么恨，不惜牺牲往生者的名誉？

　　梁乐笑很难理解白鑫的想法，毕竟她在那么大的时候，还是个没心没肺整天只想着放学后要去哪家店吃冰的天真女孩。

　　脸色阴沉的少女此刻正恶狠狠地盯着她。

　　"你想干什么！"

　　这句话应该是她的台词吧，梁乐笑眨了眨眼，心平气和地说道："白小姐，你知道的，我是为了网上那些事来找你的。对你姐姐的事我感到很抱歉，但也不能平白无故冤枉人吧。"

　　"我冤枉人？连辰本来就应该和我姐在一起，是你拆散了他们！要不是知道你们结了婚，姐姐才不会那么绝望偷偷一个人跑出来！你看，连辰是多么爱我的姐姐，你看啊。"

　　白鑫在梁乐笑面前翻着手机里的照片。全都是白艺与连辰的合照，但怎么看都觉得奇怪。

　　这些照片并非是正常拍摄得来，有些角度别扭，有些因抖动而模糊，几乎没有一张是正面的。与其说是两人的合影，不如说是偷拍。梁乐笑不由地更凑近一些，白鑫却在这时，关了照片夹。

　　手机退到桌面，背景竟然是连辰的照片。没有谁会把姐姐的男朋友作为自己的手机背景，除非……

　　梁乐笑忽然意识到什么，脱口而出。

　　"白鑫，你喜欢连辰？"

　　对面坐着的少女有片刻被拆穿后的惊慌，随即便气急败坏地吼起来："胡说什么！你，你怎么这么不要脸！"

　　她这副惊慌失措的样子，更显得此地无银三百两。

"我不是来吵架的，白鑫，既然你喜欢连辰，为什么要抹黑他呢？"

"你懂什么，没错，我就是要他身败名裂，谁叫他跑去和你这种小保姆结婚！"

咖啡店的其他客户因为听到白鑫的话，纷纷探头张望，想看看正在被骂的是怎样的妖艳贱货。

梁乐笑本来就是来说和的，想着白鑫虽然蛮横，但毕竟是孩子，说不定就被威逼利诱了呢。可现在，她发现，白鑫眼中的恨很难由外人劝解，而白艺的身故只是造成这种恨外露的契机。

这种恨，一直在，随着时间递增。爱一个人却恨不得他粉身碎骨，不是很奇怪吗？

梁乐笑自知和解无望，只好抛出砝码来：

"那你想怎么样才能不追究这件事？要是赔偿金的话……"

"你闭嘴！想要知道怎么补偿我吗？"白鑫死死地盯着梁乐笑微微隆起的肚子，眸中出现了不属于她这个年纪的阴郁之色，她缓缓开口说道，"除非一命换一命。"

梁乐笑心中一紧下意识捂住了肚子，可白鑫的动作更快，已经拿起了桌上的餐刀向她挥来。

一切仿佛是慢动作，梁乐笑看到白鑫的餐刀飘然飞落，桌上插着雏菊的花瓶被带倒，葡萄汁摇晃着跳跃出了杯口，像断了线的黑珍珠跳落到餐盘上，落在白鑫抓着餐刀逼近她的手臂上。梁乐笑本能地躲开，脑中仍不敢相信白鑫的企图。

像白鑫这么大的时候，她也见过身边的同学恋爱，分手，再恋爱。曾有女生离家出走，也有男生大打出手。她不能理解，为什么爱会使人有那样的冲动，为什么非得破坏什么才能体现爱得有多深。

"哐当"一声，白鑫握着的餐刀落在桌上，正一脸阴笑地盯着自己。待梁乐笑回过神来，明白白鑫原本就不能用切面包的刀割伤自己时，那片刻的恍惚和本能已经让她靠在椅背上的身体，缓缓向后倾倒。

糟糕，她只来得及抱住肚子。

几乎在同时，梁乐笑的背后出现了一双手，稳稳地将椅背扶住。

瞬间，白鑫的怒容被惊恐替代。梁乐笑抬头看去，只看到那人绷得紧紧的下巴。

似乎感应到她的视线，连辰低头看了她一眼。本是盛怒的容颜，因为看到她而温和下来，金丝边下的眼睛透着担忧。

只是大半天没见到面，梁乐笑却有恍如隔世之感，眼圈一红，几乎要哭出来。明明是她想来当英雄的，明明是他遇到了麻烦，怎么又被他给救了呢。

连辰沉声道：

"白艺的过世我很难过，她出院的确是我签的字，因为她保证只是暂时去拿些必要的东西。"

连辰不会说当时白艺是如何恳求他，几乎跪下来求他让她去见妹妹。他对白家姊妹的微妙关系不感兴趣，只按照病情判断她目前可以出院。

"非要讨公道可以对着我来，但若欺到我的家人头上……我一定不会放过。"

连辰说话的时候很严肃，但再冷峻的面容都掩饰不了他怒极攻心的微颤，被他使劲捏着的椅背正发出咯吱咯吱的呻吟。他真的动气了，在医院被白家人指着骂都可以眉头不皱一下的连医生，眼下却气得发抖。

"梁乐笑！"

"有！"

连名带姓叫她必无好事，刚刚还在胡思乱想的梁乐笑立刻绷紧了神经。

可连辰什么都没说，只是拉起她就走。梁乐笑偷瞄了一眼，连辰此刻已垂下眼帘收敛了情绪，但她还是看到了，那充满担忧又后怕不已，仿佛只消片刻的迟疑便会失去最宝贵的东西的眼神。

"你们想走？告诉你，我已经叫了记者朋友来。"白鑫蛮不讲理地挡在两人面前。

连辰皱起眉，在他有动作之前，梁乐笑就跳了出来阻隔在两人之间。

"白鑫，我劝你不要挡着我。"

"就挡你，怎么了。有男人撑腰很了不起么！"

"你挡着我的话……我会，我会，呕……"

忍了很久的呕吐物天女散花一般喷薄而出，劈头盖脸地落在挡在面前的白鑫身上。真的不是故意的，她只是忍不住了，梁乐笑立刻道歉想用纸巾给她擦干净，可连辰却猛地拉过她，趁着白鑫没反应过来，在众人惊异的目光中快步离开。

等两人到了门口，被吐了满身的白鑫，这才想起骂人，她几乎是癫狂地吼叫道："狗男女，我姐姐做鬼也不会放过你们的。我诅咒你，我诅咒你的小孩，全都不得好死。"

原本还很镇定的梁乐笑突然全身发抖，弯腰牢牢地护着自己的肚子。连辰加快脚步，只当她是因为刚才的事情害怕了。

直到发动了车子，连辰才松了口气，仍心有余悸。若不是连诀告诉他梁乐笑的打算，若不是自己及时赶到，天晓得她会遭遇到什么。一想到她渐渐向后倾倒的样子，哪怕是手术台上被血喷淋一脸却丝毫不为所动的连医生都不住地害怕起来。

苍白修长的外科医生手指渐渐舒张，连辰平复下内心的恐慌，满腹的训斥仍就忍不住脱口而出。

"梁乐笑，你究竟在干什么？刚才这样有多危险？"

"我……我想……"

梁乐笑说不出话来，她无法对他说明，自己的任性可能真的害死了人，她害怕报应在他们的孩子上，才急急地找白鑫和解，企图补偿她点什么。

"说话啊，刚才还挺会说的，现在怎么不说了？"因为担心得厉害，连同说出的话都加重了几分，等他意识到自己是反应过度时，过于严厉苛刻的话语已经覆水难收。

梁乐笑蜷曲在副驾驶座位上，好像是在哭了。

连辰重重地叹了口气，语气缓和下来。

"笑笑，对不起，是我太急了。我能处理好这些事。"

"我，我想回家。"她抬起头来，眼里盛满泪光，显得委屈又可怜。

"我们马上回去。"他心疼地捏了捏她的手。

因为怀孕，她原先纤细的手指已略见浮肿，被套在无名指上的戒指牢牢箍着，更显肿胀。她低头看了会儿，才吞吞吐吐地憋出一句话。

"我是想……回自己的家。"

连辰略略一僵，轻轻放开了她的手指。

"也好，我送你回去。"

没想到连辰会这么好说话，梁乐笑不禁诧异地看他，却见他脸上有着壮士断腕的决心。

"连辰，我只是……"

"没事，别担心。我会很快来接你。"他淡淡地说。

汪洋不知是不是忙着开会，还是当地真的发生了动乱，信号全无，电话始终无法接通，她便发了一个邮件询问他关于唐氏高危和羊水穿刺的意见。

很快地，汪洋便回了邮件说：可以做，比你胡思乱想安全多了。

不过，她没想到，比起羊水穿刺手术的恐惧，令她更难耐的是漫长的结果等待。与此同时梁乐笑还继续关注着白艺事件，网上已无黑连辰的帖子，估计是连诀动了手，但线下这件事不会就这么容易过去。

好难受，她一边为白艺的事自责不已，一边又为肚子里的胎儿患得患失。要是能和谁倾诉就好了，要是没从家里搬出来就好了。梁乐笑哀怨地看向隔一条走廊的Lisa，把Lisa看得汗毛都竖起来。

"你想干吗，就算你用这种眼神看我，我也不会帮你做你的那部分！"Lisa愤愤然，"Daisy，都因为你，我们给总部的财报晚了。"

"Lisa姐放心，我一定会把自己的工作做好，不会给你添麻烦。"梁乐笑赶紧解释，这些天Lisa已经看她越不爽，"我只是最近不在状态，你就当我是感冒了。"

"哟，什么感冒会持续十个月，你逗我的吧。"

自从Lisa知道梁乐笑怀孕的那天起，她们友谊的小船就翻了。

"一进公司就怀孕，病假休好休产假，休好产假休哺乳假，一晃公司就白养你一年半载，上班时间还没有休假时间长，以后哪家公司还敢雇佣女员工。"Lisa边打字边吐槽，浑然不顾自己也是女员工的事实。

梁乐笑觉得委屈，虽说她的确不是上进好员工，但也没给谁添过麻烦，心情本来就很糟了，还要莫名被Lisa这样说。

经过她面前的女王大人，斜了她一眼，似乎也在嘲笑。而跟在女王身边的麦斯则对她眨了眨眼，过来解围。

先不说立场不同的两人从什么时候开始配合默契的，现在同出同进算什么鬼？

"Daisy，不舒服是可以请病假的。"好心的外国老板说道，"我可不想被人说苛求助理。"

梁乐笑还没反应，Lisa先站起来说了。

"老板，你还记得上次那谁谁，请了长病假，还有医院假条呢，结果病假期间发朋友圈晒了去香港买包的照片，立马就被人事总监开除了，她顶头上司是拦也拦不住。"

"哦？Daisy，看你病快快的样子，快去买个包，包治百病啊。"

噗……

有人忍不住笑出了声音。Lisa听不出麦斯到底有何寓意，不敢再说话。但梁乐笑觉得，其实麦斯根本不知道"包治百病"这四个字的意思，他只是纯粹想说成语而已。

气氛融洽起来，手机却在这个时候响了。

是连辰，他说自己已在梁乐笑公司楼下。

现在是上班时间，以往连辰就连和她说几句话的空都没有，梁乐笑不由心中一紧。

楼下的港式茶餐厅里，连辰为她点了芝士奶盖布丁可可，那是梁乐笑曾在自己的微博上给打上五星好评的热饮。

疲惫显而易见，他这几天过得不好。医院的事已经够他烦的了，可手上这份病例才是他最忧心的。

"笑笑，你的羊水穿刺报告，结果是好的。"

梁乐笑倏然抬头，正撞在连辰的视线中，被戳穿后的尴尬一览无余。

"嗯，那个……"她伸手想要拿过来，可报告被连辰一掌按在桌上。

"为什么不和我说，唐氏的结果、羊水穿刺的决定，你都不打算告诉我吧。这不是第一次了。笑笑，这些事都很重要。我记得很早就说过，如果你没有准备好接受这个孩子，我们可以不要的。"

以为她觉得无关紧要才不和他说的么，梁乐笑委屈极了。

"不，才不是！我也很重视我们的孩子。"

"笑笑你到底明不明白，孩子不是你一个人的，如果你总是一个人做决定……"

"我当然没有一个人做决定，我也是有问过的，汪洋都说没问题了。"梁乐笑突然住嘴了，意识到万分不妥，她想要解释什么，却又担心自己说出了过多秘密。

连辰凉凉地看着她，他真的很累，抬手按了按发涨的太阳穴，下意识轻声说了句："你终究还是相信别人更多些。"

"我只是不想再给你添麻烦。"

"添麻烦？"连辰轻笑出声，带着些自嘲，"你是不是也相信网上说的，白艺是我害死的，所以我现在很麻烦。"

"当然不是，怎么可能。"

"那是为什么，笑笑，我以为我们现在是心灵相通的。你到底还有多少事瞒着我？"

连辰只是试探性地一问，可梁乐笑还真的低下了头，不敢看他了。他胸中立刻燃起了一把燥热难耐的火。

心情恶劣，疲惫不堪，他知道自己现在看上去会有多吓人。连辰不想再去猜测，他只想在茶餐厅里把她逼到角落狠狠地吻她。不得不承认，梁乐笑就是可以轻易把自己逼得方寸大乱，她出其不意的一招半式，比难缠的白家人对他的打击要大许多。

可理智告诉他，不能在这个时候和梁乐笑争吵。连辰深吸一口气，肺叶充斥的氧气让他思路重新清晰起来。

"对不起，我不是这个意思。事情可能有些麻烦，他们在白艺的手机里发现最后一个电话是打给我的，最近我会避嫌离开一段时间，我想，我们都需要冷静下，很快就会过去的，到时候我们再好好谈谈。"

梁乐笑怔怔地看着他，像是不明白连辰在说什么，突然她的眼睛刺痛了一下。

连辰原本应该戴着婚戒的无名指，空荡荡的。

"我也不想和你分开，马上就能见面的。"连辰拉起梁乐笑肿胀的手指，放在唇边亲了又亲。如此亲昵的举动却止不住梁乐笑胸口越来越酸痛。

"笑笑，你还有什么要和我说的吗？"

白艺可能是我害死的，对不起，让你备受指着的人是我啊——到最后，梁乐笑都没有说出这句话，因为她不想看到连辰失望的眼神。

眼泪掉了下来，落在面前可可的奶盖上，留下一个个小小的旋涡。白色蓬松的泡沫，即使看上去再漂亮再可爱，却也无法承受眼泪的重量，因为只是泡沫啊。

梁乐笑浑浑噩噩地回到自己的小公寓，心情低落不已。先前和连辰的对话在眼前一遍又一遍地回播。如果刚才不那么说就好，如果说真话就好了，连辰第一次头也不回地走了，他明明说过，别担心，马上会来接她的啊！

她刚放下钥匙，就听到厨房有动静。

家里都是连辰下厨，尽管他有时很晚回家，梁乐笑还是会等着，那种等待充满着欢喜，令只吃外食的她习惯了家的味道。

眼睛又涨又酸，她快步走向小厨房，从来没有那么想要见到某人，从来没有那么想扑进他的怀里，她觉得只要见了面怎么样的误会都能解开，只要见了面……

"笑笑，你那什么表情，看到我老梁有这么失望吗？"穿着围裙的老梁回过头来，手里飞舞着勺子，把炒锅里最后一块鱼排安置到盘上，不太高兴了。

梁乐笑退了一步，跌坐到客厅的椅子上，巨大的失落让她终于忍不住，"哇"的一声哭了出来。

老梁连忙解开围裙，拖着尚未痊愈的跛脚过来。

"哎哟哟，怎么啦，这是怎么啦。"

在老梁的记忆里，梁乐笑从小到大都没什么大烦恼，就连母亲过世也就伤心了一小会儿，虽然常被人说成没心没肺，但这却是她的优点，也让老梁很放心。

老梁对女儿最大的期望不是望她成龙成凤，也不靠她养老送终，只要开心就好了，只要她开开心心过好自己的日子，偶尔想得起老梁，抱着孙子来看看他就成。

可现在梁乐笑哭得像个娃娃，怎么哄都停不下来。这得有多大的委屈啊，老梁的心像早上洗脸绞得紧紧的毛巾，眼看就要绞出血来。

"哼，都怪那臭小子，我早就说了靠不牢的，你偏要嫁，笑笑啊，为啥老梁不喜欢连辰呢。连辰虽然优秀但是太聪明，担心你会吃亏。你看，现在老婆大肚子了还往外面跑，脑子坏了，真是。"老梁越想越生气，"好好的，去什么苏里斯顿，又不是抗美援朝人人为国争光，要他起个什么劲。"

梁乐笑突然不哭了，眼泪汪汪地开口问道：

"连辰他去哪儿了？"

连辰最后还是被编入了派往第三世界的医疗队，只不过这次他是临时被塞进去的，为期三周。这是医院最后的手段，唯有把当事人送走，才能从失去理智的舆论暴风中，保护年轻的外科医生身心不受伤害。

早上，连辰便想告诉她，自己不会离开太久，他放心不下怀孕中的梁乐笑。可梁乐笑又一次因为自己的胆怯和任性伤了他的心。即便如此，连辰仍是忍耐着早看他不顺眼的白眼，把事情原原本本地告诉了老梁，拜托他照顾梁乐笑。

原本连辰以为老梁会暴怒破口大骂，跳起来揍他，可最后那老男人只是静静地抽完烟，拍了拍他的僵硬肩膀，叫他出门在外万事小心。

老梁并没有计较他那些破事，因为连辰做了一个正确的选择。在离开的的这段时间，他把梁乐笑还给了世界上另一个最爱她的男人。

第七章　丧钟为谁而鸣

　　男人和女人差异不仅在于体格，更在于思维方式。男人理性，女人感性，哪个女人要是一直保持着理性，那她第二性的特征便会逐渐萎缩，最突然出的表现就是胸小、嗓粗、头发糙。说起来，感性实际是女性雌激素的基因表达形式。正是雌激素的影响，女性才看起来与男性截然不同。而孕妇，雌激素水平是普通女人的100倍。这足以使原先毫无感觉的事，时刻让你触景生情、痛哭流涕。

　　比如说此刻，梁乐笑又泪流满面了。梁乐笑和艾薇儿两人正坐在新开的下午茶店里，梁乐笑的胃口不错，本来是打算约晚饭的，但住进家里照顾她的老梁不准她外食。

　　小艾从来没见过梁乐笑哭成这样，她快要被自己的眼泪淹死了！

　　"笑笑，振作啊，是我准备和麦斯分手，不是你！"

　　"我就是替你心里难受。"眼泪还像是瀑布那样源源不断，"为什么要和麦斯分手，人家都向你求婚了。"

　　哪有求婚不成还被女友分手的？就连梁乐笑都觉得麦斯好无辜。

　　"今天他向我求婚，明天就会向别人求婚，等他劈腿还来得及？我要先下手为强，这次，绝对不会再被人抛弃了。"小艾信誓旦旦，豪情满满。

　　"我觉得你的逻辑有些怪。"梁乐笑哭得眼睛都红了，"你到底是为了什么要和他分手？"

"我想过了，我还是和麦斯分手的好，他和我遇见的男人都不一样，我怕如果有一天，连他都劈腿了，我就会变成连诀那样。"

遥远处连诀狠狠地打了一个喷嚏，他对面那个一直在关注他的男人温和地笑了笑，递来一张面纸。

麦斯和艾薇儿曾经遇到的男人都不同，之前那些看似深情都是玩玩的，这位看似玩玩的实则情深。交往五个月后，麦斯向小艾求婚。

他说，嫁给我，你永远不会再失恋。

然后小艾就炸了。

"笑笑，以前那些人渣劈腿，我最多和他们分手，结婚后要是麦斯外遇，我是要离婚的。分手和离婚有本质区别吧！"艾薇儿越说越激动，咖啡杯被她的搅拌棒敲得当当响。

她是怕了，因为一直在被劈腿，所以习惯性地怀疑。这让梁乐笑不禁想起了以前听过的一个故事。

有个贫困的渔夫住在海边，上帝和他说，只要你找到一块温暖的石头，我便给你你要的所有幸福。然后渔夫不出海不打鱼，天天在海边捡石头。沙滩上的石头成千上万，每块经过海水浸泡的石头都冰冷无比。渔夫为了不让自己重复拿起相同的石头，将他拾起的每块冷石头都抛入大海。

很多年过去，他坚持在海边捡石头，扔石头，海滩上的石头所剩无几，年迈的渔夫眼看就要成功。这天他像往常一样捡起石头，又把它抛进海里。可石头离手的瞬间，他才恍悟，刚才他扔进海里的是唯一那块能给他带来所有幸福的温暖的石头。

梁乐笑抓住她的手："小艾别往坏处想。"

"你能不能说这么严肃的话的时候，不要哭得一塌糊涂。"小艾相当嫌弃，"笑笑，你怎么了？是不是眼睛有什么问题，看过病了吗？"

"哎，就这几天总是做噩梦，一直哭醒，醒来也就忘记了做了什么梦，偶然也会像现在这样哭不停，别担心不是因为你。先说你，为什么不答应人家求婚。"

"那你告诉我，如何和不太熟悉的人结婚，我认识麦斯才五个月。"

说起来，梁乐笑自己也不明白，当初为何会嫁给不太熟悉的连辰。前几天找到之前被她遗忘的拉斯维加斯纪念DV，她从头到尾看了好几遍，丝毫没有真实感。

视频是从背后拍摄的，小礼堂里，那个总是很严肃的男人身着礼服侧着脸、皱着眉头看她，似乎很不赞同她的所作所为，只是在等待她自动放弃。

而手捧鲜花的梁乐笑浑然不觉，头纱下，她朝着神父甜蜜地笑着，亮晶晶的双眸中尽是期盼。

念着誓词的主持神父内心不安，新娘从头到尾没看过新郎一眼，似乎并不关心身边的人是谁，即将要嫁给谁。新郎更是一脸的不情愿，怒瞪身边人，仿佛随时要甩手就走。

"两位，你们想清楚了吗？真的愿意和对方走到一起？无论疾病还是健康，无论贫穷还是富有，都爱着对方，照顾对方，尊重对方，接纳对方，永远忠贞不渝直至生命尽头？"

两人异口同声："我愿意。"

"真的？再想想啊，还可以反悔的，再想想啊！我们是自由国度，不兴包办婚姻的。"神父有点急，他也和卖婚纱的白胖子一样最怕七天无理由退货，一旦为两人的婚姻做了证，这张证书便会是由他签署的法律文件，全世界通用。亲们，照顾一下新手神父，乖乖白头偕老好吗？

神父颤颤巍巍地签了字，非常不确定地看着浑然没有知觉的两人。

"我宣布，你们结为合法夫妻，好吧，新郎可以吻新娘了。"

影像中，连辰似乎深深叹了一口气，转过身来凝视梁乐笑长久。他皱着眉头欲言又止，在梁乐笑失去焦距的注视下，俯身吻了她。

整场商业化的套路式婚礼，只有这个吻饱含复杂的感情，或许是乘人之危，或许是得偿所愿。连辰犹豫不决时，梁乐笑迷糊又热情地回吻了他，并用只有他能听见的声音说道：结婚后就可以生小孩了。而这句并没有出现在视频里。

梁乐笑根本不知道当初是为什么嫁给了连辰，她一点儿感觉都没有，真的爱上连辰也是最近的事。她这么解释给小艾听的时候，小艾一脸嫌弃。

梁乐笑默默流泪举双手投降道："我一直都用错方法了，每次我极力提醒你那个男人很渣，不要在一起，劝分不劝和。你都完全不听我，像是我越用力劝你分手，你越和那男人越紧密。这次我只想说，你们在一起吧，拜托这次一定要在一起，别管别人说什么了。你们就是绝配。因为我结婚了，有自己的家庭和要照顾的家人，再没有自信当你这次因失恋痛苦不已的时候，还能陪伴在你的身边。"

"笑笑，我发现你一般不秀恩爱，因为一秀就停不下来！"

她有么？继续泪流满面。

老梁来电话叫她回家吃饭了，梁乐笑匆匆和小艾告别。

连辰被派去苏里斯顿已有两周，老梁入住她家也有两周，再有七天，连辰便能回来了，她一定要把老梁赶回家去。

因为老梁实在烦人。

"我这不是怕你伤心寂寞么，笑笑，你这些日子哭得有多伤心啊。"

"那是我眼睛进了沙子。"

"哟，得多少沙子啊，整个撒哈拉都吹到了你的眼睛里吧。"

梁乐笑面不改色地吃鸡翅膀，她还可以忍耐老梁的原因是连辰就快回来了。

只要见了面什么都可以解决，梁乐笑深信不疑，直到她听到老梁开得很响的"新闻联播"里，播音员冷静又专业的声音说道：

北京时间下午十五时，苏里斯顿地区武装攻占贝罗埃亚，苏里斯顿临时政府宣布全国进入战备状态，正在距离贝罗埃亚300公里的都城德马丝柯召开的世界罕见病研讨会，被迫停止，各国代表由军方护送至安全区域，预计下周重新召开。世界罕见病研讨会由世界红十字组织举办，以关爱生命，守护人类为宗旨，至今已连续举办超过二十年。联合国及世界红十字组织对此突发事件密切关注，维和部队人员将于北京时间今日十六时到达研讨会所在地。

另外一条消息。由于贝罗埃亚爆发局部武装行动，世界卫生组织第三世界医疗团已有八人失联，其中，我国派遣人员两人……

梁乐笑什么都听不到了，她一屁股坐在沙发上，失了魂。

男人等待了很久。破旧的客运大厅，毫无作用的中央空调隆隆作响，只能吐出些混着沙子的热风。他低头看了看表，蔚蓝色的眼珠掠过一丝不耐烦。

眼下局势混乱，各个出境口都是暴乱多发地，手持机枪的当地护卫不能离他过远，却也因为这位雇主生人勿近的气场不敢靠近。

延误已久的航班终于落地，这或许是最后一班降落在德马丝柯的民航。过了今晚，德马丝柯会和苏里斯顿的其他地方一样，将完全封锁起来。

梁乐笑揉了揉酸胀的眼睛，轻拍双颊，让自己看上去没那么惨，这几天她莫名其妙地哭得自己脸都肿了一圈。一转头，梁乐笑立刻就发现了人群里的汪洋，满是尘土的破旧接机厅内，他高傲挺直的背影鹤立鸡群。

"嗨，汪洋。"她努力让自己看上去和平日没什么两样，可过于浮夸的笑容以及怎么也遮不住的核桃眼，还是出卖了她。

她糟透了，汪洋想。

汪洋全然不像她那样对相见怀着期待，看她的眼神充斥着不耐烦。

也是，航班延误三小时，汪洋没把自己扔在德马丝柯机场，真是一种奇迹。

尖锐的蓝眸从她的花裙摆一路扫到强颜欢笑的脸蛋，汪洋皱了皱眉，一抬手，黑色的罩袍铺天盖地而来。梁乐笑还没反应过来，便被从头到脚包裹严实。艳丽的衣裙瞬间藏进了黑色的袍子里。

"这是干什么……好热。"

"如果你还想竖着走出机场，这是最好的打扮。"汪洋冷淡地说着，接过了她的拉杆箱。

梁乐笑经常和汪洋斗嘴，可这次她不敢反驳。如果不是汪洋发往使馆的信函，作为普通老百姓的她才不可能在这个敏感时间来到德马丝柯。

几天前，当她得知连辰所在的医疗队在德马丝柯附近失联，便立刻写邮件给汪洋。

汪洋所在的基金会和国际卫生组织有深远关系，基金会背后的皇甫财团甚至有在混乱的局势中做出足以左右当地政府决策的影响力，当然这必须由汪洋去沟通。作为代价，她可以作为世界罕见病例的成功案例到德马丝柯来，供他向世人展示。

梁乐笑大言不惭地描绘了美妙的前景："汪洋，你想想，这事情传出去多给你长脸。伟大科学家，不但上得了会场还下得了战场，为寻找失联医疗队，奔走在硝烟中。说不定你在拿诺贝尔医学奖的时候，还能助你再收一个和平奖。"

说实话，梁乐笑并不觉得这些话能打动汪洋，所以在信的最后，她写道：

"如果你不答应让我过来，我将终止妊娠，让你和基金会的实验成果毁于一旦，我不怕死的，呵呵哒。"

威逼利诱无不用到，梁乐笑可以想象，远在苏里斯顿的汪洋收到这封邮件后会是一种怎样暴跳如雷的狰狞表情。因此，她对见面后的冷遇早有准备，可并不代表她不会害怕那些荷枪实弹，紧紧跟着她的大胡子包头巾的当地人。

"他们……为什么一直跟着我们？"梁乐笑黑布下的手，紧紧抓住了汪洋的衣袖。

"你不是不怕死吗？"他慢悠悠地讽刺道。

"我……我是不怕病死，但我怕被人打死。"

汪洋嗤笑出声，并没有解释，眼神示意后面两个保镖跟上。

说话间，已然到了室外，热浪扑面而来，夹杂着灰蒙的尘土，令包裹着黑布的梁乐笑不由一窒。

曾被誉为"天堂之城"的德马丝柯，应是拥有繁华的街道和琳琅的货摊，这里是丝绸之路的终点，是连接欧洲文明的起点。可如今远处壮美清真寺投下的美丽阴影，竟也不能掩盖这座城市的衰败。

多年的动荡，道路无人修葺，坑坑洼洼。孩子们在泥泞的公园玩耍，钢筋水泥暴露在荒凉的空地上，边上立着不知道是在拆除还是新建的半幢空楼，到处可见矿泉水瓶、空塑料袋。

偶有手持枪支的彪形大汉走过，阴霾的表情藏在浓密的大胡子后面，正用警惕的目光盯着他们这帮外来者。即便梁乐笑身着黑色的罩袍，别说是孕妇就算是外国人都看不出来，但她还是害怕地朝汪洋背后躲了躲。

汪洋冷漠地把她拉出来，指了指边上的军用吉普。

"上车。"

同时，跟在他们后面的两个大块头也将自己塞进了车子前面的座位。

"他们是和你一起的，喂，干吗不告诉我？"梁乐笑怒道。

汪洋把她往里面推了推，自己迈开长腿，优雅上车，仿佛是踏上了一辆奢华的轿跑，浑然没有混乱局势下的紧迫感。他关了车门，单手撑着脑袋看她，露出凉凉的笑："放心，死不了。既然我答应把你接来，必然会护你周全。"

他的背后，是车窗外碧蓝的天空，和梁乐笑习以为常的蓝天不同，地中海的晴空一尘不染，开阔无边，仿佛是海洋的倒映又像是柔软的绢布，像极了此刻汪洋眸中，令人觉得安心的蔚蓝。

汪洋把她接到了红十字会为基金会工作人员临时安排的酒店。在旅游旺季，这里一房难求，可现在，时不时的断电和炙热的天气，困扰着所有人。德马丝柯虽未被战火侵入，但几百公里外的供电系统被代号为"毒狼"的狂热分子组织炸了个精光，现在德马丝柯的供电，全靠自己的柴油发电机。

梁乐笑罩袍下的身体已汗如雨下，她看看仍身着三件式正统西装的汪洋佩服不已，跟着他走进房间。

因为缺少冷气，地毯的霉味蒸腾而出，很不好闻。

汪洋给她倒了一杯水。

"之前我稍微调查了一下连辰的去向，有一部分医疗人员在靠近贝罗埃亚的哈山地区失联，有个小型的当地武装控制了几个村子，估计是被困在那里。"

"那，那怎么办……"

"过几天，临时总统府会派无人机去搜索，如果找得到人自然会带回来。"

"如果找不到呢？"梁乐笑内心焦虑万分，本以为有汪洋帮忙找到人易如反掌，是她太高估汪洋了。

"找不到，自然还有其他办法。"他转身开门，和敲门的侍者说了几句当地话，接过晚餐。

梁乐笑太心急了，站在汪洋身后还想说什么，汪洋一转身几乎撞到她，他闪了一下，手臂仍是碰到了孕妇小有规模的肚子。

一股烦躁立刻从左臂燃到胸口，压抑的理智不断地告诉他，她不该出现在这里！

梁乐笑浑然不觉："不行，我也要去，我要去找连辰，我要……"

"你给我坐下。"汪洋厉声道。他的不耐烦已经上升到了一个新高度，蓝色的眸子似汹涌着波涛令梁乐笑闭了嘴，"早点洗漱，六点后就断水了，明天再听我安排。"

说着他留下了晚饭，退出房间。

中东昼夜温差很大，白天有太阳的时候，闷热难耐，夜间却令人恨不得穿上羽绒服。六点过后不但停了水，连电都断了，十个小时的飞机坐下来，梁乐笑累得够呛，先前还靠着与汪洋争执勉强维持着精神，吃了晚饭后，她沾到床便睡着。

身体的疲乏，令她开始做梦。梦里还是很冷，比现在更冷，她想要挣扎着起来再穿件衣服，可眼睛怎么也睁不开。

她知道自己在做梦，夜幕下偶有礼花的爆裂声，她抬头看见时代广场的新年倒计时，差不多就在去年这个时候，梁乐笑丢了回国后的第一份工作，吃完散伙饭喝完酒，正在街上闲逛。

忽然她的手臂被人抓住，她回头，看到了那个好久不见的严肃男人。

"回来了？"

"回，回哪里？"她不太明白。

礼花落下，连辰棱角分明的面孔隐在忽明忽暗的光线中，表情都看不真切。不过梁乐笑知道这个男人是在瞪她。他微微皱着眉似乎对她有所不满，又因为梁乐笑不知道的原因而压抑着。

职业的关系，这人的周身总有一股消毒药水的味道，淡淡的，却令她很安心。梁乐笑呆呆地注视他，揣摩着心中这股陌生的熟稔感，不知为何，心跳得有些快。

连辰问道："梁乐笑，你是不是又喝醉了。"

她笑笑，甩开手。

"才没有。"

"回国之后有什么打算？"

"还没想好。"

连辰的脸色果然变得不太好看。他应该是非常讨厌她这种做事没有规划随性又随便的人，可梁乐笑觉得无所谓，谁叫她遗传了倒霉的PIT，或许一辈子要为治病奔波了。这么想着，莫名加速的心跳又恢复了平缓。

连辰盯着她看了许久，镜片下清冷的目光和这个季节的天气一般，叫人觉得凛冽。她不得不拉高了领子别过头去，以阻隔这种叫她难受的体验。连辰摘下了眼镜，这令他总是很严肃的表情柔和不少，也在瞬间袒露出了总藏在镜片后的情绪。

他说："和我一起怎么样？"

"哈？"梁乐笑惊讶出声。就算知道自己在做梦，但她也知道这是回忆的一部分。一时间心跳又像过山车那样冲到了峰顶。她怕自己心跳太大声被人听到，不由后退一步。

见到她抗拒的反应，连辰暗叹一口气，转移了话题。

"和我一起走回家去，怎么样？"

时代广场距离梁乐笑家不远，绕过太平湖再往后走一公里就是。两人一语不发地沿着平静的湖面漫步，好像只要彼此都不说话，就能一直这样相伴着走下去。

夜空中隆隆作响的礼花倒映在水面，像是一朵朵美丽的莲花。

连辰的电话响了。他伸手接过，脸色变得凝重，随后他看了梁乐笑一眼，冷冰冰的。

"笑笑，白艺打电话来说，她死了。"

有那么一瞬间，梁乐笑不清楚自己身在何处，只觉得浑身冰冷无比，她紧紧地抓住连辰，想要和他解释什么。

小腿一个激灵，一只苍白冰冷的手从湖里冒出来，一把握住了她的腿，一阵阵刺骨的抽痛让她看不清连辰的面容，礼花像是在头顶上炸裂，梁乐笑终于发出了惊恐地尖叫。

"不是我害死她的，不是我……"

"梁乐笑！"有人在喊她了，还使劲摇晃。

"腿，腿！她抓着我的腿！"梁乐笑方寸全失，双腿乱蹬，她痛得咬牙切齿，直到有人将她双腿牢牢按住。

这双手是暖的。

"别动，蠢货，你只是抽筋了。"冷静的声音从头顶传来。

她缓缓睁开了眼睛，窗外有远处炮弹落下的轰鸣和光亮，原来这不是礼花，礼花是不会要人命的。

梁乐笑瑟缩在床上，悄悄缩回被汪洋抓住的小腿。

"汪洋，我做噩梦了。"她太小声了，像是怕被谁发现，"天天都做噩梦，翻着花样来，一开始只是害怕，现在实在累了。了不起我还是陪她一条命吧，就像白鑫说的那样，的确是我害死她了。"

梁乐笑的状态不好，见到她的第一眼便知道，即便穿着花花衣裳，她的心却是灰暗的，像是失去了阳光，无论脸上的彩妆有多精致，也掩盖不了每天哭泣的泪。

说动汪洋把她弄到德马丝柯的，不是她狗屁的和平奖理论，而是她最后那句：我不怕死。

这家伙，必然是遇到了什么让她连死都不怕的事。

"你害死了谁？"汪洋轻声问道，"说出来听听，你知道我很聪明，能帮你解决很多问题。"

汪洋的眸子在黑夜中是深蓝色，有别于日间不可一世，多了一份沉稳和令人信服，就像是梁乐笑曾在波士顿大教堂里看到过的耶稣神像。

她慢慢地开口，轻轻地叙述，然后果然被嘲笑了。

明明是谁都没有告诉的秘密，明明是压着她透不过气来的秘密，即便是说出来都背着沉重的负罪感，却被汪洋冷冷地嗤笑。

"不但没有知识，连常识都不懂，你觉得就算连辰真接到电话，那姓白的会有救？心脏骤停五分钟就没救了。"

梁乐笑没有医学博士学位，也不了解人类的身体会有多脆弱。

"你是个蠢货啊，梁乐笑。"

"对啊，我是很蠢。"再抬起头的时候，眼眶蓄满泪水，"我不晓得该怎么办了，汪洋，白艺的事我很抱歉，但我最对不起的人是连辰，是我的错把他逼入了那么可怕的境地，都是因为我他才会被派到苏里斯顿，才会失踪，要是他有个三长两短，我，我会内疚死。"

她把自己抱起来蜷缩成一小团，因为孕妇是有肚子的，更像一个肉球。

柔弱的梁乐笑，哭泣的梁乐笑，都是汪洋不曾见过的模样，他几乎要触碰到她了，又微颤地缩回来，握成了拳。

"那我也和你说一个秘密吧。"

"我不想听T病毒的秘密，这种机密不适合讲给小老百姓听。"

"蠢货，《生化危机》看多了么。"汪洋指了指自己的眼睛，平静地说，"你以前问过，为何在国内我都会戴黑色隐形眼镜。"

"你只是想装酷，令人嫉妒的混血儿。"

"可我不是混血儿。"

汪洋成功地看到梁乐笑从蜷缩的角落里抬起头来看他，她是那么惊讶，几乎忘记了对噩梦的恐惧和对连辰的愧疚。

很好，这才是秘密被说出来的价值。

汪洋幼年并不如意，他出生的时候，让在场所有人都倒抽一口冷气。

父母双方都是中国人，为何这个孩子是蓝眼睛的。做了全套测试都没有异常，唯一的原因就只能是基因突变，但这一反常的结论并未说服双方家长。父亲受不了压力与母亲离婚，母亲在带大他后，也撇下他独自离开了。

"我一直怀疑是自己做错了什么，才让父亲不喜欢我和母亲，后来我才发现并不是我的错，哪怕我是正常的孩子，父亲仍会离开家庭，而母亲也同样会抛弃我。他们早就各自有了情人，错不在我。同样，错不在你。白艺是迟早要死的，你就算让连辰接了电话也不会改变她的命运。而连辰，他性格如此，对病患过于妥协心软，我想，按照这种行医模式，他应该不是第一次让自己陷入困境，真是个笨蛋啊。"

梁乐笑蓦然想起了那个把奥特曼扔向连辰的孩子，和他痛苦欲绝的母亲。

"所以，就算没有你，连辰迟早也会被逼入同样的绝境，那不是你的错。"

汪洋天性凉薄，世界观扭曲，这种强词夺理的话从他嘴里说出来没有丝毫违和感。

"汪洋你果然好冷漠，人性在你嘴里，分文不值。"她抓着被子，但在被子下的身体却放松下来。不想承认，那些看似无情的理论实实在在地安慰到了她。

或许正如他说的，那不是她的错……

汪洋似乎是笑了，深蓝色的眼睛中仍带着不屑。

远处有亮光闪过，随即传来炮弹落下的声响，沉闷而惊心动魄，像是被链子拴住困在山洞中巨龙的低吼。战火并不会蔓延到此处，德马丝柯被维和部队和临时总统府的军队重重包围，那巨大的礼花并不会落在这里。

酒店内，是安全的。

第二天，梁乐笑在人们吟唱的祷告中醒来，顶着核桃一样肿胀的双眼出现在餐厅。

这家酒店的住客是来自世界各地的红十字会官员，女性少有穿着罩袍的，大多打扮随意，甚至有人怕热，穿着汗衫和热裤，只有她一身黑。

苏里斯顿并没有要求外国人遵守本国的习俗，昨天对于汪洋的好感，只是昙花一现，她必须面对现实，汪洋又在整她了。

说起汪洋对她的所作所为，足以扑灭对这个人的任何幻想。

明明可以把药剂做出胶囊却偏搞成1升装的苦味药水，每日三次。定期检查都挑在学校舞会的晚上，害她错过了所有社交舞会。最后这人竟还有脸和她说，抱歉我什么方法都试过了治不好，要不你怀个孕看看，说不定有出路。在他眼中自己只是一只特别大的小白鼠,不被他玩死已经很好了。

转眼间,汪洋已经在她对面落座。拜一身黑所赐,她非常隐蔽又非常醒目。

"早。"汪洋神清气爽,一脸欠扁的笑容。

"你说一定要穿罩袍是耍我的吧,我不穿了,太热了。"她说着就要脱下罩袍露出里面花花绿绿的衣衫。

汪洋一把拉住。

梁乐笑气愤地摘下墨镜扔还给他,那人淡定地靠在椅背上,交叠着双腿,悠闲地观望她的气急败坏。本是准备脱掉罩袍的举动,却也因此作罢。梁乐笑知道汪洋必然会想出其他办法让她屈服。

"你说今天会带我去使馆。"

"对,吃完便走。"汪洋优雅地端起红茶杯,浅抿一口。

有人拉开了另一边的椅子坐下,与身材高大魁梧的苏里斯顿人不同,这人的身形瘦小得像只猴子,几乎是和165厘米的梁乐笑一般体型,令人不禁担心,胸前挂的那台看上去很是沉重的专业单反,会随时扯断他的脖子。

"您好,夫人,我叫穆哈德,最近这段时间我们会一起行动。"他伸手和梁乐笑交握,手指黝黑,圆形的指甲干净而透明,"我是名记者。"

梁乐笑不明就里地看向汪洋。

汪洋慢悠悠地说:"穆哈德和我们一起去使馆,有时候,相机比机枪更管用。"

开车的仍是昨日的虬髯大汉,穆哈德坐在副驾驶位,取代了另一个保镖。

清晨的德马丝柯,似被昨晚临近的战火蒙上了一层阴影。开店做生意的稀少,街道上空空荡荡,只有通往海边的路有人走动。多是些携家带口的当地百姓,无论男女都穿着脏兮兮的长袍,孩子跟在大人身后,或者被背在身上。

越往前，车行越缓。这些人在这个时候去往海滨，肯定不是去度假。

"他们在干什么？"梁乐笑指了指沿海的路边摊，几部破旧面包车里塞满了橘黄色的块状物。

穆哈德解释说："卖救生衣的。"

这救生衣真能"救生"？

面包车后备厢里的橘黄色救生衣，做工粗劣，像是泡沫塑料被一层随时会掉色的布料包裹着，风一吹摊主便要追着跑。

即便如此，销量还是出奇的好，海边不少干瘦的孩子被套上这种过大又鲜亮的泡沫塑料和家人一起坐在沙地里。不一会儿便有和救生衣质地一样粗陋的船只过来，接走一批人。

穆哈德继续说："都是些从战区逃出来的贫民，机场和陆路都只出不进，要出去逃难，只能坐船偷渡。"

苏里斯顿与土耳其相邻，并且有共同的海岸线，实在是居家旅游逃难偷渡的好地方。

不过地中海也不是小水塘，既然叫海必然会有风浪，经常有小渡船被打翻沉没。运气好的，或许还是能游到土耳其，因此哪怕是饿了好几天的男人，都会挤出家里最后的一点儿钱，在海边为孩子们买上一件不知是否有用的救生衣。

这是他们最后的希望。

梁乐笑心中有一块被触动，她摸向自己遮盖在黑袍下的肚子。自从这个孩子来到身边，她似乎从来没有想过为他做什么。但他，的确也是她目前唯一的希望。

"怎么，后悔来了？这里局势很混乱的。"汪洋凉凉地打趣。

"不后悔。"她倔强地摇了摇头，"越乱越容易拿到诺贝尔和平奖，让穆哈德多帮你拍些伟岸照片。"

汪洋看向窗外，仍是破败的风景，他却优雅地笑了。

过了不久车到使馆，这里集结了从苏里斯顿各地而来的外国人，吵吵嚷嚷地挤满了整个大厅，和海边那些迫不及待逃出苏里斯顿的当地人一样，他们亟待离境。他们并没有汪洋那样的优待，已在使馆打地铺住了好些天。汪洋带着穆哈德与当地官员聊了几句后，那人老不情愿地从办公室里拿出一张写满蝌蚪文字的盖了公章的文件。

全程汪洋都冷着脸，像是随时要甩手便走。也是，像他那么高傲的人怎么可能受得了与人周旋。梁乐笑不敢再惹他，待他和穆哈德上车后，双手递上矿泉水，一副"老爷，您辛苦了"的狗腿样。

随后，汪洋又带她去了德马丝柯维和部队的驻扎地。汪洋出示的证件让他能畅通无阻，而穆哈德的相机让那些官僚有所忌惮。梁乐笑仍坐在闷热的车里等他，之间汪洋遥遥地指了指她，领头的军官便点了点头，示意汪洋跟上，像是要把他引荐给更高级的军官。

穆哈德回到车上，他不能再往里面去。

"嘿，穆哈德，刚才你们都和大兵说了什么？"梁乐笑趴在椅背上好奇地问。

穆哈德拿起他心爱的镜头擦了又擦，那台携带起来稍嫌麻烦的广角镜单反，和他形影不离。

"汪博士拿了领馆的文件给他们施压，话说，夫人，您先生真厉害，这种时候很少有人为了别人奔走。"

"汪洋不是我先生。"梁乐笑回答他，"只是朋友。"

"汪博士看上去不像是这么好心会帮助朋友的人。"他看上去吃惊极了。

梁乐笑会心一笑："所以穆哈德，汪洋给了你什么好处，才让你跟在身边？"

穆哈德露出奇怪的表情，显然没有料到梁乐笑能猜到这一层。

"汪博士答应我，让我跟着他进入战区。"

"进入战区？不是说临时总统府的人会派无人机去么？"梁乐笑隐隐觉得事情不妙。

"夫人，您不知道么，昨晚无人机没有回来。"

这是昨天晚上的事，本该在午夜到达基地的无人机，没有躲过那场针对郊区水厂的狂轰滥炸。"毒狼"的野蛮行径，不但令德马丝柯陷入断电又缺水的境地，也让失踪在贝罗埃亚附近山区的医疗队的行踪更加扑朔迷离。

从仅有的几张传回来的模糊照片来看，山区里的确有人在活动，设施完好无损，没有受到战火波及。那里靠近被占领区太近，很有可能整个村庄都被"毒狼"的武装控制，如果医疗队还在村庄内将会被抓起来，成为要挟临时总统府的重要人质。

"汪洋准备自己去找人？"

"汪博士会和红十字会的运输车一起进战区，只不过谁都知道这并不是一个好主意。他刚刚才说服了守卫的部队中校……怎么了夫人，您看上去像要昏倒了，是太热了吗，我把窗打开。"

梁乐笑忍住胃里翻滚的不适感，深吸一口气。所以，并没有维和部队愿意为了搜寻失踪的医疗队而冒险进入战区，从一开始汪洋便是打定主意自己去的。

"我没事，穆哈德，你为什么要进战区？"

"当然是为了采访，我还指望这次能拿普利策奖呢。"

"穆哈德，你得帮我一个忙。"

穆哈德老有趣味地瞧着她："夫人，你知道穆哈德是个实惠的人。"

梁乐笑胸有成竹地说道："我最喜欢给人实惠。"

清真寺高耸的宣礼塔泛着黄色微光，虔诚的人们低声吟唱着祷告着，巨大的喇叭将这呢喃传递，扩散至整片国土。

这是属于敌对双方共同膜拜神明的时间，绝对不会有人开火，哪怕只是抬头，都是对神的亵渎。

汪洋此刻已坐上红十字会开往贝罗埃亚附近山区的物资运输车，或许是昨晚没有睡好，眼皮跳得厉害，总有一种不好的预感，这让他后悔没有叫人看着在酒店睡觉的梁乐笑。昨天他有好好地嘱咐梁乐笑要乖乖待在酒店，她满口答应的样子浑然没有让他放下心来。

很快，到了岗哨。维和部队的许可令红十字会卡车顺利通关。

再过去便是一片荒芜，远处可见地面因炮火轰击留下的黑色坑体。车队在既定线路上前行，汪洋的车在队伍的最后。车是临时加出来的，作为红十字会下属基金会重要科学家，他不应该出现在这趟危险的旅程。

越往前，道路便越不平顺，汪洋的车渐渐与前车拉开了距离，再然后便只看到前面滚滚的沙尘，根本见不着前方车队。似乎是有飞石掉入了卡车内部，使它每一下的前行都喘息不停，轰的一下，卡车像是被绊住的巨兽，猛地颤抖一下，抛锚了。

货箱里有人嘭的一声撞倒，还发出了不小的尖叫。

汪洋脸色一黑。司机兼保镖的大汉用无线电和车队联系，随即下车查看，汪洋也跳下卡车，三步并两步朝货箱门处走去。

他囔地拉开车门，脸上的表情可谓万分精彩，深吸了好几口气，才恶狠狠地转向想要阻止他开门的猴子记者。

"穆哈德！"汪洋咬牙切齿，双眼都要喷火了，"你把孕妇藏在货箱里是想弄出人命吗？！"

穆哈德闻言，差点跳起来。

"博士，我不知道她是孕妇。真的一点儿都看不出来。"

货箱内身着黑罩袍的女人像是刚刚睡醒，还不明白发生了什么事。她缓缓起身，被黑布遮住的身形哪儿看得出是孕妇，这几天她活蹦乱跳精神好得和猴子一般。

梁乐笑从货箱里探出脑袋看向穆哈德，像在询问他怎么给发现了。

气得吐血的汪洋不想再理睬她，径直走到车头，拍了拍驾驶座的车门，对里头的保镖说："修好车就回去。"

梁乐笑和穆哈德异口同声：

"那怎么行！"

"闭嘴。"

汪洋失去了风度，蓝色眼睛里全是火焰，如果梁乐笑不是女人，他会不介意直接给她几拳，打昏拖走。天晓得这么一来，这家伙会遇到什么。他一把拉过梁乐笑，将她往车头又拽又拉，手上失了分寸，有些拉痛她了。

"蠢货，你给我滚回去！我是疯了才让你来苏里斯顿！"

梁乐笑敌不过男人的力气，只得先爬上副驾驶，她回头正好看到汪洋照着穆哈德的门面狠狠给了一拳，猴子记者应声倒地，他万分宝贝的相机被牢牢护在怀里。

"喂，你干什么！"梁乐笑大叫，不就把她藏在车里么，干吗要打人！

穆哈德眼冒金星地爬起来，冷汗狂冒，他知道汪洋的计划觉得万无一失，但这不代表一个孕妇也能全身而退。是他起了贪念，才把梁乐笑私带上车，要是出了什么事⋯⋯

突闻车头处的女人厉声叫了一下。

汪洋与穆哈德从车外皆是紧张地望着她，就连向来默不作声的司机兼保镖都朝她看来。

"汪洋，他动了！"梁乐笑抱着肚子，抬起放光的双眼，惊喜万分地喊起来，"宝宝在踢我！"

第八章　勇敢的心……机

女性是伟大的，特别是成为母亲的女性更是人类进化的顶级表现。孕妇的雌激素使血容量增加提高有氧代谢能力，其他激素例如松弛素（放松骨盆关节为分娩做准备）的增加，也能带来增强关节灵活性的好处。这使孕妇的耐力和运动力更为持久。曾有传言，在二十世纪七八十年代，东德女运动员曾通过怀孕，来改善自己的身体机能，以获得更好的比赛成绩。

梁乐笑现在就是这个状态，仿佛原力觉醒，随时可以召唤神龙。一车男人因为车修不好都头痛万分，就她还心情很好地哼着小调。

"汪洋，我们真的要回去吗？说不定老天都不让我们现在回去，才把我们困在这里。"梁乐笑说。边上眼圈发黑的猴子记者点头如捣蒜。

汪洋冒火的蓝眸冷冷的，吐出两个字："蠢货。"

站在科学金字塔顶端的科学家自然有权力藐视愚蠢的普通人，在波士顿的实验室，梁乐笑连同汪洋手下的工作人员没少受鄙视，实验员宁可与他MSN交流也不想面对他。

需要多么坚强的内心，才能在汪洋身边工作，而且不会被骂到猝死。

梁乐笑的没心没肺，使脸皮增生到铜墙铁壁的厚度。她可能是唯一在汪洋的冷嘲热讽中还能心安理得开开心心活下来的人。

当年刚与汪洋相遇，梁乐笑立刻就被他白袍翩翩的儒雅形象所折服。无论汪洋怎么骂她，怎么嘲笑她，梁乐笑始终把他当男神崇拜，紧紧跟随，就差一根会摇的尾巴。

就算瞎子，都能感受到梁乐笑明显到全世界都知道的高调暗恋。

汪洋冷着脸，忍耐着，他不想浪费气力在这种无聊的事上。可梁乐笑才不会善罢甘休，甚至得寸进尺地侵入他为时不多的私人生活。不但为他打扫实验室，做爱心便当，甚至还洗过内衣裤……虽然最后证实那些内衣裤不是汪洋的。

终于有一天，不知道哪根筋搭错的梁乐笑发起了正面攻击，她在实验室里当着众人的面向汪洋表白。

"我就喜欢你穿白袍的样子。"她大声的告白没有一点儿小姑娘的矜持，"汪洋，我喜欢你，和我交往吧。"

脸黑到发青的年轻科学家险些捏爆试管，爆了粗口。

众人心有灵犀各自找借口退散，谁都不想被汪洋的怒火波及，实验室里顿时只留下两人。

如果不是那胖子实验员，一定不会被发现，受惯了压迫的实验员们正躲在门口偷听。

"怎么样啦，我只是告白，你有必要把我当神经病吗？"

"蠢货，你就是神经病啊。"

拜PIT所赐，梁乐笑体内没有足够能产生爱情化学变化的荷尔蒙，唯一会让人产生这种错觉的原因，只有现在正在服用的PIT实验性抑制剂。

"汪洋，你觉得我喜欢你是因为药物副作用影响？"梁乐笑惊呆了，"这是什么药，难道是爱情神药？哎呀，你要赚翻了！"

汪洋垂着眼帘，蓝色的眸子里再没有怒火，甚至没有了感情，他突然冷冷一笑："你以为说喜欢我，就能减少服药次数，逃掉每周检查？"

"呃……"

看到她露出计谋败落的表情，汪洋猛地抽回她手里紧拽着的白袍，轻声说道："你可以滚了。"

再然后，梁乐笑便对汪洋没有了任何想法，她的目光不再追随，她的欢笑不再环绕，她用MSN和他交流，变得彬彬有礼叫他汪博士。

反而是汪洋对梁乐笑的折磨变本加厉，真把她当作了不能治死，也一下子治不好，需要慢慢做实验的小白鼠。

说到底，不过是迁怒了。不知道是她愚蠢的告白，还是她收放自如的态度更让他生气。他就一直这样生气着，直到遇见了连辰。

为什么喜欢医生，为什么喜欢穿白袍的男子，梁乐笑看似没头没脑的冲动，一切都真相大白。

本该有种"原来如此"的释怀，可汪洋却觉得，心中本该坚不可摧的部分，被人拿了锤子狠狠敲下了一块，连同他突破天际的自负一起，疼痛地令他难以忍受。

梁乐笑盘腿坐在遮阴处，扇着衣摆企图获取一丝凉风。

半小时过去，车队的救援车没到，烈日倒是爬上了头顶。

孕妇特别怕热，无时无刻不在出汗，估计现在连屁股都湿透了，幸好有袍子遮着。她特别崇拜汪洋，竟然三件式西装马甲一件不脱，难道自带小空调。

再一看，她吓一跳。汪洋凝视远方发呆，不，不是发呆，就算在普通人身上是发呆，他也一定是在冥思人类发展，不过这么热的天，他也有可能只是中暑了！

梁乐笑凑到汪洋面前，在他没来得及骂人之前，一把将他的手按到了自己肚子上。

"汪洋，你摸摸呀，他在翻身。"

不知道是因为肚子里的动静，或是她突然凑近的笑颜，汪洋像是被吓到，立刻甩开手，挪后半步，随即意识到自己反应过度，皱着眉头将脸转向别处。

"少大惊小怪。"他低声说。

嗯，看样子还没中暑，梁乐笑暗自点头。她又看了会儿谈不上风景的荒漠，转头问汪洋："你说，红十字会没及时找到我们，我们是会被晒死还是饿死？"

"会先被流弹炸飞。"汪洋冷淡地说。

"可不可以不要一本正经地说吓人的话。"她摸着胸口，十分嫌弃，"不过，汪洋，没想到你会为我落入这般田地，我都要感动到哭了。"

"谁说是为了你，少往脸上贴金了。我是为了拿到诺贝尔和平奖。"他说得像真的一样，没什么感情的蓝色眼珠仍瞧着远方。

梁乐笑大笑出声。

"汪洋别不好意思，其实你还是很关心我的，别不承认。记得那次我一个人跑去拉斯维加斯了，你还派朋友来找我？"

"找你？想多了吧。"科学家冷着脸，不想解释。

"哎，你这个人真是……我有证据。"梁乐笑翻出手机，给他看图片。虽然没有信号但小艾的微博图片还在缓存里。她指着那个人高马大的外国人，"看啊，这个就是麦斯，你的朋友，你别耍赖。"

汪洋懒懒地瞄了一眼。

"不认识。"

"不可能！他知道试管婴儿的事。"梁乐笑叫起来，"汪洋，承认一个朋友真的有这么难？"

"呵。"汪洋冷笑了，"要这么多朋友干吗？整天开派对吗？"

他索性也拿出手机，照样是连不上网，他从数千封邮件里凭借记忆找到了那人的履历，拿给梁乐笑看。

"看清楚了，这个人只是来捐精，你觉得我会和这种人交朋友？他知道你只不过是因为你和他进了同一个医学实验室，看你这小体格肯定不是来捐卵的，他随便猜你是来做试管婴儿，故意来套近乎。所以结论是你被骗了，蠢货。"

梁乐笑一堵，竟说不出话来反驳，突然她又发现了什么，指着汪

162

洋的手机："他不叫麦斯？"

邮件上的那人叫瑞奇，是宾夕法尼亚本科学历，出生地俄亥俄，除了那张脸，没有一项与现在的麦斯匹配。

"我好像……真的被骗了。"糟糕，小艾怎么办？她离开之前还叫小艾不要轻易与麦斯分手的！

"放心，你也没什么可以给人骗去的。"汪洋揶揄道。

梁乐笑还想说什么，却看见汪洋望着远方的蓝眸眯起来。

远处尘土飞扬，有车队朝他们过来了。

即便今天无法找到连辰，至少能回到酒店好好休息，她受够了浑身湿透的感觉。可身边高大沉默的保镖，突然站起，从车上拿出了长枪。

"上去！"汪洋当机立断将梁乐笑推进货箱。

来人的车几乎看不出本来的颜色，厚厚的沙土将其覆盖，只露出车灯部分。踩下刹车后庞然大物仍拖着笨重的身躯向前滑动十几米，应是刹车坏了。老旧的车椅被全部拆掉，驾着一座同样陈旧但看得出经常使用的机枪。

从车上面跳下几人，皆留着看不到脸的大胡子，身着防弹背心。

带头那人抄着带当地口音的英语："老子劫财不杀人，乖乖听话站一边去。"

很显然，这片战乱的土地上除了"毒狼"的部队、临时总统府的军队以及维和部队外，还存在着全世界贫困地区都会有的自发武装势力——土匪。

"抢劫红十字会的运输车会上国际法庭。"穆哈德说的不全是虚张声势。

那人发出嗤笑，连胡子都被他吹起来："国际法庭在荷兰海牙是吧，只要能离开这鬼地方，老子去哪里都愿意。"

说着，便有人上前缴了他们几人的枪，企图夺走穆哈德的照相机的家伙没有得逞，和猴子记者扭打到地上。小土匪没想到一个记者如此顽强，险些就要拔枪了。

"哟，还有个医生。"土匪头子翻到了汪洋的证件。

"拜托，Philosophic Doctor（博士）不是Doctor（医生）！"不但有个黑眼圈还浑身都是沙土的穆哈德从地上爬起来说。

"那就是比医生更厉害咯。"土匪头子自作聪明地点了点头。

土匪头子有趣地打量着汪洋，三个人里就属他最淡定，像是早就知道会有人打劫。或许是因为和某人相似的黄皮肤以及总是笔挺的背脊，土匪头子觉得，这个人和他认识的那位非常相似。

"老子改主意了，这些人，一起带走。"

"老大，车厢里发现一女的。"梁乐笑被人从车厢里拽下来，她险些跌了一跤，汪洋虽面无表情，但一直看着她的眼睛却像是疼痛那般，缩了一下。

"老大，女的怎么处理？"

在这里，女性没有人权，不能抛头露面，不能开车，不能上公共学校，多是男人的附属品，没有离婚权，就算丈夫虐待也只能默默忍受。梁乐笑刚听说这风俗时，还有种"原来是我赚了"的感受。

谁知道这些野蛮的土匪会对掳走的女人干些什么？！

汪洋从土匪头子手中抽回自己的证件，指了指梁乐笑，说道："我的妻子。"

土匪的老窝建在半山腰的老林里，从外头很难发现，密林遮盖下是一个小有规模的村落。只不过这村子不仅贫瘠，还透着破败与死亡。

除了几个守卫，村子里能走动的男人都跟着土匪头子去打劫了，剩下的都是四肢残缺的伤员和躺在床上呻吟的病人。从村子的规模来看，男人实在太少，而本不该抛头露脸的女人们皆穿着罩袍劳作着。

梁乐笑他们刚到的时候，有人正从一间摇摇欲坠的破板房里走出来，他的双手染着血，简易的手术服上也到处是血迹，有些甚至已经发黑。他身后简陋的手术室里，有人不断感谢着神明给了的奇迹，他们双膝跪地，望着那男人的高大背影，简直就像在膜拜神明一样充满了敬畏。

汪洋瞬间收敛了所有外露的情绪，冷漠地看着来人。身边的梁乐笑感觉到了他的僵硬，不由转过头来，黑罩袍下的眼睛瞬时露出狂喜。

"连……"

她几乎是想从车后座上跳下来，却被汪洋一把拉住。

"想死吗？看情况再说！"

梁乐笑知道汪洋是正确的，可控制不住啊，她想要触摸他，想要听他说话，来确认自己见到的是真人。一时间眼眶里蓄满了泪水，只要一眨眼便会汹涌而出。

对面连辰也看见了汪洋，虽有些吃惊，为了双方安全装不认识比较妥当，可当目光扫过他身边穿着黑罩袍的女人——那女人被包裹得严严实实，只露出一双眼睛，他突然浑身一震，随即不敢置信地盯着她。

"连医生，我找了些人和你做伴。"土匪头子没有发现两边的异样，对连辰倒是十分客气，他指挥着其他人将抓来的四人押下车。

"这位是汪医生，汪医生的夫人，还有两个随从。"

连辰撇开胶着在梁乐笑身上的视线，看向汪洋的眼神，染了一层薄怒，但并没有揭穿汪洋的真实身份，淡淡地说："既然是医生的话，应该可以帮上忙，这些人交给我。"说着，就要把人带走。

"等一下。"土匪头子扛着枪，瞧着他们。

众人皆是一惊，怕是土匪头子看出了端倪。

"大个子留下，其他人归你，把人带去后面，过一会儿靡丽夫人会来安置他们。"土匪头子走到连辰身边，露出不怀好意的笑容，改用苏里斯顿方言对他说，"兄弟，这女人也归你了。"

听得懂方言又不明白始末的穆哈德，惊恐地瞧着连辰，俨然把他当作土匪窝里另一个恶霸。

梁乐笑觉得自己一步步都走在梦里，日思夜想的人就在眼前，触手可及，他瘦了又很脏但是完整健康的。可是连辰为什么不回头看看她呢，天晓得她都快忍不住了。

女人呜咽的声音从连辰背后传来，她真的哭得很小声了，像是一只乞怜的小猫又饱含着无限委屈，这声音一下又一下撩着连辰的心，刮疼了他捏碎了他，眼眶发了红，又酸又涨。

一路上很多村民在看他们，连辰抿着薄唇，看上去严肃又冷峻，他尽力让自己看上去平静，却控制不住微微发颤的手。

终于走到"俘虏"居住的小屋，他推门进去，还没回头，梁乐笑便扑了过去，他竟吃不消地往前了好几步才稳住。

梁乐笑抱得好紧好紧，男人身上有一股难闻的混杂着血腥与汗臭的气味，但她不在乎，他还活着啊，只要还活着。梁乐笑眼里噙着泪光，露出了这几天唯一一次舒心的笑容，身上沉重的负担忽然消散了。

猴子记者回头看汪洋，那人阴着脸挑着眉，像是在看一出愚蠢的闹剧，而且很快就要丧失耐心。

"汪博士，夫人为了我们主动投向敌人的怀抱，这是一种怎么样可歌可泣的奉献精神啊……"

汪洋不理会，蓝色的眼睛冷漠地环顾四周。比起刚才经过的那些徒有四壁、摇摇欲坠的破板房，连辰这间算得上是村里的豪华别墅，土匪头子对他礼貌有加，房间里食物储备充裕，桌上躺着打开包装的巧克力豆，是那些穷孩子从来没见过的。

看来连医生在这里的待遇不低，真耐人寻味。

"连医生，麻烦解释一下当前局势。"汪洋表情微妙，似是盘算着什么。

连辰所在的医疗队在贝罗埃亚的混战中走散之后，他被附近埋伏着的土匪们"请"到了村里。村里的男人大多参加了"毒狼"部队或临时总统府军队，剩下的老弱病残在土匪头子萨尔的带领下，建起了眼前这个穷寨。

本来就没有深仇大恨，甚至有些还是亲朋好友，只因可以快速拿到一大笔钱而扛起了枪支，当这些人在战场上受伤或落下残疾，第一时间想到的是回家……

萨尔需要连辰这类不属于任何一派，也不会因信仰问题站在他的对立面的医生，况且他还如此优秀。于是，连辰便被软禁了。他没有过多反抗，只是委托救治过的大男孩去区城里报信，信件的内容经过萨尔反复研究，确认只是一封告知一切安好的寻常家书，不会透露任何关于他们寨子的信息。

如果梁乐笑不是急着来找他的话，应该在国内已经收到了连辰平安的消息。

"所以，你就一直待在这里治病救人？"汪洋改用旁人听不懂的中文说道，好笑地看着他，又转向梁乐笑："看到了吗，蠢货，你担心得要死的男人正忠于他的医道，并不需要你关心呢。"

"嘿。"梁乐笑毫不客气地将汪洋推开，"我们的事不需要你插手。"

连辰扶了一把被激怒的梁乐笑，避免她因太过用力而跌倒，看向汪洋的时候倒并未因他的挑衅露出丝毫的愤怒。

"你不该带她来。"连辰对汪洋说，"但是我由衷地感谢你至今护她周全。"

汪洋凉凉地说道："看来你更适合拿诺贝尔和平奖。"

"你们在说什么我听不懂啊！"被晾在一边的穆哈德不甘寂寞。

连辰目光一闪，汪洋的确聪明，已经看出了他并非真正受制于此处。手臂一紧，连辰低头看到梁乐笑正紧张地抓着他，刚想要解释什么，外面有人敲门，是萨尔说的靡丽夫人。

靡丽夫人和几个看不见脸的妇女来安排新客人们的起居。

"几位，随我来。"靡丽夫人说。

"你会说英语！"穆哈德觉得惊奇。这里女性的地位很低，通常得不到高等教育，何况是这小村子里以务农纺织为生的女性。

靡丽夫人欠了欠身，示意三人跟上。

汪洋收回盯着连辰的目光，嗤笑一声，将梁乐笑拉到身边。他既然是开着红十字会的运输车过来，就不担心他们几个在村里的安危，他有万全的准备可以全身而退，但这并不包括把梁乐笑牵涉进来。

反正也算是解开她心结了，他还是要想办法把她弄走，趁早。

汪洋和连辰都是苏里斯顿少见的黄种人，大多数人只在电视和海报上见过，连辰来了好几天才和他们混熟，可汪洋这有着蓝色眼睛的黄种人更能引人好奇。村子后院以女人和儿童居多，他们都偷偷地打量着，窃窃私语。有胆大的孩子甚至跑到了跟前，拿圆溜溜的眼睛看他。

穆哈德觉得有趣，拿起挂在脖子上的单反对准那瘦小的孩子。可没想到男孩立刻举起了双手，高举过头，瑟瑟地发起抖来。

这孩子以为是枪。

方才还围绕在周围闹哄哄的孩童们炸了锅一般四散逃去，他们惊恐地躲到了遮蔽物后，观望着。

比起相机，孩子们更加熟悉另外一种有着同样长筒形管状物的东西。这种东西只要举起便会有人受伤，这种东西只要瞄准，便会有人倒下。

穆哈德尴尬不已，相机拿在手上拍也不是，放也不是，相机对面那孩子一副想哭又不敢的委屈表情。

"拍吧，希望你能将照片展示给世人。"靡丽夫人替穆哈德解围，头巾下的黑眼睛温和地看着他。

他按了下快门，将孩童真实的恐惧记录下来。

穆哈德曾觉得自己很幸运，生在富裕的家庭能去外国留学，哪怕是打起仗来，一家人仍可在德马丝柯过着安逸的日子，但眼前这一切也是祖国一部分，或者说是很大一部分。祖国的孩童出生在硝烟里，看着父兄拿着枪冲进战场，再过几年或许便轮到他们拿起枪了，童年里对枪的恐惧很快也会被迫不得已的英勇所替代，因为恐惧并不会让他们停下，也不会让战火停歇。

如果祖国都毁了，他又怎么可能幸免。

梁乐笑被单独送到女眷的住处，看守不严，到了日落便偷偷溜了出来找连辰。村子的后院到处都是黑色头巾的女人，只要把自己遮得和她们一样，便不会有人觉得她异常。可她的行动还是被人发现了，她的袍子过新，一眼便能辨认出来。

梁乐笑刚想挣扎，便被那人从背后抱住，男性温热的躯体紧贴着她，耳边是起伏不定的呼吸，气息乱了，但她还认得出。

梁乐笑一转身，扑进了熟悉的怀抱，她踮着脚尖抱住连辰的脖子，热泪盈眶地亲起来。连辰和她一样，迫不及待地要见到对方。明明只分开了两个星期，却像是几个世纪那么久。

她胡乱又密集的亲吻，很快就迎来热烈的回应，连辰忘情地吞噬着她的唇她的舌和她整个灵魂，他腾出原本搂着她腰肢的手，掀起罩袍向里探索，一寸一寸带着撩人的炙热令梁乐笑颤抖不已，像是在确认自己的宝物完好无损。很难想象平日里沉稳克己的连医生会如现在这般放肆又热烈。

突然梁乐笑"哎哟"一下，连辰这才微微拉开两人之间窒息的距离，低声问道："怎么了？"

"没事，就是……被硌到了。"

"你说什么？"

连辰抵着她的肩头调整着呼吸，声音沙哑又性感。倏地，他的身体猛然紧绷，险些闷哼出声。梁乐笑的手像条小蛇般探进了衬衫，一直摸到他的胸口，指甲所经之处仿若有细微的电流，刺激着他炙热的身体，不由额头沁出了薄汗。

梁乐笑终于在连辰的胸口找到了把她硌疼的硬东西，惊讶地叫出来。

"戒指！是婚戒！"

"不然呢？"连辰无奈地轻叹。

曾经因为他摘下了婚戒而郁闷不已的傻瓜，不禁抬头，撞进他黝黑的眼里，里面满是压抑地欲望。这是第一次，梁乐笑如此清晰地感受到连辰对自己的渴望。

只是这样看着，她的心跳又快起来，双颊绯红，呼吸短促，不小心碰倒了脚边的木板。

木板倒地的声响引来了狗吠，很快就要有人来了。连辰虚搂着她闪进一边的板房。

"我们这样像不像是在偷情？"她贴在连辰耳边小声说着，热气直钻进耳朵。

这热气又令连辰的身体一紧，再试几次，他就快把持不住。连辰只得深吸几口气："别闹。"

等门外的人陆续散去，连辰才牵着梁乐笑回到自己的房子，为了能好好说话，两人均选择了相距较远的椅子。

"笑笑，你又胡闹，这里是你应该来的地方么。"连辰的表情严肃起来。

"先听我说！"梁乐笑的脸上仍带着激动的红晕，连同嘴唇也是色泽艳丽又湿润，她的身体仍沉浸在连辰带给她的悸动中，但理智强迫她必须说出心令她一再做噩梦的秘密，"我怕这事不说我都不敢再说了，白艺去世那天，的确有打电话给你，是我按掉了，而且我还删了来电记录。连辰，或许真的是我害死了白艺。"

连辰目不转睛地瞧着她的忐忑，这种沉默令梁乐笑感到害怕。

"挺着个肚子不远万里来找我，就为了说这个？"

"当然不是。我，我想要说的是我会弥补我的过错，我来找你，无论你在哪里都要找到你，我想说我爱你，然后带你回去……"

连辰一震。

"你爱我？"

这算什么表情，梁乐笑委屈极了，她明明那么用力地爱他了，连辰还感觉不到吗？

"对啊，我爱你，我不想因为自己的任性给你带来麻烦，不，我也不想害死人的，没想到会那样的，只是嫉妒，我会自己去面对惩罚……"

梁乐笑的思路乱了，她哭了出来，不知怎么表达自己的懊悔和担忧，可下一秒，所有的不安被连辰温柔的怀抱安抚了，他的下巴抵着她的发心，一下一下拍着因为哭泣而颤抖的小身躯，就像是很久以前，她安慰他的方式。

连辰以为这辈子听不到这女人说爱了，她总是随遇而安，对什么事都不太在乎。刚和她在一起时，他甚至觉得，他们真的只是奉子成婚。

"冷静下来了吗，可以听我说了么？"

梁乐笑点了点头。

"白艺是心脏骤停，救不回来的。"他慢慢地、仔细地说下去，"此外还有些事，我原本没打算告诉你，现在想来是我的过错，才让你心里难受了那么久。"

白艺的确不该出院，再过几日她即将面临成功率低于10%的手术，连辰曾经劝说过几次，这种手术成功率太低，但她被病痛折磨了许久终于失去了耐心，决定放手一搏。白艺事先瞒着家里签署了承诺书，无论结果如何，家属都不能对医生或医院做什么。可这件事被白鑫知道了，她说这几年家里的钱全都花在姐姐身上，这种自主放弃生命的做法会让全家拿不到一分保险金。

当晚白艺苦苦哀求连辰，说是要出院与自己的妹妹白鑫一见。她说妹妹白鑫偏激，作为姐姐，她必须亲自说服她，不然恐怕会生出什么事来。之后，连辰就让她去了。至于白艺打来的电话，时间也很值得怀疑，应是白艺死亡后半小时。半小时这个时间很尴尬，尸检的误差通常在二三十分钟，谁都说不准这个电话到底是不是白艺打的。

但连辰知道，白艺是不会给他打电话的，哪怕死在外面，她都不会向他求救。因为自己想要死的人，是不会求救的。而他能做的唯一就是帮助她守住这个秘密。

"所以是白家为了保险金害死了白艺？还嫁祸给你？太可恶了！你之前都不和我说，是怕我会出去乱说，白家拿不到赔偿金，白艺就白死了？"

"不，我没那么想。"

连辰幽幽地看着她，看得梁乐笑也平静下来，连辰的确不是那种为了袒护自己的青梅竹马而对她有所隐瞒的人。

"早说啊，什么问题我们都能一起解决的！"梁乐笑气愤地垂着他的胸，而连辰却任她捶打，毫无感觉，死不放手。

不对死者评论，不因非议辩解，只是习惯于自始至终贯彻着自己的标准。但这对梁乐笑不公平，梁乐笑是他的妻子，为何也要因为他的坚持而共同背负责难。

连辰这么想着，这么瞒着，企图将风雨遮挡在梁乐笑的世界之外。

"连辰，你未免把我想得太脆弱了，我可是见惯了大风大雨的人，既然是夫妻的话就应该同舟共济。"她说这话的时候，眼睛散发着光芒，像是世间最美丽的珍珠。

"嗯，我知道，你爱我，是我错了。"连辰拥着她，贴着她搏动的颈脉，觉得自己的心都酥软了，"你知道我等你这句话，等了多久么……"

这句话有这么难？梁乐笑浑然不觉，小艾天天放在嘴边，还是各国语言版。但仔细想来，她似乎从未对连辰表达过心意，一直一直都是连辰在带领着她向前，直到话脱口而出的时候，梁乐笑才意识到原来自己已经爱他如此。

"那你爱我么？什么时候爱上的，爱我哪里？"梁乐笑珠帘炮一样的问题终于被连辰用唇舌堵住。这个位置，梁乐笑没有退路，除了被他索取，无法做出任何反抗，就连呼吸也不行。

她不知道什么时候就被连辰推到了床上，衣裙也褪到了胸口。很少见连辰这么主动，他今天一定是中邪了，但她好喜欢，几乎要兴奋地尖叫。

可是……

"等一下，会被人发现。"她阻止向她掠夺的人。

"他们不会进来。"

梁乐笑脑中闪过汪洋对连辰的质疑，但她没能抓到什么，酥软的身体让她分分钟想放飞自我。

"再等一下！"

这次，连辰彻底停了，因为梁乐笑把他抚在她胸前的手往下拉，按在了圆滚滚的肚子上。

"你摸摸看，我们的孩子，他会动了，今天早上我才感觉到了，特别神奇，本来他不声不响，可现在不一样了，刚才我偷跑出来，他还动了一下，现在他一定是醒着，你不能在他醒着的时候……嗯，戳他的头。"

"戳他的头？"连辰不知道该先叹气还是先大笑。

他的手掌抚摸着梁乐笑的肚子，突然，有一处鼓了起来顶到了他的掌心。梁乐笑眼睛一亮，邀功似的看着他。一种从未有的喜悦自心头蔓延开来，连辰被这种感情塞得满满的。然后又一下，小家伙他跑到边上又来一脚，他甚至能用手掌摸出他小小脚底板的形状！

"过去没有好好为他设想是我的错，在车上我已经想好了，我要成为一个好妈妈，所以……"

她说这话的时候，整个人变得柔美无比，像是荒漠里的女神，竟有一种令人无法亵渎的神圣感。

连辰不止一次担心过，爱玩的梁乐笑还没有做好成为妈妈的准备，好像一切随缘，肚子里的孩子健不健康能不能活着，都顺其自然。这不仅是对孩子的不负责，更是对他们之间脆弱婚姻关系的不经意。可现在，无论是她小心谨慎的样子，抱着肚子傻笑的样子，还是说着爱他的样子，都让连辰内心的甜蜜满溢出来。

连辰把梁乐笑的肚子摸了又摸，像是虔诚的信徒，然后他弯腰将耳朵靠在上面，听到了隔着肚皮的心跳。有两个，稍微慢些的是梁乐笑，而那个打鼓一般欢快愉悦的是孩子。这样也很好，这样他便满足了。

连辰在她身边躺下了，慢慢调整着呼吸，闭上眼，安抚体内炙热的情愫。

可梁乐笑又不甘寂寞地爬了上来，他半睁着眼，用眼神询问她还想干吗。她弯起狡黠的双眸，不怀好意地笑着，三分像恶魔，七分像天使。

"嘿，连辰，我知道其他能让你爽快的方法。"

"笑笑！"他出言阻止，可梁乐笑早就一手掌握了他的命脉。男人颤抖了一下，彻底僵住，只能眼睁睁看她俯下腰。

第二天，连辰神清气爽，一反连日的严峻，气场温和不少，令原本不敢和他对视的女人们都偷偷看了他好几眼。

就连穆哈德都看出来了。

"博士，我早上看到梁小姐是从连辰的屋里出来的，这连辰到底什么来头，我怎么看都觉得您更帅，更符合女性择偶标准！"

汪洋懒懒地看了他一眼，没有评论。

萨尔似乎对村里几个外来人相当放心，只留了几个守卫，又出去打家劫舍。比起俘虏，他们更像是客人，可以随意走动，只要不走出村庄。

男人们离开了，村里恢复了日常劳作的场景。梁乐笑发现这个村里虽然文化水平低，但有不少姑娘会说英文。可这也不是件省心的事。好几个姑娘总围着连辰打转。

这里崇尚一夫多妻制，有点能耐的男人家里通常都是一桌麻将的标配。即便众人周知连辰和梁乐笑关系特殊，也阻止不了其他人竞争上岗。

"夫人，你不觉得自己的先生越是受女人追捧，你就越有面子？"有姑娘问梁乐笑。

"不觉得。"梁乐笑果断地说，"连辰只能是我一个的，生是我的人，死是我的人！"

可能是未能参透这句英语奇妙的语法，几个姑娘都露出了不解和遗憾。梁乐笑自觉达到了目的，便不再理睬那些频频向她示好，对连辰充满企图的女人。

有几间板房连在一起组成了简陋的医院，里面整齐摆放着躺满病患的病床，虽拥挤但洁净有条理，穿梭其中的女性护理者为便于照看病患，都穿着短款的罩袍，有几个甚至大胆地露出了手臂。

梁乐笑听女人们说过，伤患都是萨尔的车队从战场附近捡回来的，只有肯付出足够金钱的人，才能上萨尔的车，而这些人也未必都能救活，不过村里一条龙服务很到位。医院的后面是一片整理过的墓地，有些泥土松散明显是刚刚翻动过，上面耸立着新的碑。她看到了之前总跟着汪洋的大个子，他正沉默地挖着新坟。

这是一个在地图上也找不到的地方，很穷很破，里面有一半人是缺胳膊少腿的伤患，但因为一些人的努力，他们还是活了下来。

梁乐笑在病房区没有找到连辰，却遇到了靡丽夫人，她正在安排新来的病患。依旧是一身破旧的罩袍，从头遮到底，她熟练地把病人按照受伤的轻重程度贴上不同的标签，指挥着其他人将病人搬运到手术室、病房或是墓地，一点儿不亚于经验丰富的急救医生。

"夫人，您真厉害。"梁乐笑由衷地赞美。

"不，没什么。"靡丽夫人在面纱后笑了笑。

"但你们什么人都救吗？"梁乐笑看到了不同军装的人，很难想象前一刻还杀得你死我活的人，会平静地躺在同一个病房里。

"给钱就救，我们以此为生。"

"笑笑，你怎么来了？"连辰从另外一间应该是手术室的板房里走出来，医用手套和手术服上沾满了血迹，他迅速解下，将她往外面带，"这里有点儿乱，你回后院去。"

"我从没看过你给人治病。"梁乐笑有点儿不乐意。

"没什么好看的。"连辰仍是面无表情地拉着她。

外科医生的工作并不是缝缝补补那么简单，在麻药不够用的时候，手术室更像是血腥的修罗场，连辰能做的就是尽量减少出血量，精确切除腐败的组织，以及残肢。

看到他这副拒人于千里之外的表情，梁乐笑只得作罢。她了解连辰，当他在工作时，在遇到会让他动摇的场面时，就会变成这个超冷静样子。

有人从手术室被抬出来了，连辰立刻抬手蒙上了梁乐笑的眼睛，可她还是从指缝间看到了，那个脸色惨白的男人，右腿整个都没了。

"别看，会难受。"连辰的声音再响起时已带着柔情，像是在哄小孩子。他变回了梁乐笑熟悉的样子。连医生总能在冷酷无情与温柔体贴中切换。

她缓缓拿下覆盖在眼睛上的手掌，用中文说道："知道啦，不打搅你工作，晚上，再来找你，嘿嘿，期待吧。"说完，她自己先羞红了脸，转身就跑。

女人跑得太快，一点儿没有孕妇的样子，黑罩袍被风吹起露出里面鲜亮的颜色和纤细的小腿。连辰很想出声叫她小心些，但梁乐笑早就跑没了影。她和懂事守礼知进退的医生妻子完全不同，而连辰由衷庆幸自己能获得这样的妻子。

自从被连辰叮嘱后，梁乐笑白天都只能在后院晃悠，自然听了不少八卦。

比如，靡丽夫人以前上过大学，她的先生曾是贝罗埃亚优秀的外科医生，几个月前连同他所在的医院一起被"毒狼"的炸弹炸成了灰烬。又比如萨尔暗恋靡丽夫人，什么都听她的，萨尔都有四个夫人了，自己还比靡丽夫人小，靡丽夫人不可能看上他。还有靡丽夫人对连医生很特别，应该是移情别恋，搞得萨尔火气很大。

梁乐笑琢磨着几人复杂的关系，连辰果然在哪里都特别吃香，她有些不乐意了，总觉得自己碗里的大肥肉人人都眼馋，远观可以，可别把口水滴进碗里去。

"嘿，穆哈德，你在干吗？"她老远就看到瘦猴似的男子蹲在地上。

"拍照啊。"穆哈德微微一侧身露出后面的女孩，这孩子应该是特别打扮过，粉色罩袍上点缀着从野地里摘来的小花，此刻她正害羞地往穆哈德身后躲。

除她之外，还有几个孩子腼腆地坐在他的身边。

"孩子们说，从来没有自己的照片，我觉得有些难受。"明明是最爱拍照和大笑的年纪。

梁乐笑惊奇道："他们不都怕你吗？"

一开始，孩子们的确被这个随身携带"粗枪管"的男人吓得不轻，谁都不敢轻易接近，直到后来他说了那句话才逐渐有孩子好奇地打量他。

"你到底说了什么？"她不禁好奇。

"我说，我是连医生的朋友。"

一听到连医生这三个字，孩子呼啦一下围过来，争先恐后地用生疏的英语向梁乐笑表达对连医生的崇敬。

"连医生最好的。"

"连医生救人。"

"连医生复活了爸爸！"

"连医生教英语。"

梁乐笑轻笑出声，似乎可以想象出那个总是一本正经的男人被孩子们团团围住问东问西时的样子，他一定耐心又温和，和平日里的形象千差万别，旁人看到也会觉得好笑吧。本来嘛，连辰就是一个特别喜欢小孩的人。

下意识的，梁乐笑摸了摸肚子，里面每天都有新的动静，小小的手脚伸展开来，像是在里面做后空翻。虽然有些后悔自己先前的不上心，竟连孩子的性别都没搞清楚，但她现在已经决定好了名字，无论是男孩还是女孩，他都会叫连翘（俏）。

"连医生的确厉害，他让这些在硝烟中长大的孩子，在未来又多了一种可能性。"穆哈德由衷地说道，"我收回对连医生的偏见，他的确是一个值得夫人您依靠的男人。"

"那是自然，我的眼光向来好。"

当然也有完全瞎了的时候，比如很久很久以前……不过谁又没有些黑历史。

"对了，汪洋最近在做什么？"梁乐笑不由问起。

穆哈德摇了摇头，表示真没看出来。

梁乐笑最后一次和汪洋说话是在前天的晚上。为了节省柴油，除了医院附近，日落后发电机都是停工的。人们围坐在火堆旁讲着故事。今天轮到靡丽夫人讲故事，大家都充满期待。

光线将人影拉长，随风摇曳，像是皮影戏一般落在渐凉的沙地，仿佛在上演着从古至今的传奇。

靡丽夫人娓娓道来："这片土地有一个众人皆知的传说，很久很久以前在独裁者统治下，民不聊生。揭竿者是一名女性，她带领着人民与帝王抗衡，一直攻打到王都的大门口。城下集结的百万民众令帝王感到害怕，不得不派人与义军讲和，那位伟大的女性要求帝王减少赋税，还农奴自由。帝王答应后，女头领便下令退兵。帝王虽信守诺言，但始终忌惮这位随时一呼百应的女英雄，他派为他建起空中花园的最强魔法师向女头领施法，让她永世不得人心，永世众叛亲离。"

汪洋不以为然地说："生活艰苦就要造反？什么鬼理论。"

梁乐笑怒瞪他。

"连辰有和你说过他的打算么？"汪洋突然出声问道。

连辰此刻还在病房检查，梁乐笑虽埋怨过汪洋不去帮忙，可她也并不认为视人为蝼蚁的家伙会以人道的名义伸出援手。

"连辰说会有人来接我们的。"

汪洋耻笑:"别人说什么你都相信。"

"连辰才不是别人,而且我和他说过我就请了一个星期的假,下周要回去上班的。"她没有来由的自豪显得可笑,只是汪洋不再说话。

事实上,自从来到这里,汪洋一天比一天沉默。梁乐笑没空去关心,这个阴晴不定的科学家到底在想什么伟大的人类复兴计划。汪洋这么聪明,从来没有什么问题能难倒他,估计只是讨厌这种简陋又破旧的地方而已。

平静的生活直到某天,东方出现了比太阳还要耀眼的光线,隆隆的炮火声传来,比在德马丝柯的更加清晰,简直像落在头顶。

又开战了。

而在村子里也暗流汹涌,那些已经放下了恩仇同住一屋的患病,只要是还能站起来的,纷纷摩拳擦掌,想回到自己的阵营。萨尔凶神恶煞般地拦着,才没有人敢踏出村口半步。双方对峙着,都揣着枪炮,稍不留神就会把战火引到村子里来。

靡丽夫人闻讯匆匆从医院赶来,眼看萨尔已控制不了局势,她大声对那些急着要去送死的人说道:

"真主不会同情你们第二次,萨尔不会救穷光蛋,如果你们再次受伤爬不回营地,那就要暴尸荒野了。"

这里的风俗必须被土葬。暴尸荒野,被野兽分食远比被人残忍地杀害更令他们难以忍受。原本想要冲出村庄的伤员们犹豫了,露出迷茫的表情。本来就没有什么国仇家恨,多数人参军只是为了可观的报酬,而这些钱早就被萨尔强行拿来付了医药费,所剩无几。他们见过萨尔将付不出钱的伤患扔出车外,任他在荒漠里自身自灭。

谁都不愿意死时还要受到神的谴责。

伤员三三两两地散开回到住处,有些执着的人,靡丽夫人也不强留，她塞了些补给给他们，示意萨尔打开大门，让人即便走了，也心怀敬畏与感激。

穆哈德混在看热闹的人群里，原本打算趁乱溜出去——汪博士说这次是个好机会，可现在眼前一切井井有条，他根本找不到出逃的机会。汪博士说得不错，看上去这个村子是由萨尔掌控，其实靡丽夫人才是领导者，她总能做出正确的决定，让这个破败不堪的部族得以在战乱中保持独立，并且生存下去。有了这个惊人发现之后，他看靡丽夫人的目光便多了一层崇拜。一个男人崇拜一个女人……这在过去，穆哈德想也想不到，他回味着靡丽夫人讲述的传说，心里满是赞叹。

傍晚时分，炮声渐弱，萨尔又带车队出去捡人。连辰的急救手术室又繁忙起来，他已经工作了许久，水都没喝上一口。因为缺少医护人员，每台救命的手术连辰都必须从切开皮肤到缝合全都亲自动手。幸亏靡丽夫人培训过一批女人，让她们能将伤员分类，并做正确的第一次急救，否则定会有人死在等待手术的过程中。

"你这种做法会让他下半辈子都只能躺着。"

一道清冷突兀的声音让连辰正按住病患主动脉的手，顿了顿。他第一个反应便是那人说得没错，可是现在并没有更好的解决方案。

"无关人员请出去。"连辰并不打算解释，他不能逼汪洋帮忙，事实上，他也认为那双用惯了仪器和试管的双手已经不适合拿起手术刀。

见连辰对自己不理不睬，汪洋不满地挑眉，觉得自己的权威受到了质疑，大步走到台前，连辰才发现，汪洋已然换上了消毒服。

汪洋顺手拿起边上的扩口钳，将伤患的伤口扩得更大，用力一压，似乎是戳破了什么器官，立刻便有血涌了出来，如果伤员不是打了麻药昏死过去，早痛得跳起来揍他了。

"这么做，他至少还可以有性福的下半生。"

"恢复期长，有后遗症。甚至还会大小便失禁。"

"在我看来很值。"汪洋丢掉铁钳，擦了擦手，示意连辰继续。简直把连大医生当成了下手指挥，而连辰并不动气，继续进行他该做的工作。

两人的观念、观点完全不同，但这并不表示他们不能联手救人。很快，板房里架起了第二个手术台，连辰不得不承认，汪洋的急救基本功的确了得，甚至因为长年受西方医学影响，在理念上胜他一筹，如果不是过于冒险不计后果的手法，或许汪洋也能成为一位优秀的外科医生。

又有人被抬进来，放在了连辰的台上，子弹从伤者左胸穿入，全身血污带刀伤，大腿上的皮肉翻了起来，看得见森白的骨头，把他抬进来的男人正是汪洋的大个子保镖。

大个子对汪洋说："这个人是'毒狼'的小头目。据说是这个村子里出去的，为了信仰，不是为了钱。"

汪洋一副看好戏的表情："怎么样，连医生，'毒狼'小头目救还是不救？要是救了他，说不定会死更多人。"

连辰没有犹豫，快速将粘连在腹部的血衣剪开，洗干净伤口，找到下刀的位子剖开，打穿左胸的子弹并未击中心脏而是像塞子一样卡在了破洞的动脉上，挪动的瞬间便会造成动脉血喷。

连辰转头对汪洋说："过来帮忙。"

不是命令也不是请求，他说这话的时候语气太过自然，就好像正对着同伴。

汪洋蓝眸中闪过一道玩味："你这么确定我会救他？"

连辰也不看他，自顾自做起了修复动脉的准备，低着头沉声说道："既然拿起手术刀，就应该做到不被任何政见干扰工作。"

　　　　任何政见、民族、宗教的偏见都不允许干扰我的职责。

这句话每个医生都曾经念诵，就算是汪洋，也在哈佛医学院的狮子像前发过誓。因为它来自《医学工作者的誓言》。

在我被吸收为医学事业中一员时，我严肃地保证奉献于为人类服务。我将用我的良心和尊严来行使我的职业。我的病人的健康将是我首先考虑的。我将尊重病人交给我的秘密。我的同道均是我的兄弟。任何政见、民族、宗教、国籍、社会地位的偏见都不允许干扰我的职责和我与病人间的关系，我对人的生命，从其孕育开始，就保持最高的尊重，即使在威胁下，我决不将我的医学知识用于违反人道主义规范的事情。我从内心和以我的荣誉庄严地作此保证！

被遮盖在口罩之下的嘴角勾了勾，应是露出了嗤笑，蔚蓝色的眼睛里满是不屑，但他仍迅速介入手术，为连辰打开了拯救病患生命的通道。

他们之间没有言语，只要看到对方的手势便知道下一步需要配合的操作。没有失误，精准无比，这种或许经历数年都无法形成的默契，却在这互相看不惯对方的两人之中，在医疗环境落后的村庄里成了伤患唯一活命的希望。

手术很成功，小头目在昏迷中捡回一条命。

被溅了一手血的汪洋，镇定自若，像是见惯了这种场面的外科医生。

"我去清洁一下。"他说。

汪洋开门走出去的时候，又有一人被扛进来。黑发沾着血污遮盖在脸上，已气息奄奄。是亚裔，连辰一惊，快速拨开头发，露出了一张陌生的脸，从穿着打扮来看，应是游客，苏里埃顿的混乱已波及滞留的非本国人。

"砰"的一声巨响，手术室地动山摇，器具散落一地。连辰赶忙把险些跌落手术台的病患稳住。

萨尔的村子隐秘性极高，不会成为任何一方的目标，多半是流弹误伤。从板房简陋的窗户里，可以看到冲天的火光。那个位置是村子里囤积粮食的仓库。

村民很快发现井水根本阻止不了火势蔓延，干燥的气候和风，助长火苗扩散瞬间点燃了周围铺着稻草的房顶。即便是村里收治的病患都来帮忙，众人也只能眼睁睁看着烈焰吞噬掉他们过冬的希望。

火趁着风势向后院烧去，造成的热感会让村庄成为疑似"毒狼"的基地。靡丽夫人让女人们开始组织疏散，向来深信自己是安全的村民们不禁惶恐起来，一时间孩子的哭声、房屋的倒塌声都混在了嘈杂的脚步里。

连辰冲回梁乐笑的房间，里面已没有人，心头不由一紧。顾不上男女之别，他抓住一个负责疏散的女人。

"梁乐笑在哪里？"

女人惊慌之下用土语回答他，连辰听了好久才明白她的意思。

"所有的女人和孩子已经转移到山洞地下室，很安全。"

连辰不放心，仍是跟着疏散的队伍，他一定要见到梁乐笑。

远远的，他便看到了一群穿着黑罩袍的女人，她们正有序地通过阶梯进入安全庇护所，其中有一个袍子颜色鲜亮，像是在夜里发着微光的丁香，她个子小小的和其他人一起移动，边上有人和她说话，应该是没听懂，她摇着脑袋。

连辰猛烈的心跳慢慢缓和下来，她很好，没有受伤，会在安全的地方。

"连医生，快来！有人被压在房子下面，他要死了！"有人在大声喊他，连辰明白自己必须回去了，可他的目光依旧追随着这个小小的个子，直到她随着其他人进入庇护之地。

在连辰转身走的时候，那个身着黑罩袍从头包到底的小个子像是感应到了什么，慢慢回头看了一眼，随即伸手将面纱拉好，在摆弄面纱的时候，露出了一只指甲剪得整整齐齐却黝黑的手。

半小时前。

炮火像是在头顶炸开，梁乐笑吓得从床上跳起来。这里不是战区，不会受到火炮攻击，但她看到仓库那边着火了，流弹的火舌吞噬着村里人好不容易从四处搜来的粮食，这把火或许要烧掉整个冬天的库存。她一边担心着，一边又为流弹没有落在连辰的医院而感到庆幸。

真糟糕，她果然不是什么境界高尚的人。

和汪洋说的一样，中立的村庄很危险，连辰在这里，所以她才在这里，但梁乐笑仍没有什么觉悟为了刚认识的人送死。当她听说汪洋已经和连辰达成一致，近期就要走时，别提有多高兴。

有人推门进来，是汪洋。

"准备一下，现在走。"他说。

"什么？"梁乐笑疑惑不已，"连辰和穆哈德呢？"

"他们在外面，你目标大，分开走。"

梁乐笑点了点头，简单收拾了东西往背包里一塞，便要跟着汪洋出门。

"把罩袍脱了，逃命起来方便。"

她立刻举双手同意，要不是汪洋嘱咐过多次，她才不要穿着这宽松不显瘦、又闷又热的袍子，还常被地上的凸起勾住。梁乐笑把罩袍脱下，随手一放，便跟着汪洋鬼鬼祟祟地出了门。

村里的情况不容乐观，熊熊烈火已从粮仓烧向了平房，因为资源贫乏，那些平房多是用普通的稻草做的房顶，风一吹，火势根本控制不了。靡丽夫人一边组织男人救火，一边引导女性和孩子逃往山洞庇护所。有孩子在大哭，有人摔倒在地，场面混乱不堪。

"是不是应该先帮帮他们？"

"蠢货。"汪洋冷声说道。

火光映衬着他冷漠的神情，光线明暗交替，令立体的五官更趋冰冷，像是希腊神话中的神祇，冷酷又伟大，却并不关心人类的苦难。

萨尔的车辆仍在进进出出，运来半死不活的伤员。夜色的掩护下，汪洋带着梁乐笑穿梭在破旧的车辆里，因为紧张她牢牢地抓住汪洋的手臂，不知道自己的指甲已在他的皮肤上留下了一个个深深地弯月，而汪洋也似浑然不觉。

终于两人找到了事先安排好的那辆车——是红十字会运输车。

"竟然修好了，你真厉害。"

他嗯了一下，把她推上副驾驶座，发动汽车，混在驶离村庄的车辆中，躲过了检查。

直到开进了没有人烟的荒漠，梁乐笑才松了口气。她心有余悸地朝车后看去，仍不断有炮弹在遥远处落下，地平线那端的火光像是黎明的晨曦，却更加耀眼和炙热，因为它其实是火，是足以燃尽一切吞噬所有的战争的火焰。

见他仍没有停车的迹象，梁乐笑慢慢觉察出不对劲。

"连辰呢，你们到底在哪里碰头？"

"本来就只有我。"蓝色眼睛的科学家懒懒地回答她，"而你作为重要的研究对象，必须和我一起走。"

他说这话的时候不带任何感情，就像是他们头次相遇，看她的眼神像看一只实验的老鼠。

梁乐笑心底一凉，他的计划根本不包括连辰或是穆哈德，这个冷酷的科学家只想到自己逃脱，顺带把她带走。

"混蛋，为什么要骗我，你问过我的意见了么？"

"我只是在修正我的错误，不能让珍贵的实验样本流落在那种地方，白鼠小姐，你的冒险故事该结束了。"

梁乐笑气得说不出话来，觉得胸口有股恶气堵着。她已经习惯了汪洋高高在上看不起人的臭屁性格，以为他只是高傲了些，可这次他的行为实在太自私了。

"我要下车！"

她猛地抢夺方向盘，汪洋猝不及防，车身猛烈地摇晃，梁乐笑失去平衡一头撞在车窗玻璃，吃痛地蹦出了眼泪。卡车终于在汪洋的操控下平稳下来。

"如果你想我们两个车毁人亡，请便吧。"汪洋蓝色的眼睛透着火苗，可他又忽然深深地看了她一眼，"不对，是三个人。"

怒不可遏的梁乐笑一愣，下意识地捂住了肚子。孩子，孩子不能有事，他早上还在肚子里打滚，这是她的孩子，是连辰和她的孩子！

"叫什么名字，你肚子里的叫什么名字？"

"……连翘。"她渐渐平静下来。

汪洋弯了弯嘴角，还以为会叫连城诀之类。

"很好，为了连翘，你最好系上安全带。"他似乎是松了口气。

性格决定命运，像连辰那样的人有着自己的原则和命运。连辰在村里受到尊敬，连带他们这些个亚裔都受到款待，而连辰却闭口不谈出逃的事——他根本没打算走，他没有被软禁，而是做了交易。

同袍，是的，连辰提到了同袍。有三个中国医生在双方交火中失散，连辰是其中一个，还有两个。

穆哈德这几天在村里打听到萨尔的车队一直在周边搜寻亚裔的下落。之前在德马丝柯走动便觉有异，明明三个医生走失多日，却除了无人机外再无派遣救援，苏里斯顿临时总统府自顾不暇，无国界医生组织难涉战区，最后还在全力搜寻的竟只有萨尔这股民间力量。

按照汪洋的推测，连辰见到梁乐笑后仍没有改变计划的原因，是因为已经知道了同袍的下落，他们必定是还活着，可以通过某些方式救援，而连辰正在等待某个契机。

教科书一般的连医生实在太重视该死的医德，可对汪洋来说，这些屁也不是，在梁乐笑的安危面前，这些屁也不是。

车厢里格外沉默，只有窗外沙石飞起击打在车窗上的声音。梁乐笑已恢复平静，安静地散发出浑身的愤怒和不满，她总藏不住感情，无论是过去对他的喜欢，还是现在对他的厌恶，都清清楚楚露在脸上。

汪洋清冷一笑，并不在意，可当他发现后视镜中有车尾随而来，终是眯起了眼睛，脸色阴沉下来。

不是萨尔村庄的车。他预期中最坏的情况还是发生了。

后车鸣枪示警，梁乐笑惊慌地看着他。难道汪洋撤退的计划并非万无一失，这不像他的风格。

汪洋缓踩刹车，明白如果现在不停下，下一秒中枪的将是飞驰着的轮胎，然后整辆车会倾斜翻覆，他看了眼梁乐笑，停下车。

"汪洋，为什么停车，你要去哪里，我和你一起下去。"梁乐笑见汪洋要下车，赶紧拉住他。

汪洋已踩到黄沙覆盖地地面，一探身从车抽屉里拿出一件陈旧的罩袍，将她从上到下得盖起来，只露出一双充满担忧的眼睛。

"待在这里。"他随手关上车门，车门上红十字的图标在黎明的晨光里，鲜红如血。

梁乐笑看到车队里有人持枪而来，装备精良，一看就知道不是萨尔那种小打小闹的土匪。

有人走过来，络腮胡子斜挎着长枪，一双阴霾的眸子像盯着猎物的狼眼。

汪洋掏出证件，回头指了指车。狼眼见车里坐着的是女人，吐掉嘴里的雪茄，轻蔑一笑，从怀中拔出枪似乎是要干掉她，汪洋一侧身，挡在前面。

"想死么，连医生？"狼眼说话的时候有一股呛人的气味拌着烟臭扑面而来，令汪洋微微皱眉。

被叫作连医生的汪洋，没有说话，冷静地直视着狼眼，直到那人收回了枪。

汪洋暗暗松了口气，他猜得没错，就在连辰到处寻找另外两名医生的同时，抓获两名医生的一方也在找连辰。三个人质必须在一起，才会有人付钱，否则拿不到分毫。这便是三人失踪后临时总统府顶着外媒压力停止搜索的原因，他们知道人质在谁手上，说好了三个人就必须是三个人，少一个都不行。因为只要少一个，这笔钱就付得毫无意义。

汪洋被枪指着回到车边，面不改色对梁乐笑说："继续开车，马上就能过边境，回去后找维和部队的上校，让他派人来找我。"

"不，你不要和他们去。"梁乐笑几乎要打开车门来抓汪洋的袖子。

汪洋"砰"的一声抵上门，冷笑："蠢货，你真是个累赘，别这样拉拉扯扯，你知道我很聪明，会想到办法，倒是你，应该想一下你的连医生，他还困在地图上都找不到的村庄里。"

"那你怎么办？！"

"我可是生物学家，营救我的人会比找到连辰的人快得多。所以再见了白鼠小姐，保重。"

说完，他头也不回地走向那些荷枪实弹的人，潇洒倜傥，与平日里胜券在握的得意姿态并无两样。

太阳完全升起，照射在戈壁上亮得耀眼，梁乐笑的眼睛反射性地流出了眼泪，视线模糊起来。

肚子动了一下，是小小的连翘在用力翻身，她低头看了下明显鼓出来一块的肚皮，用手掌贴了上去。眼泪顺势落下，她抬手抹了一把，眼睛擦在旧袍上竟火辣辣地疼。

这该死的旧衣服，天晓得汪洋是从哪里找来的，太脏了！他总是这样，对她又坏又恶劣，叫人前一刻还为他的行为感动，下一秒就恨得牙痒痒，非要片刻都留不得他的好。

"混蛋！"她一脚油门，窜了出去，后视镜里的车和人越来越小直至看不见。

待连辰把所有断手断脚肚子戳穿的病患安顿好，仓库和板房的火也灭得差不多，原本可以帮助他们度过漫长冬季的食物和房屋，如今只剩下一堆焦黑，奇怪的是，众人并没有从现场找到流弹的痕迹。

这把火，烧得蹊跷。

天亮了，女人和孩子从庇护处慢慢走出来，连辰脱下满是血迹的手术衣，带着整夜未眠的疲倦，大步走向她们。

梁乐笑一定吓坏了。不，也有可能她一点也不害怕，毕竟从小到大无法无天惯了。她简直把这几天的经历当作度假，总是盛满微笑地看向他，不问他为何在村庄里驻留，何时可以回到和平的地界。

黑蒙蒙的罩袍中，一袭崭新黑色引人注目，然而连辰看到他的第一眼，就变了脸色。穿着黑袍的人转头就跑，连辰想也没想，冲过人群，在女人们的尖叫声中，将那人一把按到地上。

人们发出惊呼，从罩袍的帽子中露出了一张男人黝黑的脸。

"梁乐笑在哪里？"连辰咬牙切齿，像是男人若没有说实话，便会被暴怒的外科医生扭断脖子。

天，他手上的血腥味好重！穆哈德惊恐万分，突来的窒息让他几乎说不出话来。

"连，连医生……我说，我说，你先放开我，夫人现在很安全。"

连辰松了手，表情并不好看。

穆哈德坐起来拼命咳嗽。

"夫人和汪博士一起走了，她应该已经到了安全的地方。"

"什么！"连辰惊怒，平日里就很严肃难亲近的人，此刻浑身散发着戾气，要不是修养好，早就把穆哈德打得满地找牙。

穆哈德有些后悔答应汪洋"先把梁乐笑送走"的计策，他不知道向来对谁都冷冷淡淡的连医生发起飙来是这副模样，仿佛被偷走的是他的心肝。

"汪博士觉得夫人在这里不安全，但是夫人又不愿意和你分开，他只得出此下策，趁乱把夫人先送回德马丝柯。"

距离德马丝柯几百公里，晚上才刚交火，就连萨尔都不敢贸然回城。汪洋这疯子，究竟在干什么！

"连医生，你快来看这个。"

太阳已完全升起，村人在焦黑的仓库边上发现了引起火灾的原因。医用酒精的玻璃瓶残骸散落一地，正反射着太阳刺目的光辉。

医用酒精容易爆燃，在村里是管制用品，只有手术室里有存放，连辰心中一沉，怪不得主动来帮忙，原来汪洋打的是这个主意。

略懂化学的萨尔也同时发现了异样，这哪是流弹造成的火灾，分明是有人故意点燃了仓库——不制造点混乱，根本没人能走出村子。

"你！"萨尔将穆哈德抓起来抵在墙上，矮小瘦弱的穆哈德在他面前简直是只小鸡，"你们都干了些什么！"

穆哈德双脚腾空，胡乱挣扎："我不知道，我只是按照博士的嘱咐换了夫人的袍子混在女人里，其他的我什么都不知道。"

"是啊，你装女人可真像，瘦猴子！"

穆哈德突然灵光一闪，或许从一开始，他便是梁乐笑金蝉脱壳中的一个关键。

汪洋是在德马丝柯巷子里的小酒馆找到他的，那时穆哈德正和同行打赌，说要拿下今年的普利策奖，虽然完全没有底气，但气势不能输人。原以为汪洋是看中了他的气概，没想到原来自始至终，汪洋只是为了找一个和梁乐笑身形差不多，又蠢到会任他摆布的替罪羊。

啊，原来我是弃子，用完之后便被扔掉的弃子啊。穆哈德心底凉成一片，他也许会被这气红眼的土匪活活打死，而汪洋根本就没有在乎过他的死活。

萨尔一把将他扔到地上，村民皆围了过来。

"是汪博士干的，不是我！"穆哈德红了眼，大声地喊出来，"冤有头债有主，我也是被利用了，你不能杀我！"

"萨尔，那个女人！那个女人！"有人冲了过来，高声喊着，"那个女人回来了，她又把车开回来了！"

瞬间，没人再注意这个脸色灰白的矮小男人，他们目瞪口呆地看着抱着肚子的女人向众人跑来。

她没有穿罩袍，鲜艳的裙摆扬起，像是沙漠绿洲里的花蝴蝶，即便是微微凸起的肚子，都不能改变她昂首挺胸的姿态。

她注意到周围惊异的视线，理直气壮地说道："干吗？我也是有驾照的。"

"笑笑!"连辰将她拥入怀里,又紧张地检查,确保她和外表看起来一样完好无损。

"我没事,连辰,我没事。"她抵着他的额头安抚道,感觉他浑身都在颤抖,明明是见惯了生死的医生,却因为她的失踪而方寸大乱。

梁乐笑推了推他,表情凝重起来:"连辰,或许说这个不合适,但是求求你,救救汪洋,救救他!"

连辰的脸上露出一丝异样,失而复得的感人场面顿时冷了下来。

"夫人,你不知道汪博士做了什么,他烧了村里的粮仓。"穆哈德冷冷地说,非常享受落井下石的快感。

梁乐笑这才发现,众人脸色皆是冷漠的神色。这些被汪洋伤害过的人,才不会花力气去救他,他们或许都希望他死。

"拜托你。"她抓着连辰的衣袖摇摆着,像是平日里撒娇,但凡她使出这招连辰总能乖乖服软。

连辰沉默不语,细细地看着她泪痕已干的面容,她因为激动而涨红的双颊。

刚才,就在发现梁乐笑是穆哈德假装的一瞬间,他其实想揍的是自己。梁乐笑的确总是任性妄为,无法无天,但她从未把自己至于危险之地,她本该毫无顾虑地刷着微博,吃着美食和朋友谈笑风生。而现在……

"拜托你,救救汪洋,汪洋会死的,一旦临时总统府发现是生化博士被绑架,他们会直接炸掉'毒狼'的基地,他会死的。你或许不能理解他的行为,但是他……"

如雕像般挺拔的男人终于出声了:"我非常理解,笑笑。"

"那你刚才为什么不说话。"梁乐笑紧张地瞧着连辰。

看得出他很疲惫,眼中布满着血丝,眼袋瘀青,脸色也不太好,眉头紧皱像是又把自己逼进了绝境。

梁乐笑有些后悔了，缓缓松开紧抓他的手，可下一秒她的手反被连辰握紧。强烈的日光从头照下，梁乐笑抬头看他，但看不清他此刻的表情，只听到他说：

"我们要把他救回来。"

"你敢！"萨尔亮出大刀一把插在地上，"你要敢去，我就剁掉你的手指，连医生，没必要为这种人放弃你重视的医道。"

"你可以不帮助我，但我也无须听从你的指挥。"连辰目光冷淡。

"说什么呢，到现在还不知道吗，这个村里是谁说了算，是……"

"是我。"靡丽夫人冷静的嗓音传来，明明是没有人权的女性，但男人们纷纷为她的到来而让路，直到她走到怒不可遏的萨尔身边，一把将他推开，"这个村子里，是我说了算。现在我决定，萨尔，你要倾其所有协助连医生，就像他曾经帮助我们那样。"

性格决定命运。

作为一个笃信真理的科学家，任何命运论和唯心主义都应该是无稽之谈，可这不能解释为何牛顿、爱因斯坦都是忠实的天主教徒。就像汪洋从小就明白的道理：任何行为都可以预测，任何结果都可以推测，因为性格决定命运，环境决定性格，出生决定环境，父母决定出生。至于父母的命运又是父母的父母决定的。

所以人的命运都是生下来便决定好的，他这一生唯一努力去改变的命运，或许并不是自己的，而是梁乐笑的。

这个蠢货到底是什么性子，真说不好，说她没心没肺但又很重感情，说她很讲义气又会任性妄为。或许应该告诉她，现在她对连辰的依恋也只是体内孕育的胎儿和药物的共同作用，他的治疗只是为了救她的命，而非让她成为一个感情用事，为爱死去活来的蠢女人。

阴暗潮湿的地牢，闭上眼睛仍能听到细微的声响，那是老鼠爬过手背的动静，或许它们心情好的时候会来分食躺倒在地上的人。汪洋嫌弃地踢了一脚，把老鼠赶走。

"死了吗？"

地上的"尸体"咳嗽了两声，听这声音应该是肺部有了积液，还有一人仍一动不动。

拜托，兄弟们一定要活着啊，不然他偷了连辰的证件和他们混一起就没意义了。

四周呢喃之声响起，人们又开始晨昏审定的祷告，汪洋合上双眼，懒洋洋的，像是要沉睡在这梵音之中。

可总有人不想让他清净。

牢门被陡然打开，光线涌入，叫汪洋眯起眼睛，随即有一只手臂向他伸来，将他轻轻从牢房阴湿的地板上拉起。他见过这只手，手指纤长有力，拇指指腹有固定缝合线留下的痕迹，这是一只外科医生的手。

"连医生，大驾光临。"汪洋笑道，"看来梁乐笑还是舍不得我啊。"

连辰面无表情，指挥着跟随者将地上两人架起来，转头对汪洋说："我们只有五分钟。"

事实上，他们连五分钟都没有。萨尔的村人不是"毒狼"的对手，他们仅来得及将受伤的两个医生救走，身边的保护者便逐渐被"毒狼"训练有素的队伍逼退，汪洋的大个子保镖帮助两人逃脱至相对安全之地等待萨尔的增援后一转身向另一个方向奔去，企图引开追踪者。

不远处枪声响起，有人倒地，随即脚步声向这边来了。

汪洋嗤笑一声，本来以为连辰等待的契机是有多厉害，结果却只是萨尔这群乌合之众，还不如不要来救他。

"你打过架么，连医生，看你的样子，恐怕吵架都吵不过别人。"汪洋揶揄道。

"听上去汪博士的打架经验倒是很丰富。"

"小时候被打得多了，长大自然很会打架。"

连辰诧异，像汪洋那样高傲到不可一世的家伙难道不应是生活在优越的环境中。

"有些话不得不现在讲了，万一我快死了，你千万别记仇地剥夺我下半身的幸福。"他蓝眼睛里没有畏惧，充满调侃但又像是想到了什么，"连医生你责怪我把梁乐笑带来这里让她涉险，但是你不知道原因。梁乐笑在来苏里斯顿之前有癔症的倾向，如果什么都不做的话，她一个人待着会更危险。"

"癔症？"连辰不信地重复道。

"不知你是否还记得梁乐笑母亲真正的死因。"

连辰微微变了脸色，目光锐利起来。

"你现在一定在想：'为什么你知道的那么清楚，到底和梁乐笑是什么关系？'"汪洋笑了笑，拍了拍他的肩，"对于梁乐笑那个蠢货，你又了解多少呢？"

通道口传来杂乱的脚步声。铁棍在他手里掂量着、旋转着，汪洋有趣地瞧着连辰，想看看救人不成反被擒的人是一副如何的面孔。

尽管如此，汪洋还是好心地提醒他："这几天送来村里的临时总统府的士兵，伤口多是爆裂性炸伤和砍伤，我猜应是'毒狼'先进的武器快用完了，用的是土枪。"

连辰看了汪洋一眼，心中暗叹他的观察敏锐。

"别这样崇拜地看着我，多看新闻啊连医生，全世界都知道'毒狼'穷得快吃不起饭了。所以才想要靠肉票大赚一笔，发现肉票人数总也凑不齐三个不知道有多着急呢。"

"土枪近距离攻击性能差，听脚步声往这边来的只有三个人，运气好的话我们都能逃走，你知道人哪里最脆弱吧？"汪洋问。

"知道。"连辰学他样子，捡起地上铁棍。

门被人撞开，汪洋一闷棍下去，那人应声倒地。汪洋耍起狠来一点儿没有什么科学家的样子，十足是个市井混混，他朝连辰笑笑："怎么，下不了手？"

连辰一棍子挥向汪洋侧面，罩着门面砸下去，汪洋吃惊一闪，顿时身后那人鲜血四溅。

连辰挑眉回答他："怎么会！"

两人在狭小的空间里并肩，拖延了好一会儿。汪洋倒是没有料到，连辰那捏惯了手术刀，纤细而灵巧的手指抓起凶器来也应付自如。那句话怎么形容外科医生来着？狮子心，鹰隼眼，妇人手。

"先生们，好身手。"

狼眼拍着手，从门口出现，他侧身，露出后面那个不知死活满脸是血的大个子保镖的脸，"可你们都没搞清楚，自己到底是在谁的地盘上撒野。"

"我收回前面的话，你打架挺厉害的，不过还是要死的。"汪洋果断扔下满是血迹的铁棍，举起双手。

"这倒不会。"连辰镇定地站到了他的前头，不卑不亢，是做医生时磨炼出来的令人信服的沉稳。

汪洋皱了皱眉，他果然还是讨厌这人，明明没有做好万全的准备还要逞英雄。

狼眼举起了手枪指向连辰，连辰仍不为所动。

汪洋摸向背后的枪，蓝眼渐露狠绝，盘算着现在开枪的胜算率。他不能让连辰挂了，否则梁乐笑那蠢货得哭得有多伤心。当然，他自己也不想死，还有诺贝尔和平奖没有领呢！

"在我看来，你们拖时间并没有意义。"狼眼说着，解开手枪的保险。清脆的一声在静寂的房内特别瘆人。

"对医生来说，时间就是生命。"连辰镇定说道。

爆炸声一开始是从东边过来，有人凑近飞快地朝着头子耳边说了些什么，他脸色一变，阴狠地瞪向连辰，手指慢慢移向扳机，可他尚未来得及按下，整个人便陡然一震，直直地倒了下去。

狼眼的身后是一支不知何时出现的特种部队，看制服并不属于现在交火的任何一方。就算苏里斯顿爆发内战，也没有任何国家可以派兵干预，这是国际惯例。

处变不惊的汪洋眼里鲜见地露出了惊讶，显然他看到这群从天而降的救兵，比看到外星人还要吃惊。

"连医生，你到底是什么厉害角色？"

"不，只是家弟认识厉害的人。"可惜即便是那个身世显赫的贵族，想要派雇佣兵进入边境也花了不少时间，不然梁乐笑也不会有机会遇险。

"所以，是早有计划的。"汪洋叹道。

"和你一样。"连辰神色冷淡地回敬他，"不过，有时候不能太心急。"

"是，我是没有连医生沉得住气。"汪洋微微一笑，抵着墙的身子缓缓下滑，左腹不知何时已是一片殷红。

光线明暗交替之间，汪洋觉得自己正在沉入深海，周围的声音模糊了，眼前黑暗渐浓，就连呼吸都成了负担，他懒得挣扎，任凭身躯沉入深渊。

他很想嘲笑自己，可惜连勾起嘴角的气力都没有。

值得么，为了一个实验样本？这个没了，还有下一个，基金会从不缺志愿者。可下一个就不再是梁乐笑，不再是那个因为迷恋白大褂而胆敢和他告白，明明没心没肺还敢追着他跑的蠢货。

他想到了沉没成本理论。人们在决定是否去做一件事情的时候，不仅是看这件事对自己有没有好处，也会去看过去是不是已经在这件事情上有过投入，所有的投入都会变成改变未来某个决策的诱因。

沉寂的海底，忽然有了波动，有人急迫地呼喊他的名字。

"汪洋，汪洋！汪洋我喜欢你，我喜欢你穿白袍的样子，我喜欢你，和我交往吧。"

又是那个蠢货……到底要来几次才甘心呢？他实在想睡，不想再被纠缠，双唇模糊地发出了一个音节。

"好。"

好什么？混蛋！好什么啊？梁乐笑几乎要扑上去，被连辰拦腰抱住。

意识模糊的汪洋在说出那个字之后便彻底陷入昏厥，被抬上了飞机。

"没事了，笑笑，交给医生他不会有事的。"连辰吻着她的发心，直到怀中的女人渐渐安静下来。

可冷静下来的梁乐笑并没有消停，她挣脱连辰的怀抱，狠狠地推了他一把，自己没站稳后退几步，又被怕她跌倒的连辰一把抓住了手臂。

连辰又惊又疼的目光刺到了她，梁乐笑用力甩开了他的手。

"连辰，你为什么都不和我说！明明早有计划，你只要说一下，我怎么样也会拦着汪洋的啊！"

连辰呼吸一顿，悄悄将受伤的左手藏到身后，他从没想过汪洋对她的影响有多大，也没有想过为何汪洋会冒险带梁乐笑来找他。他不敢深想，也不敢回忆两人之间的细节，仿佛有根刺狠狠地扎在了心上。

"对不起，是我让汪洋受了伤。"连辰直直地望着她，既不可求谅解，也丝毫没有悔意，只是话语有些许僵硬，不像平时的淡然，甚至防备着什么。

梁乐笑不明白他突然的冷淡，她还在气头上像一只鼓起来满身是刺的河豚。只要有一点差错，现在躺在那儿昏迷不醒的就可能是连辰，而他丝毫没有自觉！看，他的手都受伤了，外科大夫多么珍贵的手！

"那个混蛋是自作自受。"梁乐笑气不过，用手指戳着连辰的胸口，"我说的是你，你从不把你想的告诉我，什么事情都一个人决定，一个人执行，你想过我的感受吗？"

"笑笑，我只是不想你担心。"

"别把我想象得那么脆弱！"梁乐笑觉得自己血压都升高了，她从来没有那么生气。

梁乐笑承认连辰做的事都很正确，无论是白艺的事还是现在，他一直扮演着拯救他人，哪怕被误会哪怕受伤了也不澄清的英雄人物，那么她呢，她从头到尾都是给他添麻烦的傻瓜。

"你觉得我并不是值得托付的对象！"

"我从没有那么想。"连辰急道。

"别碰我！去把你的手包好！"她拒绝任何亲近的沟通，躲开他的任何触碰，甚至眼神。

站在一边看好戏的青年伯爵自言自语："女人真是可怕。"

第九章　老爸老妈的浪漫史

身负重伤的汪洋被不明来历的雇佣兵救出来后，世界舆论哗然。叛军劫持生物学家的罪行坐实，诸多猜测都指向叛军决定使用生化武器。大洋彼岸的美国蓄势待发，而汪洋成了战争的导火索，看来这次他是拿不到诺贝尔和平奖了。另一方面，穆哈德公布了不少难民照片，好几篇文章深度描写了处在硝烟中的儿童生活令世界唏嘘。有一股反战势力在民间悄然而生，虽然是由萨尔领导，但当地每个人都知道在他背后的那个人叫靡丽夫人。

这些都是梁乐笑回国后从网络上看来的，那些腥风血雨的日子曾经离她那么近。

托连诀的福，托远方有钱有权的贵族的福，梁乐笑成功地在公休假结束前销假回来。谁都不知道这个孕妇曾经经历过一场怎样的冒险。

"哟，竟然回来上班了，我还以为你要休假两年呢。"Lisa仍是拿卫生眼看她，可梁乐笑觉得Lisa可爱无比，因为就算她再看不惯自己也不会抽出绑在大腿上的刀挥过来。真正经历过大风大浪的人，怎么会怕小池塘里扑腾的青蛙。

当然，小池塘一样可以淹死人。

"我的小助理，你终于凯旋了。"麦斯笑着和她打招呼，可见她一脸严肃后，悻悻地摸了摸鼻子，"怎么了？"

梁乐笑正拿着小艾给她的结婚请帖发呆，没想到这么快她就搞定了一切。

"哦哦，我知道了！"外国人喜感地拍了下脑袋，"Daisy，是时候让我对你肚子里的孩子负责任了。"

呼啦周围立刻围了一圈看热闹的同事，目光炯炯地望着他们老板。

"作为老板，应该关爱女员工，对女员工和她的身体健康负责，这两天我出差，本来要叫你一起的，现在Lisa你来代替Daisy。"

人群散开，心里都在吐槽这老外中文是有多词不达意。

Lisa立刻不满地跳起来："老板，我也是有自己工作范围的，Queenie姐让我……"

麦斯嬉皮笑脸："放心，Queenie已经同意了。"

Lisa敢怒不敢言，看梁乐笑的眼神充满怨恨，凭什么要把梁乐笑的工作量加在她身上，孕妇很了不起吗？

"没事老板，我很乐意出差，我跟你去。"

Lisa哼了一声，这才慢慢坐下。

麦斯挑了挑眉，小声对梁乐笑说："小艾这几天要你陪她试妆。"

所以是假公济私？

小艾和麦斯的婚礼近了。梁乐笑临走前一边哭一边说教起了效果，小艾没有分手，她答应了麦斯的求婚。答应了一个认识半年，完全不知道底细的英俊男人的求婚。昨天，小艾兴奋地约她见面告诉了梁乐笑自己的决定。

"我准备下个月就结婚，是为了你特地决定早些的，怎么样，感动吗？"

"这么快啊，上次你还说担心麦斯是骗你来的。"梁乐笑提醒她。

"骗就骗吧，难道我被骗得还少吗？有本事就骗我一辈子。"

说这话的时候，小艾满脸的幸福，让人不忍去打破她对未来的期许。

PIT不但让梁乐笑没心没肺地过了二十多年，也让她影响着周围的人，连诀对女性心灰意冷，小艾怀疑爱情，而连辰等了她十年。这些无意中的伤害，让她觉得心内有愧。

现在，艾薇儿好不容易要结婚了，新郎却很有可能是个骗子。梁乐笑让连诀去查了麦斯，这人非但不是"麦斯"本人，甚至涉险加州多起商业间谍活动。

她欲言又止地望着小艾，实在说不出口。幸好，距离婚礼还有段时间，这足够梁乐笑去搞清"麦斯"究竟在搞什么鬼。

电话响了，是连辰，梁乐笑不仅不接，还把手机反转扣在桌上。

"哟，是你老公欸，干吗不接，人家要等急了。"小艾奇怪地看着她，随后她自己的电话也响了，还是连辰。

他看了梁乐笑的微博，知道两人在一起喝下午茶。

"是啊，连医生，笑笑就在我边上。"小艾挂了手机，"他说来接你。哎，你们怎么了，不是去蜜月了么，怎么回来就吵架了？你也真大胆，那么严肃一人，他一瞪我，我就跪了。"

放在几月前，梁乐笑自然不敢给连大医生眼色看，可现在真是气不打一处来。她讨厌连辰什么都不和她说的感觉，明明是夫妻了，却还被他排除在外，好像她有多不值得信赖。

肚子动了一下，让梁乐笑从牛角尖中钻出来，她双手轻拂肚子，表情温柔下来。连翘又在里面后空翻，他是一个爱动的小孩，不但喜欢翻身还会吐泡泡，越来越明显的胎动让梁乐笑充满喜悦。她开始每晚给连翘读故事书，听轻音乐，期待着与连翘的相见。

艾薇儿目睹了梁乐笑的变化，前一秒还咬牙切齿，这一刻竟显恬静淡雅。再没有什么比这更神奇的了。看得她既为好友感到高兴，又羡慕不已。

"真好呢。我也要赶快和麦斯生小孩。笑笑，和我订娃娃亲吧，混血儿超可爱超抢手的。"

正说着，连辰到了，他站在餐厅外，敲了敲玻璃窗。

"笑笑，你老公怎么晒得那么黑，去给人做苦工了？"

连辰不仅黑，而且消瘦，脖颈上有细碎的伤痕，手肘处的割裂伤尚未恢复，包扎的白绷带时不时从袖口处露出来。相比之下梁乐笑红润鲜亮，甚至还胖了些。

连辰在苏里斯顿发生的事知道的人不多，回来之后他仍是普通的外科医生，做着原来的工作，仿佛刚刚过去的惊心动魄的一周并没有发生，只是因为手伤，暂时上不了手术台。坐诊的连医生突然空起来，本打算好好陪伴自己的妻子，却因她单方面的闹别扭而无计可施。

连辰的确能忍也能等，单恋梁乐笑十年没动摇，但这并不表示，他懂得如何哄小妻子开心。在这方面，他毛躁得和普通男人没有区别。据说妇女之友王医生知道始末后，嘲笑了他整整一个月。

"笑笑，你还在生气么？"上车后，连辰问梁乐笑。

连医生没发现语气中的小心翼翼，两人的角色好像反转。

不知为何，梁乐笑一听他这么问就觉得火大，她都快气死了，让她生气的人还拿无辜的眼神望着她，问她自己错在哪里？

梁乐笑选择沉默以对，别过脸去看向窗外。只觉得坐在连辰身边浑身不舒服，看着他用受伤的手开车，更加如坐针毡。外科医生不是向来爱护自己的双手么，还有人给手上了千万的保险，为何连辰就这么不在乎呢？

车内安静得可怕，仿佛又回到了几年前，连辰送梁乐笑去机场两人足足一小时没说话那会儿。

终于憋不住的人说话了：

"你早上去哪儿了，我打到你公司，说你请假了。"

"这你都要管，你是我爸吗？"梁乐笑火气十足地呛回去，但也如实地说出了去处，"没什么好担心的，早上我去了白家。"

连辰皱了皱眉，不想梁乐笑被卷入乱七八糟的事情里。

"于情于理，我都该去探望的，没遇到白鑫，她在学校，两位老人他们现在……很平静。"梁乐笑说道。

她知道连辰不想让她去白家的原因，白家拿到了保险金和医院的抚恤金，这件事算是线下和解了，但白家的家长看她的眼神，仍让梁乐笑毛骨悚然。这让梁乐笑仅存的一点点内疚与怜悯都荡然无存。幸好，小艾及时把她拉走，不然，梁乐笑肯定会大声地告诉他们：连医生已经尽力了，他没有错！

"有多久没有产检了？"连辰突然问她。

自从上次羊水穿刺之后，梁乐笑便忙着伤心忙着担心忙着冒险，这么一算竟也有一个月没去见孙医生，连翘很健康，她知道，每天他都会在肚子里准时准点地翻跟头，应该没有问题。

"明天我陪你。"

"不行，明天我要出差。"

"出差？"

连医生眉头皱起，严肃地抿着薄唇，不想让梁乐笑更生气而隐忍不发。手臂上的绷带因用力而从白衬衫里透出了纹理。

梁乐笑有些不忍，伸手按了按他紧绷的手臂："就去两天，和老板一起，事关小艾的幸福……欸，我说，你别太用力了。"

"你准备什么时候和我和好？"

梁乐笑没料到连辰会突然转话题，这不是向来都是她的特长么，她瘪瘪嘴："等……等你伤好了再说。"

连辰突然靠边停下了车，一言不发地解开衬衫的扣子，露出缠着绑带的手臂，又从抽屉里拿出剪子，熟练地从第一个线头剪起。

待梁乐笑反应过来他到底在干什么，立刻抓住了他的手。

"我的伤好了，笑笑。"他转头看她，目光透着坚定，就像是平日里他说着的每一个最后都能兑现的承诺。

"不，你没好，别干傻事！"

梁乐笑惊慌地要去抢夺剪刀，眼泪蹦了出来，滴落在连辰臂膀，像是被烫到，他双臂一笼，将她搂进怀中，亲吻着她的额头。比起伤口，梁乐笑拒人于千里外的冷漠更令他难受。

"别哭，笑笑，你说得对，我还没好。"

泪水浸湿了连辰的肩膀，她哭得不能自已，颤抖着就像是被北风撕扯的柳枝。明知道不该让她伤心，可有点儿反应也好，至少让他觉得自己还被她在乎。

梁乐笑一连好几天都不愿意和他说话，晚上即便睡去，也背着身。明明都从苏里斯顿回来了，但总觉得自己的笑笑被留在那片荒漠，而陪在他身边的只是一个空空的躯壳。这种认知让连辰觉得恐慌又无措。

梁乐笑还是跟着"麦斯"出差去了，本以为连辰会坚决不同意，可他不但帮忙整理了行李，还一路送到了机场，说路上小心，到了给我打电话。

她的任性得到了包容，心里却像是希望落空了一般，涌出酸涩。

梁乐笑哼了一声，在连辰幽幽的目光中，别扭地转头就走。她知道他一直在看她，背后的目光炯炯，不用说一句话就能给她压力。

连辰性子冷，又善于忍，他们之间无法发生真正的争吵，只会冷战。

麦斯看到梁乐笑的时候吓了一跳。

"Daisy，你这惨绝人寰的表情真是令人退避三舍。"

"不会说成语，就别显摆。"她心情不佳，不想插科打诨。

"是孕妇暴躁症吧，你缺包吗？"

直到飞机冲上云霄，机场变得小得看不见，梁乐笑才收回望着窗外的视线，眼睛被光线刺痛，湿润了视线。她都不知道自己在气什么，即便连辰低眉顺目地顺应她的所有要求，仍是觉得浑身不爽。或许真的被麦斯说对了，是孕期暴躁症来着。

"还是看会儿电影吧。"麦斯已经在摆弄座椅上的娱乐设备，"你应该看看这个《撒娇女人最好命》，有钱有脾气的女孩是公主，没钱有脾气的就是公主病了。"

梁乐笑听得懂暗示，她内心呵呵一笑，瞥向麦斯："我个人更喜欢看《猫鼠游戏》，一个男人冒充别人身份行骗江湖，最终被正义的警探逮捕，什么爱人啊、钱财啊统统没有。骗子才不会被原谅被人爱呢。"

"那要看他骗的是什么？"麦斯面不改色，"而且我认为骗和不说有本质区别。"

"照你这样说，我不告诉你，就不是骗你？"梁乐笑好笑地看着他，"我不告诉警察我偷了钱，就不算偷了钱？"

"无论是欺还是瞒，都会有结果产生，而承担结果的能力才是实力的体现。"

"歪理邪说。"

"多谢夸奖。"麦斯咧嘴一笑，露出一口白牙。

梁乐笑别过头去不理睬他。麦斯这才收起漫不经心地笑容，若有所思地看着她，目光渐冷。

到了目的地以后，梁乐笑在酒店准备次日的会议材料，一直熬到晚上10点才写到一半，她反复核对几次，总觉得麦斯给的某个数字比公司提供的方案少了一半。麦斯对数字很敏感，足以心算三位数加减乘除，放在国内绝对是奥数选手，高考可以加分的那种。他不会犯这么低级的错误。

梁乐笑抱着电脑去隔壁找他。门虚掩着，她一推而入。

麦斯正在给谁打电话，见到她吃了一惊，随即挂了电话："Daisy，这么晚了，你还不睡吗？"

"这里数字对吗？"梁乐笑指了指电脑。

"就按照这个写吧。"他说。

梁乐笑提高了警觉："我不认为Queenie会认同你擅自的修改。"

"她会同意的，Daisy，这你不必担心。"说着，麦斯把她往门口推，"快去睡觉，孕妇应该早点儿休息。"

麦斯的举动令梁乐笑更加怀疑，她朝四周望去，瞥见餐桌上放置的两个空酒杯和冰桶里的红酒，甚至还有未点燃的烛台。仗着自己凸出的肚子，梁乐笑卡在沙发转角处，瞪着他："你有没有自觉下个月要和小艾结婚了？"

"当然，我爱小艾，她是我的女神。"

"你的女神可真不少。那Queenie呢？"见麦斯仍是一副随便你说我就是不承认你想拿我怎么样的欠揍表情，梁乐笑火了，"别想骗我，还是你只会骗人。我知道你并不叫麦斯，说真的我并不介意，谁没有点秘密呢。但如果你欺骗了小艾，如果你只是利用了她，我一定去公司，不，去警察局举报你。"

麦斯笑着的嘴角一僵，眼神变得尖锐。

"你说得没错，我不是麦斯，我的职业让我不能说真话，但我发誓，我对小艾是真心的，从来没有一个女孩像她那样甜蜜又美好。和她在一起，我没必要撒谎，她是我的女神，是我的光明女神，是我拥有的最好的东西。我要和她在一起，谁都不能阻拦我们。"

没想到他这么简单就承认了，梁乐笑愣在当场。

麦斯上前一步，将她逼入墙角，属于男人的压力笼罩着她，直到现在梁乐笑才发现，她不该没有准备就逞口头之快，贸然打草惊蛇。

"所以，你，你想杀了我灭口么？"她的声音颤抖起来。

麦斯失笑："这样做，对我有什么好处？Daisy，你可是我和小艾最好的朋友呢。"

梁乐笑觉得背脊发冷，心跳加速，即使在苏里斯顿，在战乱的小村庄里她也没有感觉到害怕，因为总有人，连辰总会第一时间发现她的安危。而现在，她正面对着一个完全不知道底细的骗子。

突然，一种尖锐的疼痛，从腹部辐射开来，让她不得不弯下腰，双手抵住桌角。梁乐笑深吸一口气，脸色煞白。

"Daisy，你怎么了？"

"我肚子痛，好痛！"

麦斯紧张起来，帅气英俊的大男人罕见地手足无措："要去医院吗？我们现在去医院！拜托，振作点儿，小艾还指望当干妈。"

梁乐笑冷汗直冒，她看得出麦斯是真的担心自己，可还是甩开了他伸来相助的手。

糟糕好像有什么东西要出来了，她快憋不住了，讨厌，不要！

安静的房间内，倏然爆发出一记响雷，如石破天惊。但雷才不会带出恶臭。梁乐笑扭着身子，企图掩盖此刻的尴尬，可屁并没有放过她，仍源源不断地挤出来，并发出不雅的声响。

麦斯惊恐万分："你的肚子漏气？！我打不通911，Daisy！你是要生了吗？"

生个屁！没见过人拉肚子的吗？梁乐笑冲进卫生间，险些来不及脱下裤子。她真想掐死门口那个不断敲门的白痴，可肚子里翻江倒海，痛得她只得咬牙切齿地吐出一个饱含感情的字："滚！"

一阵哔哩哔哩，顿感飞流直下三千尺，梁乐笑瘫软在马桶上忽又想到了什么，紧张地摸了摸肚皮。还好，肚皮饱满依旧，连翘没有被她拉到马桶里。

门外的麦斯终于放弃了冲进卫生间接生，因为又有人进了他的房间。

那人一出声，梁乐笑就听出了是谁，坐在马桶上暗道不妙。她都还没冲水呢，冲水的话一定会被外面那人听到，可现在等于悬浮在自己的排泄物上，屁股会不会被熏臭？

"梁乐笑呢？"来人问麦斯，清脆的高跟鞋声朝客厅步步走来。

"你找她？"麦斯问道。

"不，我找你。"黄亚芳在沙发上坐下，衣襟随着她的动作起伏，露出胸口深邃的事业线，大长腿交叠，姿态性感诱人，她点了烟，面容犹如在迷雾之中，"叫你办的事如何了？"

这次出差与客户会谈，应该只是梁乐笑和麦斯两人。出发前，梁乐笑还问过Queenie的意思，她说自己临时有事不能去，麦斯一人没问题。

可见，Queenie撒谎了。

梁乐笑不禁想起小艾的前任，那个人渣也说去开会，然后开着开着就和同事开房去了。麦斯那么笃定Queenie不会反对他篡改的数字，难道因为已与她有了一腿？

Queenie是撩汉界的传说人物，她的裙下之臣均是身价千万的富豪，简直是站在地球食物链顶端的集邮女帝，性格奔放的麦斯说不定早就被她拿下。

就在梁乐笑纠结于冲水还是继续熏屁股之时，她的手机突然响了。三只小熊的乐曲像是催命咒一般嘹亮而欢乐地响起。是连辰，她答应到了酒店就电话给他报平安的。糟糕，完全忘记了。梁乐笑手忙脚乱地翻着衣裙，不料手机从兜里滑脱，掉在了洗手间大理石的地板上。

咔嚓，手机竟然接通了……现在梁乐笑唯一的欣慰就是还好不是视频电话。

"卫生间里有人？"黄亚芳听到了动静，"麦斯，我以为你只约了我一人。"

梁乐笑心脏提到了嗓子眼，不知道此刻是先起来冲马桶，还是先把手机捡回来。

此时，手机里传来连辰低沉的声音："笑笑，怎么不说话？"

第一次，她真的不那么想和他说话。

正在这时，又有人敲门说是客房服务，黄亚芳和麦斯皆是一惊。再没有什么，能比半夜十点半不请自来的客房服务更诡异的了。麦斯示意黄亚芳往卧室走，他可不想两人的秘密见面被第三个，不第四个人知道。可他没有料到，卧室也与客厅的卫生间相通。

向来谨慎的黄亚芳，直接躲进了卫生间。一开门，只见一个白花花的屁股正对着她扭来扭去，屁股的主人此刻正努力伸长手臂，抓取地上的手机。

"你……好臭！"黄亚芳捏着鼻子，"梁乐笑，你怎么在这里！"

梁乐笑在卫生间里迎来了她人生最难忘的一刻，她从来没有想到过自己的屁股竟然会被老板看到,而且还是在刚拉完屎的状态下,内心痛不欲生,羞愧难耐。

黄亚芳很快发现臭气的来源:"你竟然拉屎没有冲马桶。"

……谜之尴尬随着臭气,蔓延开来。梁乐笑真想两眼一闭装昏倒,可她裤子还没有拉上呢。

"我腿麻了站不起了。"

"哎哟,我受不了了,太臭了,我帮你先抽水了。"

眼看那只涂着红指甲的纤细手指就要按到抽水键上,坐在马桶上的梁乐笑惊呼:"不要!"

麦斯在房间门口迎来了他人生最难忘的一刻,他从来没有想过自己的未婚妻千里迢迢跑来给他过生日,自己内心竟然悲喜交加,五味杂陈。

"Surprise!"小艾跳起来环住了麦斯的脖子,整个人像无尾熊那样挂在他身上,"Darling,有没有想我?"

房间内的卫生间传来一阵马桶抽水的声音,小艾变了脸色,从他身上下来,"卫生间里有人?!"

在短短的十分钟内,这已经是第二个女人问他同样一个问题。麦斯从事商业间谍的数年间,遇到很多险象环生的情况,但这是第一次令他冷汗直冒。

具有丰富的被劈腿经历,自带吸引渣男光环的小艾,见过多次前男友的劈腿对象,被她发现后从浴室匆匆跑出来的情景。有面带愧色用浴巾紧裹自己的学生妹,有身着正装像在浴室开了个会的女白领,还有大大方方光着个身子跳出来Say hi的外国美女,所以就算现在从卫生间跑出来个精肉裸男,都不会太意外。

可这是麦斯啊,她一个月之后就要嫁的人,早上两人还在讨论着要邀请谁来主持婚礼。

正在这时,又有人敲门了,竟然真的是客房服务。

侍者见门没关,便笑盈盈地推着餐车进来,当着麦斯的面打开礼盒，点燃蛋糕上的蜡烛，不顾麦斯一脸的懵逼。

"先生，艾小姐刚才订了蛋糕，她说虽然今天已经很晚了，但不想错过和你一起度过的第一个生日，她会从这次开始陪伴你的每一个生日。"侍者从推车里拿出了两顶尖帽子，"本酒店赠送生日客户特别服务，请您戴上生日帽，哦，还有艾小姐的帽子，这个颜色真配你的裙子。"

说完，侍者交给小艾一顶尖帽子便礼貌地转身离开，并很贴心地为两人合上了门。

艾薇儿拿到的帽子是绿的，和她的脸色一样，她眼圈涨得通红，几乎要忍不住委屈落泪了。

"小艾，亲爱的，听我说……"麦斯看得心都碎了。

小艾退了一步，退出他伸手能够到的范围，绝望又伤心地望着他。这种眼神，让向来在自己的骗术中游刃有余的英俊男人像被人狠狠地揍了一拳一般。

她推开他，径直走向浴室，就像每次她失望地踢开每一扇人渣的房门那样。

突然，卫生间的门打开了。一只女人的手从里面颤颤巍巍地探了出来，牢牢抓住墙壁。随后梁乐笑虚弱地爬出半个身子："小艾，快，我腿麻了，快来扶我……"

艾薇儿扔掉了绿帽子跑过去把她扶到沙发上。

"天，笑笑，你怎么会在这里！"

梁乐笑抚摸着自己明显凸起的肚子，指了指搁在边上的笔记本："我刚找麦斯核对明天的会议材料，顺便借了一下卫生间。刚才我都听到了，今天是麦斯生日？"

生日或许是真的，但那是麦斯的生日并不是他的。他是一辈子生活在谎言中的骗子，而小艾终究会成为他谎言的一部分。

麦斯紧张得盯着梁乐笑，像是站在悬崖边，随时要被一句话打落，不用一句话，说不定只要一个带点蔑视的眼神，就足够让他坠崖的了。他实在没有自信说服梁乐笑，把最好的朋友送给一个骗子。

梁乐笑微微一笑说道："麦斯，生日快乐。"

或许之后的某一天，她会因为没有告诉小艾真相而后悔，但此刻肚子里翻腾着的连翘，像是因为她的选择而兴高采烈。他们的婚礼对梁乐笑来说就像一种图腾，是哪怕有谎言有欺瞒，只要是真爱也能走到一起的幸福。

小艾终于明白了眼前的情况，回头愧疚地望着麦斯："对不起，我……我只是太在意你了……"

"亲爱的，我知道你爱我。"麦斯将艾薇儿拥入怀中，小心亲吻着她的额头有着失而复得的激动，他感激地瞥了一眼梁乐笑。

"我说，我们去楼下咖啡厅吃蛋糕吧。你们这样亲来亲去，我怕我吃不到蛋糕就要先看限制级表演啊。"梁乐笑提议。她还要为浴室里那个快被熏死的老板着想。

小艾咯咯地笑着，脸蛋上挂着准新娘幸福满意的表情，她幸福的笑容一直持续到半夜都未消退。

熬不了夜的梁乐笑哈欠连连地回到房间，她的手机来了两条信息，一条是黄亚芳，约她到天台见面；另一条是麦斯，约她到一楼咖啡厅。梁乐笑想了想，觉得在咖啡厅被人谋杀的概率小些，便又出门搭上了向下的电梯。

手机又响了下，是连辰。

刚才在浴室，她只来得及说她有事，等会儿再说就挂了电话，现在他又打来了。这不禁让梁乐笑想起过去总是抱怨连辰工作忙，电话打不通的自己。什么时候，他们的角色互换了呢。

梁乐笑又打了一个哈欠，接了电话。

"睡了吗？"

"还没，小艾突然来了，她很吵的，你知道。"

对面沉默了，就在梁乐笑以为是电梯里信号不好断线的时候，电话那头传来了男人低沉的声音，他说：

"笑笑，我想你了。"

没有来由的，梁乐笑的心漏跳了半拍。从来不说甜言蜜语的连医生，突然来的这么一句，简直像飞快射来的箭，直中靶心。

对方还没有意识到自己的杀伤力，继续说道："笑笑，是我错了，你说得对，我应该把心里想的事都告诉你，比如我真的很想你，本来就不想让你离开的。"

这是连辰厚着脸皮问了妇女百科王医生才懂得的道理。在王医生开导他之前，连辰甚至不明白梁乐笑在气什么，可连辰没有察觉到，就算不知道她生什么气，自己也已经低头了。

梁乐笑心怦怦直跳，电梯镜里的自己竟像少女那般脸颊绯红，目光含春。她很难想象连辰那样性子冷淡的男人说这话的表情，可只要一想就停不下来。她知道他疯起来是什么样子，在苏里斯顿边陲的每一个夜晚，在只有星光的小村庄里，他深邃又深情的目光总叫她沦陷。

"笑笑，我爱你，快回到我的身边。"

或许是夜深了，或许自己已然意乱情迷，明明仅仅是话语，却让她觉得全身被连辰炙热的目光抚摸着、爱怜着、需要着。

"别，别说了。"梁乐笑腿都软了只能靠电梯的扶手撑起自己，"我会尽快回来，等我啊。"

工作结束后，梁乐笑改签了最早的一班飞机回去，害麦斯以为她是因嫌弃他的身份而不肯与他同航班。那天晚上，麦斯和梁乐笑谈了许久，他说的话未必都是真的，但看得出对于小艾的确是动了真情。这份情谊不是以"麦斯"的名义，而是某个男人的执着。

在过去，梁乐笑不理解真爱，只觉得这种虚无缥缈，只凭感觉的东西很不可靠。哪天要是感觉没了，难道两个人就不相爱了吗？万一只有一方没有感觉了要怎么办？感觉可以度量么，怎么样算有感觉，怎么样又算没感觉呢？就因为不理解，她对爱情的度量从来都是错误的。

可现在她能够理解了，为什么会有人为爱走天涯，为爱放弃一切，为爱牺牲自我，那不是冲动来的，爱是一辈子的追求。

当梁乐笑迫不及待赶着早班飞机想要见到连辰时，连辰也急不可待地想要见到她。当然，在见梁乐笑前，刚刚值了夜班的连医生还是需要准备一下。这主要来自王医生的刺激。他听了连辰近期的烦恼，不但指了明路，还挪揄了句"怪不得暗恋十年现在才成功，要我估计十个月就能拿下了吧"。

清早，医院边上的小花店迎来了第一位客人。花店老板是个P2P理财公司跳槽创业的青年，但凡客人上门都会热情推销自家鲜花水果礼盒一番，把送礼五天面子的预期效益，十四天病人心情提升率，三十天周期性采购的康复回报，都说得头头是道，经常说得对方恨不得办一张VIP卡，立刻开通网上花店参加天天买、日日盈的送花服务。

可这次，花店老板沉默了。连医生就算穿着便服，老板都认识他，谁叫连医生那冷峻严肃的面容和技高一筹的刀法那么出名，好多女病患和病患女家属都在店里假借过节的名义，买过玫瑰指定要送给他。什么情人节、七夕节、医生节、劳动节，甚至还有清明节，通常她们都会在花里藏一张小纸片什么的，不过总是亲自送货去医院的老板从没见过连辰对那些花看过第二眼。

今天，正主儿亲自来买花了，老板殷勤地跟在连医生后面："连医生买花啊，菊花？病人是有什么不测吗……"

连辰讪讪地放下长得像向日葵的菊花。

"康乃馨啊，这个送病人最好，不但让人心情愉悦，还有妈妈般的关怀。"

连辰又尴尬地放下长得像玫瑰的康乃馨。

"这个是……香水百合？无论是看望师长还是颁发奖状，选它都没错。"老板听到门口风铃的碰撞声转头看去，"哟，王医生，买花送女朋友啊。"

王医生名声在外，也是不用穿白大褂便能辨识出来的人。这主要归功他下至18岁女学生，上至80岁老太太的妇科病患。要说连辰是医院的第一刀，那他就是医院里的第一手了。

王医生双手插兜里，雅痞一笑："买花送女朋友，好啊，我正好缺个女朋友，老板你说买多少花可以送个女朋友？"

老板哈哈一笑："那，照之前的来一份？"

"连医生送老婆用的，选的花稳重点。"王医生拍了拍老板的肩膀。

"连医生结婚了？"

老板不可思议地瞧了瞧杵在一边的连辰，心中顿时预感到今年的玫瑰花销量会出现滑坡。

"多买几次就有经验了，女人家都喜欢，我看弟妹都没被你怎么追就上手了，真是好女人啊。"

连辰点头表示同意，他也觉得能和梁乐笑走到一起是今生最大的成就。如果送些花能让她开心，他并不介意买下整个花店。

望着捧着一整束鲜花，急急忙忙驾车去机场的连辰，王医生不禁感慨了。老夫老妻，孩子都快生下来了，这小子怎么还那么猴急，有多少人是被他平日里外科主任的严肃外表给骗了啊。

刚下飞机的梁乐笑还来不及打电话给连辰，就接到了老梁的电话。

自从她一个人跑去苏里斯顿之后，梁乐笑就不太敢和老梁联系，怕他老人家担心是一方面，更烦他的唠叨。想来也有好些日子没关心过他，不由生出愧疚来。

"笑笑啊……"老梁欲言又止，让梁乐笑感觉不妙，"那个，我现在在警察局，你能不能先过来，借我点钱。"

"哈？！"梁乐笑忍不住叫出声来，"老梁，你犯了什么事？"

"非法……非法进入他人私宅。"

"你去别人家干什么呀？"

"那其实是我们家……"

捧花的连辰在人群中异常醒目，挺拔颀长的身子加上他严峻冷淡的面容，令过往的女性不由频频回头。这样一位清冷的男子，竟会捧着如此浮夸的一片红云，他等待的究竟是一位怎样的女性，不禁让人好奇。令人错愕的是，众人只见一孕妇拖着行李急匆匆地跑向他，非但没有露出欣喜，甚至满面愁容，看都没有看玫瑰花一眼。

"连辰，我爸被电信诈骗了！房子都没了，快快，快去警察局。"

老梁存的钱大多被梁乐笑妈妈看病用完了，只剩下自己住的那套房子和少量退休金。他不炒股票，不懂理财，除了逢年过节给梁乐笑发红包外，平日里倒也用不了几个钱。

可这次，老梁却被骗得老本精光，还因为房子被人转手卖掉，而被赶出了自己的家。作为一名资深人事，老梁有着五十年与人斗争的经验，还听烂了《刑警803》小说广播，经常转发各类"教你识破骗局"的朋友圈，这次竟然被区区几通电话给骗了，梁乐笑真是始料未及。

赶到警察局时，老梁正耷拉着脑袋坐在里面，如同多年前，梁乐笑在学校里捣蛋，被请来家长时的模样。老梁好像一下子老了很多，背微微驼着，银丝爬满双鬓，头顶稀疏的黑发过长乱糟糟趴着，原本饱满的额头终究是敌不过岁月的洗礼，微黄的皮肤上留下了碾过的辙痕。他已不再是梁乐笑小时候，一手可以将她托起的神奇爸爸。

"啊，你们来了啊。"老梁惭愧地摸了摸鼻子，"对不起啊笑笑，我们家的房子也没了，我没能把你的衣服都拿出来，被人扔掉了些。"

梁乐笑又气又急，捧着个肚子就开嗓："老梁你这多大的人了，怎么还会被人骗？"

老梁低着头不敢接腔。连辰把梁乐笑拉到身后，对她摇了摇头，在老梁身边坐下。

"爸，您先来住我们家，以后笑笑生了连翘，也要靠您照顾，本来我就想和您说，一直没有机会。"

"连辰，你和他说这些干吗，赶紧看看有哪些可以追回来的。"

眼看着梁乐笑又要跳起来，连辰拉了拉她的手，眼神坚定不容置疑。

"笑笑，别添乱，交给我处理。"

"哦，好吧。"梁乐笑一屁股坐下，不再聒噪。

仅这么一句不太严厉的话语，就让梁乐笑收了声，果然这个男人是她女儿的克星，比起自己，笑笑更听他的话。顿时，老梁心里不好受了，他抬起老脸看向连辰，而他那个向来讨厌的把他女儿骗走的男人，此刻也正真诚地看着他。

"爸，人没事就行，我会和警察谈谈，您别操心。"

或许是外科医生的素养，连辰面对天大的事，面上都是一副镇定自若令人信服的沉稳。比起一遇事情就炸毛的梁乐笑，可靠太多。

老梁皱着眉头，深深打量自己这位"便宜女婿"，终于明白，连辰早已代替了自己，成了梁乐笑心目中的一家之主。

简单地办了些手续，老梁便搭女儿女婿的车来到了新的住处。他帮忙从后备厢将整束玫瑰捧下来，实在太沉，险些闪到腰，又默默地在他们家东摸西摸找出好几个瓶瓶罐罐，把花都插起来。他尽量让自己显得忙碌，以便逃开梁乐笑的追问。

憋到晚饭，梁乐笑终于摸着肚子仍不住问了："老梁，你到底是怎么被骗的啊？我怎么都觉得普通人骗不了你的。"就好比她自己，只要老梁一个眼神就能戳穿。

正在帮连辰在厨房做饭的老梁顿了顿，显露出纠结，他深知逃不过这一节，连辰一直没有问已经是给足他面子，而笑笑那个直性子才不会善罢甘休。

老梁吞吞吐吐说道："她的声音和你妈妈很像……我以为像她那样的不会骗人，一开始啊她就说要我帮她个小忙，我没拒绝，没想到后来，她越要越多，越要越频，我总想着，最后一次就好，没想到会这样。"

梁乐笑沉默了，她知道老梁有多爱梁妈妈。

小时候，梁妈妈虽然对老梁冷冷淡淡的，但老梁总是把她捧到天上，说她妈妈是天仙，好美好美，而梁乐笑只有中上的姿色，但也不要气馁，还可以通过其他方面补足。当时小小的梁乐笑就怀疑自己是不是老梁亲生的，哪有这么说女儿的，就不怕给小孩自卑么，还好她从小心胸广阔。

梁乐笑的妈妈的确是美人，还在纺织厂上班的时候，每年厂里出挂历都要用她的照片。老梁为了这事和梁妈妈的领导吵了好几次，最后领导停了挂历出版，老梁把能收集到的挂历都偷偷地压在床底。

再后来，梁妈妈便生病了，为了治疗掉了好多头发，脸上的斑点也长了出来，脸颊完全陷了下去失去了光泽，可老梁还坚持妈妈是世界上最美的女人，而梁乐笑只是中等偏上。

直到现在老梁所有的密码都是梁妈妈的生日。梁乐笑给他介绍的漂亮阿姨，他连看都不看。他越来越像个固执的老头，紧守着过去的回忆，哪怕那些并不是什么很好的回忆。

一顿晚饭，在沉寂到胃痛的气氛中进行，老梁有些按捺不住："对不起啊，笑笑，本来我还准备给连翘买个金镯子，现在什么都没了。"

"没关系，爸，您可以打些工赚钱的。"连辰说道。

再没有什么比这更无情的话了，梁乐笑都忍不住在桌面下踢了他一脚。

可连辰并未收敛，继续说道："我认识些单位需要您这样经验丰富的人资方便的老师傅，如果您有兴趣我可以介绍，一般每周去个两三天就行了，到笑笑生了，您还可以请假。"

老梁眼睛亮了，像是重拾人生的希望："你说的是真的吗？"

"当然，还是说您觉得待在家里舒坦些？"

"不是，当然不是，有需要我老梁发挥光热的地方，我一定要去啊。"

"那明天我联系几家，看看您愿意去哪里。"

"还可以任我挑？好，太好了！"在国企工作了一辈子的老梁从来没有机会选择，而现在他就像小年轻一样又充满了活力。

连辰抬了抬金边眼镜，继续吃饭，嘴角微微翘起，他感觉到刚才还在踹他的那只腿，已经改为猫儿般发嗲地蹭擦。梁乐笑偷偷朝他笑，很满意对老梁的安排，她的老公果然干什么都是棒棒哒。

老梁自己打扫了客房住下，因为第二天要和连辰去找人，便早早地洗漱完，见到梁乐笑在客厅打游戏，还唠叨了两句，梁乐笑像茶壶那样插着腰和他呛声，老头儿竟拿出"两学一做"先进思想严肃地教育了她，一点儿没有来做客的拘束感。

等到连辰也来催她睡了，梁乐笑才收了游戏。她刷牙时，发现台面上躺着跟着老梁几十年的中华机械表，那恐怕是妈妈送给他唯一的东西。表面早已磨损得坑坑洼洼，表带都不知道换了几条，她去国外曾给老梁带回不同款式的外表，可他总舍不得妈妈送的贴身物。有次老梁在路上遭了贼，手表被人摸掉，他硬是追了人家整整五条马路，追到后来贼都大喊："这表不值钱，别追了！"他在后面喊："不值钱你还我啊，快还我！"最后老梁跑赢了小贼，还进了企业的田径队。

梁乐笑推开老梁的房门，轻手轻脚地把表放在床柜上，眼尖地看到那本眼熟地牛皮本子，老梁定是又在给她的微博写评论。

她心中感慨，摸着肚子，自言自语说道："没关系的老梁，还有我呢，还有连翘，我们会一直和你在一起，不会像妈妈那样轻易离开你的。"

在梁乐笑轻轻关门时，老梁紧闭着的眼睛渗出了泪，落在了枕头上。

每个人都有秘密，女人因秘密而神秘，男人因秘密而深邃。

梁乐笑妈妈此生最大的秘密，已经和她的生命一起消散无踪。这是一个即便老梁经年累月地琢磨，反反复复地思索，也无法或不愿面对的秘密。而连辰却知道得一清二楚，事实上，正因为如此，老梁才特别讨厌他，当老梁知道自己的女儿和讨厌的连辰在一起时，心脏几乎要停了。

可这个秘密对连辰来说，完全没有说穿的必要，他和老梁一样不希望任何人知道，特别是梁乐笑。

这是他还是实习医生时候的事，当时梁妈妈的主治医生是他的导师，也是现在的院长。院长给过连辰一个课题，希望他能观察病人生命最后的一段时光，来论证安乐死是否适合于国内医疗。

当时，他的结论为：是。

世界上有两件事无法隐藏：一件是咳嗽；一件是不爱。

当不爱一个人的时候，哪怕再粉饰都隐藏不了眼神、举止中透露的信息。

经常来看梁妈妈的连辰，很快便发现梁妈妈并不爱老梁，甚至恨他。上一代的婚姻多是长辈介绍或联姻，即便是没有感情的夫妻，大多也会等到孩子长大成年后，选择和平分手。

可惜梁家妈妈等不到那一天了，她就要死了。

梁乐笑的妈妈在生完梁乐笑后便有严重的癌症，通过药物控制住了，可各种妇科病随之而来，内脏长满了瘤，医生建议拿走子宫和卵巢，可老梁一直想着再生，没同意。

老梁早就知道梁妈妈不爱他，当初刚结婚，老梁便是靠梁乐笑成功拴住了梁妈妈。老梁没看过什么偶像剧也不懂浪漫，他只会用最朴素的办法，用孩子拴住一个人，再用一个孩子拴住人心。

他失败了。

从一开始的埋怨到后来的歇斯底里，梁妈妈的情况越来越严重，日益逼近的死亡，令她发狂，而折磨她更多的是悔意，是充满懊悔的人生。

"你用笑笑绑架了我，我后悔和你在一起了。"

"如果不是你非要我再养一个，我就不会得病，是你要害死我。"

"杀人犯，我做鬼也不放过你。"

梁妈妈没有能再生出梁二，她带着悔意和憎恨死了。而老梁也一次都没有见过梁妈妈来托梦，她并不像自己说的那样做鬼都不放过他，所以，到底是原谅了他还是忘记了他，不得而知。

因此，当电话里那个女人用梁妈妈的声音苦苦哀求他的帮助，老梁几乎想也没想便照办了。

"连辰，你说，如果我不爱你了，你会放我走吗？"梁乐笑躺在床上胡思乱想，她现在只是知道老梁的苦恋和妈妈的冷冰冰。

连辰和老梁都不会再告诉梁乐笑更多关于她妈妈的事，这是两个男人之间无言的默契。梁乐笑没必要知道真相，她只要晓得她妈妈是爱她的就够了。

"应该不会。只要你没有更喜欢其他人，我相信自己是你最好的选择。"连辰说道。

"连先生，你好臭屁。"

你可以去做任何事情，我只要看着就好，一开始连辰的确是这样规划了他的人生，只是现在他获得了更多的恩赐，心也变得更加贪婪。他伸手搂住妻子，将她禁锢在怀抱中，听着她从胸腔发出的笑声。

"连太太，是你叫我说出心里话。"

"哦哟，你这个表面冷淡，内心傲娇的家伙。"梁乐笑佯装生气地砸了几拳，忽然想到了什么，小心翼翼地戳了戳他的手臂，"喂，你的手臂算好了吗？"

回应她的是骤然收紧的臂膀，和贴在她胸口猛烈跳动的心。

黑暗里，她依然能看清连辰的目光，像是有温度地触碰，她稍稍挺直了身子，仰头寻觅他的吻，小巧的舌尖在唇齿间留恋，手掌也不规矩的向男人腰下抚去。男人紧绷着身体，回报给她如狂风骤雨般地热吻，铺天盖地地将她吞噬。

连医生啊，一旦放开了就和平日里严肃正经的模样完全不同，有时候梁乐笑甚至以此为乐，她就是想看到冷峻的连医生为她疯狂和沉沦的一面。

在难解难分中，连辰稍稍推开了她，抵在她肩头气息不稳地哑声问道："连翘睡了吗？"

梁乐笑摸摸安静的肚皮，狡黠对他眨了眨眼："你猜！"

第十章　天使之卵

在不知道PIT综合征之前，很少有人有会把妇科肿瘤和癌症结合在一起看。女性的身体时常是由内分泌操控，而非理智，这就可以解释那么多纷繁复杂的妇科病从何而来，为何少女怀春，而妈妈到了年纪就会唠叨和暴躁。PIT说到底，其实就是一种因遗传性而产生的染色体变异，因其令大脑对认知的紊乱而造成的内分泌紊乱，从而引发各种并发症的疾病。

汪洋是世界上第一个研究PIT的人，他曾一度成功控制了梁乐笑的病灶。可这还不够，远远不够，因为女性的脑中千变万化的情绪，比起计算机程序，更难以理解，从没有规律。即便是最优秀的工程师，都无法预测女性下一步的举动……因为她们实在没有逻辑可言。

连辰陪着梁乐笑去产检，正确地说是押着她去的。梁乐笑大喊着：你天天晚上对我做那么过分的事，要是被孙医生发现了多尴尬！

这么大声叫，才让人尴尬，特别是老梁还在屋子里的情况下。连辰黑着脸，不由分说，一把将孕妇塞进车里。

梁乐笑呵呵直笑，非常满意自己又把连医生搞到无可奈何又隐忍不发的样子。

"啊，对了，下周小艾就要结婚了，你能去帮帮她吗？"

连辰没有好气："帮她结婚吗？"

"哟，连医生本事大了啊，还想和别人结婚，快说，你是不是看上人家小艾青春貌美。"

"我更喜欢买一送一。"连辰回答道。

梁乐笑都要为他的高效率拍手了。

"连医生啊，说真的，你去帮个忙吧，看你这么严肃又正派，不做个证婚人太可惜了，而且上次筹办婚礼，你是不是只用了几天？快点传授一下，小艾和麦斯都焦头烂额了，我也帮不上什么。"

只用了几天？未免太抬举他了。梁乐笑要是知道连辰筹谋了多久，肯定会跳起来说他腹黑，毕竟那时她还都未成年呢。

"还是说，太占用你时间……"这几天连辰都准时下班，害她忘记了连医生原本有多忙碌。

中心医院重视和保护自己的"连一刀"。连辰手臂受伤后得到医院照顾，只排了坐诊和日常教学指导的班。

梁乐笑心里的内疚从未因他拆掉的绷带而减少，她想着，要不是自己的任性妄为，连辰才不会破坏自己的计划涉险。

连辰发现她落在自己右臂的目光，抬手揉了揉她的额头，温和地说道："总有恢复期，别担心，本来也希望能多陪你。小艾那边我会去帮忙，顺便找看有什么适合孕妇穿的礼服。"

他的手臂伤到了经络，让他暂时无法用力专注于指尖的手术刀，勉强上手术台的话，或许一台手术没做好，手就先废了。这没什么大不了的，休养些时日再训练些时日便能康复，而且他也享受着这段难得的休闲时光，他想着不如直接休养到梁乐笑生吧，反正也快了。

连医生此生第一次萌生出偷懒的想法，他已在不知不觉中，放下了曾被汪洋耻笑而对他来说却相当重要的东西。

妇产科外仍是人山人海，孙医生早就习惯从各种大肚皮中挤出一条道，冲进诊室，只是今天她没料到外科的主任医生竟然端坐在里头。

"连主任，什么风把您吹来了？"对于这位比自己年轻许多的后辈，孙医生敬佩有加，妇产科常有病患为保全小孩不肯照X光，确定不了病灶，不肯打全麻，谁都不敢操刀，全赖连医生关照。他连一刀的神技可不是浪得虚名。

连辰指了指坐在边上的大肚皮："我是家属。"

孙医生一看，立刻被震惊到，这位不是先前敢在小卡上写"父亲不详"的梁小姐么！

"你们认识啊！"她脱口而出，立感不妙，"不，不，我的意思是原来你是孩子的爸爸……"好像也有哪里怪怪的。

连辰毫不在意，客气地提醒她："孙医生，你吃过我的喜糖，还记得吗？"

喜糖？孙医生掐指一算，不对，时间有些对不上。她怎么都觉得这位严肃又认真、稳坐第一把交椅的年轻外科医生，是先上车后补票的。

此刻，金边眼镜下连辰目光柔和，和普通男人一样，带着怜爱注视着自己的妻子。

梁乐笑正低着头刷着手机淘宝，最近她开始给连翘买小衣服，因为不知道性别只能买些湖蓝和鹅黄这样的的中性色。

"欸，连辰，你看这件怎么样，小恐龙的怎么样，就是偏男性化了，以后连翘要是女孩……"

孙医生突然打断，说道："连主任，这孩子长得和你好像啊。"说完笑嘻嘻地看着两人。

连辰微微点了点表示感谢，对梁乐笑说："买吧，连翘是男孩。"

"你怎么知道？"梁乐笑疑惑地问。

医院是不能做胎儿性别甄别的。就算问了，医生也不会回答。但这不影响孙医生明示暗示地透露些情报。

要是男孩，孙医生就说像爸爸，要是女孩就说像妈妈，连辰心领神会，只有梁乐笑还傻傻的分不清。

孙医生拿来胎心检测仪，围绕在梁乐笑的肚子上，连辰没收了她的手机。

"梁小姐几次没来做产检，我还担心着呢，原来是连医生的夫人，那该是没什么问题了。不过胎龄大了，胎心还是要经常听。"孙医生指了指检测仪另一端的显示屏，"看，多可爱。"

显示器上出现了波纹，上上下下地摆动。就算梁乐笑看不懂也知道这是属于连翘的生命迹象，突然腹中连翘翻了下，一大段波纹被吐了出来，好像是肚子里的小人嘿哟嘿哟地越过了山丘，又调皮地一口气滑到了谷底，为了不摔跤，小跑步起来。

王医生在门口晃了下，连辰被叫了出去。可能是感觉到亲爹走了，连翘归于平静，显示器不再有波纹。

孙医生鼓励道："做胎心监护的时候，宝宝可能会觉得无聊睡着，多和宝宝说说话效果比较好。"

梁乐笑点了点头，伸手"啪"的一下打在了自己的肚皮上，看得孙医生眼皮一跳。

"起来，连翘，现在不是睡懒觉的时候！"

显示器上的波纹果然应声而起，又欢快地上下摆动起来。

"是这样吗？我打了他的屁股就醒了，反正是男孩皮粗肉糙。"梁乐笑开心地问。

孙医生冷汗连连，从没见过孩子还没生出来就被打屁股的，果然不是普通孕妇不走寻常路。她不禁为连医生的儿子捏了把汗。

直到胎心监测做完，都没见到连辰的影子，孙医生见梁乐笑等着无聊，便提议去看看育婴房，说不定梁小姐看完那些白白嫩嫩的小可爱肉球，就不会再有打连医生儿子屁股的过激举动。

过去梁乐笑只在电视上看过新生儿，那些电视剧自然不会用刚出生的婴儿，通常随便借个几个月的小孩，所以梁乐笑一直以为孩子一出生就满头黑发，瞪大眼睛，还会咧开嘴笑，就差叫妈妈的了。

隔着玻璃，梁乐笑站在育婴房外好奇地探头张望。刚出生的婴儿很小只，肉肉地缩在一起，脸上的皮肤还有褶皱，头大得出奇，像是外星人那般。眼睛都是闭着的，他们安静得就像掉落人间的天使。

看，那个小家伙打哈欠了，挥舞着握成一团的小手，还有那个嘴巴嘟着的，好像在找奶喝。满溢的母爱浸润了她的眼眶，梁乐笑自己都不知道在感动个什么劲。

她看过一篇文章，说孩子都是在天上选好了妈妈再投胎来的，他可能在天上看了你好久好久，觉得喜欢你才最终选择做你的孩子，连翘也是那样吗，在他的妈妈人生最艰难的时候，几乎要放弃的时候选择了她。想来连翘不仅是她继续治疗的勇气，也是她获得爱的契机，是她此生最大的奇迹和希望。

肚子里连翘像是知道她的心意，狠狠地回应了一脚，不愧是男孩子，这脚力气可真大，让梁乐笑踉跄后退一步，差点撞到人。而那人把她从背后抱了个满怀。

是连辰，他默不作声地站在她的背后，不知有多久。

"怎么了？"梁乐笑觉得连辰气息不稳，似乎在压抑着什么。

她转过来面对他，连辰严峻的目光不再会吓退梁乐笑，可她还是皱起了眉：

"怎么了，连辰，你说话啊。"

连辰始终没有说话，只是严厉地看着她隆起的肚子，胸口剧烈起伏着，突然他摘下眼镜抹了把脸，佯装轻松的一笑："笑笑，出去玩的话，你想去哪里？"

连辰从没有带她出去玩，一来他自己忙得分身乏术；二来梁乐笑挺着大肚子坐一会儿也会觉得累。梁乐笑奇怪地瞧着他。

"诶，你不去坐诊吗？晚上还值班呢。我等下也要去上班的，不然Lisa又要说我坏话。还有黄亚芳很烦的，她现在看我怎么都不顺眼了，我总觉得她要寻机开除我，幸好我是孕妇来着。"

"不急。"他拉着她的手，带着期盼，"你想出去玩吗？"

梁乐笑觉得惊奇，她脑子里飞快地盘算了一遍，今天到底是什么节日呀，终于她想起来了，今天是她和连辰结婚的第123天……值得庆祝？

"想啊，当然想！"她掏出手机翻开微博收藏夹，"这些好吃的我都收藏了，想着等我生好连翘一定要挨个吃过来。"

"现在为什么不能去呢？"

"现在？"当然是怕被连医生唠叨，她恢复胃口之后，连辰又严格控制她的饮食，垃圾食品一概不给，都憋死她了。

干锅牛蛙、香辣蟹、烤串串、麻辣烫、水煮鱼、炸鸡腿、酸辣粉、爆炒螺丝、蒜蓉生蚝、小龙虾，哦，现在小龙虾没了，但可以吃羊肉火锅！一想到这些她就流口水。

"对，就现在。"连辰拉着她离开医院，梁乐笑太高兴了，以至于没有觉察连辰紧紧握住她的那手心是湿的。外科医生久经消毒药水考验的双手，早就不会再出手汗。

可惜就算梁乐笑再怎么有食欲，牢牢压在她胃上的连翘也不会让她有机会再现雄风，孕妇的胃在后期通常只有四分之一那么大了，更不要说那些挤到几乎叠在一起，随时会被连翘踢到的可怜的肠子。

连翘就是害梁乐笑吃不多、拉不出的罪魁祸首，可她还是喜欢得一塌糊涂，就像是恋爱中愿意为对方奉献一切的傻女孩。这么说来，她真的和肚子恋爱了也说不定。

梁乐笑实在是吃不下了，基本上她点的那些垃圾食品大多都进了连辰的胃里，而被塞饱的男人也没有露出有多享受的样子。医生果然都不爱这些，梁乐笑想着。

以后等连翘长大了，她一定会培养他和她一起吃垃圾食品，就像培养连诀那样。

"笑笑，我觉得就我们两个人生活也不错。"

"可以把连翘扔给老梁，反正他一周就上几天班，很闲的。"梁乐笑舔着冰淇淋，漫不经心地回答。

"我想了下，之后我的工作会很忙，这个孩子，我们不要了。"

"好啊，好啊，我们就不要……"梁乐笑的笑容凝固在脸上，她不可思议地瞧着他，声音发颤，"你说什么？工作忙算什么鬼，凭什么拿连翘说事。开什么玩笑？"

连辰沉默了一会儿，似乎在寻找合适的措辞，最终，他拿出了B超彩图。

七个月大的连翘蜷缩在子宫里，可以看见小小的嘴角噘起正含着自己的手指头，而他的对面是一个几乎和他一样大的黑影，就像是恶魔双生子。原本只有指甲盖一样大的瘤竟长大到如此地步。

她终于知道连翘为何总喜欢翻身，子宫里的肿瘤像块巨石一样，压在了他小小的身体上，他是在挣扎。

"肿瘤有粘连，随时可能会破裂造成大出血，就算一直保持这样，最后也会吞噬掉胎儿，王医生的建议是现在动手术把肿瘤取出，可以保留子宫，但是胎儿应该是保不住了。"

更可怕的事情，他说不出口。长势迅猛的肿瘤其实是……不，还不能轻易下结论，在进行组织切片前一切都尚未明朗。连辰这么安慰自己，也只有这样，他才能抑制住几乎要撕裂自己的恐惧感。

他不相信，这不可能！

"不！"梁乐笑惊恐地退后，"不会的。你骗我！"

她牢牢地抱着肚子，和他划清界限。怎么会这样？之前明明检查都好的，她按时服用汪洋给的药，从来没有错过时间检查……不，她是有错过的。去了苏里斯顿之后，她就没有进行过产检，她觉得一切安好，连翘也很活泼……是不是如果早点做B超检查，就能发现PIT的变化？

连辰还在试图安抚她："没关系的笑笑，以后我们还会有孩子的，会没事的。"

"你不懂，你不懂的！"梁乐笑美目怒睁。

不会有孩子了，他们以后再也不会有孩子了，那才不是什么普通的妇科肿瘤，那是PIT，是会要了她命的绝症，它没有被控制，它又卷土重来。如果早一点发现就好了，如果她没有大意……

天，是她自己要害死连翘了！连翘明明是她的天使，她的奇迹啊！

"笑笑，别激动！"连辰企图将她拉近身边，可梁乐笑猛然甩开了他的手。后退几步，她的眼睛因为充血爆红，全身微微发颤佝偻着，像是难以呼吸。

梁乐笑哭不出来，明明难得要死却怎么都流不下泪来，浑身难受火一样的炙热，连带眼睛看到的东西都变成了红色，她喘着粗气，仿佛有一头野兽被关在了身体里，横冲直撞地叫嚣着，寻不到出口。

她瞪得老大又鲜红的眼珠，怒视连辰，像是看着敌人一般，弓起背，胡乱挥手让人不能靠近，咬牙切齿地说道："不准你打连翘的主意，不准！"

连辰从来没见过这样的梁乐笑，她再不是自己温柔可爱喜欢捉弄人的小妻子，就像是变了一个人，就像是变成了……连辰一个激灵，他见过的。

癔症会遗传，只缺一个诱因便会爆发在继承者身上。汪洋曾经警告过他，是的，汪洋远比他早一步发现梁乐笑的情绪不稳定。

事实上，汪洋远比连辰更清楚，梁乐笑的表现虽在现代医学上会被认定为是癔症，但究其根本只是PIT杀死人的一种手段。所以，当他在发现梁乐笑自己都没有觉察出的潜在癔症病灶时，才会不顾一切地将她带到苏里斯顿，以缓解精神上的诱发。

"笑笑，过来些，那边是马路。"连辰有些急了，向来淡定的年轻外科医生没有料到妻子会失控到如此地步。

梁乐笑觉得自己快烧了起来，浑身都炙热地发烫，车辆在她身后疾驶而过，她却浑然听不到周遭声响，仍是步步退后，直到眼前一个黑影向她扑了过来。

连辰抱着梁乐笑就地翻滚了两下，受伤的手臂承担着孕妇所有的重量，让她未触及到地面，终于两人在路边停下，众人皆是惊呼。他赶紧打开怀抱查看梁乐笑的安危。

母体巨大的动静，让腹中的连翘欢腾起来，一脚踢在梁乐笑被压缩到所剩无几的胃袋子上。一股难以名状的难受从腹部辐射开，她张嘴便吐了出来，一开始是刚才吃的那些红红绿绿的垃圾食品，然后又吐出了早饭，明明已经没有东西可以吐了，她却还在恶心，直到吐出了胆汁，仿佛要把身体里所有东西都倒出来一样。

她剧烈地咳嗽，浑身颤抖，鼻涕眼泪都涌了出来，糟糕透了。连辰冒着冷汗，不顾被吐了满身污秽，拍着她的背，直到梁乐笑渐渐平静，眼中的血丝褪去。

梁乐笑像是终于醒来，在他温暖的怀里哭出了声。

"连辰，是不是我的错，所以连翘保不住了，如果我早点发现就好了。"

"不是你的错。"连辰抵着她的额头，轻声安抚着，"这绝不是你的错。"

"要是按时去做产检的话，是不是就不会这样？我太迟钝了，我不是个好妈妈，我……"

梁乐笑无穷无尽的自责突然消停，带着呕吐物的双唇被连辰一吻封住。

她震惊了，觉得自己好脏，不敢回应他的吻。但连辰没有给她逃跑的机会，他耐心地、霸道地、在舐舐与吸吮中又撬开了紧闭的贝齿，不顾阻拦，与她纠缠在了一起。隔着毛衣，梁乐笑能感受到他的心跳，此刻与自己的一样激烈而迅猛，虽然他们正在大街上，在呕吐物边，在围观群众中，却吻得忘乎所以。

梁乐笑对呕吐之前的事记不太清，就像先前小艾说她因为连辰不在哭得就要想死时那样，模糊不清。连辰答应会想办法保全连翘，他妥协了，没有原则地顺应了梁乐笑的所有要求。

她写了个邮件，把病情的发展发邮件告知汪洋，有些不确定那个家伙的伤情，离开苏里斯顿时，他昏迷不醒是被人抬走的，或许现在还只能躺在床上哼哼。

手机响了，是一个未知的号码。

"你好，哪位？"

"蠢货，果然没有存我的号码。"对面那人心情不佳。

"你康复了？怎么不见你上网。"

对面沉默了一下："说正事，你的决定是什么？"

"我可以决定？"

"自然，命是你的，连翘也是你的，你当然要自己做决定。就算将来后悔，也赖不得别人。"

汪洋生性凉薄，从不见他对任何人有人文关怀，但他也从未把自己的意志强加给别人，从开始治疗之后，他总是给她讲利弊，讲选项，一直都是梁乐笑自己在做出决定。

"汪洋，我想把连翘生下来！"

"那好办，过几天我会联系你，在这之前劝你不要接受任何人的治疗，包括你的丈夫。"汪洋说完便无情地挂了电话。

另一边，连辰心里也并不比梁乐笑好过。本以为只要他足够镇定，只要他轻轻地拿走那个会害死梁乐笑的东西，一切都会好起来。哪怕那真是恶魔，结果是坏的，他也有信心陪伴她走过漫长的治疗。

可见识了她的发作之后，连辰又不禁担心起妻子会步上丈母娘的后尘。他至今还记得那个垂死的女人，歇斯底里发狂的样子，她涨红的双目早就认不出旁人，只看得到恨。

"我以为你小子不抽烟的。"老丈人走到连辰跟前，挥散他周身的烟味。

小花坛里的垃圾桶上，已落满了刚灭的烟头。

连辰低笑，弹了弹烟灰："偶尔。"

老梁不知道梁乐笑到底怎么了，连辰没有过多地透露她的病情，却也晓得她肚子里长了一个可怕的东西。他已经死了一个妻子，又怎么会让女儿任性地冒着生命危险，生下连翘。

"作孽啊。笑笑那么看重这个小孩，明明是什么事都不上心的性子。"老梁絮絮叨叨，转头发现站在他身边，铁一样的男人已眼眶涨红，他抬手拍了拍自家的"便宜女婿"，"和我说说吧，你小子准备怎么做？"

两个世界上最爱她的男人在楼下共商对策之时，梁乐笑收到了一封有些古怪的邮件。来信人，是消失了很久的白鑫，她说，有话约谈。

拜托，梁乐笑又不是傻子，上回见面，白鑫一言不合就动手，这次她又怎么会轻易答应。

这件事就被梁乐笑搁了下来，一连几天，终于，白鑫忍不住，主动找上门来，小姑娘也聪明，不敢找到梁乐笑的家来，只是在她公司楼下堵着。

多日不见，原本还算清纯可人的白鑫变得憔悴不堪，竟有了几分白艺病重时柔弱苍白的样子，她见梁乐笑躲躲闪闪，气不打一处来："你有什么可担心的，我自然不敢再对你做什么，你买的黑客已经把我生活搞得一团乱。"

定是连诀干了什么，但连诀的所作所为也只是在给他哥哥出气而已，毕竟白艺对他们两人都不错。

"好了，你到底找我干什么？我很忙的。"说着，梁乐笑又往人多的地方靠了靠。

白鑫嗤笑一声，从书包里掏出个文件夹递给她。

"看看吧，这是我在整理家姐遗物时发现的，猜想你可能不知道。"

文件夹里的材料有些年岁，但梁乐笑一下就发现了自己妈妈的名字。这是妈妈住院病重时的病例，明明应该由罕见病基金会的人收走了，怎么会遗留在此？

她快速地翻了几页，惊讶地看到了熟悉的字体，那个男人铿锵有力的笔迹和大多数医生的狂草不同，每个字都带着精气神一般挺拔秀美，让人很难忘记——是连辰的字。

除了他的还有些娟秀小巧的字迹，偶尔穿插其中，估计是白艺的。两人在那个时候均是医学院生，连实习医生都算不上，那些记录自然没有被收录的价值。

记录上多是写了些妈妈的病情，那些都是梁乐笑未曾知晓的事。她不知道自己的妈妈在那时，已经癫狂到连老梁也认不出来，简直像是暴躁的母夜叉恨不得伤害所有人。她甚至与老梁大打出手，将老梁眉头打伤。梁乐笑记得有段时间老梁青着眼眶，眉间乌黑，他还说只是摔了跤。

不，不对，她去见的妈妈不是这个样子，妈妈明明还对着她笑来着。她记忆里的妈妈虽然不那么喜欢老梁，可他们从未吵架啊……从来不曾在她的面前。梁乐笑心中一沉。

最后一页是连辰的论文副本，说的是否该为无法挽救的病人在家属同意的情况下施以安乐死。通篇下来，连辰巨细无遗地论证了自己的观点，并指出向梁乐笑妈妈那样的病患，的确有安乐死的必要，这对家属也是一种解脱。

最后，梁妈妈究竟是怎么死的，老梁从来没有和她说过，只是有一天，她跑去医院看妈妈的时候，人已经走了。

"没想到吧，梁乐笑你最爱的那个男人，曾经想要你妈死呢。"白鑫幸灾乐祸地瞧着她，心里特别满足。要不是她整理了姐姐的遗物才不会发现连辰与梁乐笑这么久远的纠葛，其实姐姐的在天之灵是想要拆散他们的，姐姐死后仍有意志，要惩罚这个抢了别人男朋友的坏女人。而她白鑫最终还是帮了大忙。

"非要我说你念书少，白鑫。"梁乐笑诧异地瞧着露出狰狞面容的小姑娘，"你以为医学院学生的论文，能主导任何治疗或放弃治疗的决策？小说看多了吧。"

白鑫没料到梁乐笑会这么讲："那，那你脸色白什么？"

"我站累了啊，你试试挺着这么大肚子站十五分钟给我看看。"梁乐笑扭动了一下腰，感觉腿都站酥了，"没什么事的话我先走了，谢谢你专程把我老公论文的副本拿来，其实你在邮箱里发个链接我也能看的。"

说着，梁乐笑扶着腰，像茶壶一样要从白鑫面前走过。

"你，你这个……"白鑫刚想阻拦，一只染着红色指甲的手，牢牢按住了她的肩膀。

"你怎么进来的，学生妹？茶餐厅不往这边走。"黄亚芳冷冷地盯着她，踩着高跟鞋的身形高出了白鑫一个头，"还有你，Daisy，上班时间怎么就喜欢到处晃呢，要是遇到坏人，难道还要赖公司工伤？"

黄亚芳自带女王光环，就连瞪人都具惊人效果，是男人就被勾走，是女人就得跪下，现在她一双凤眼正打量着白鑫，白鑫竟觉一股压力由上而下地扑下来，惊得她动弹不得，双腿发软。她从来没见过这种女人，美艳到令人不敢直视，强势到令人不敢抗拒。

较梁乐笑来说，还是白鑫小姑娘社会经验太少。想当年她头一次见到黄亚芳，直接跪下投诚，之后女王便再没用这种极具压迫感的目光压她。

"还不走？是想来我们公司实习吗，还缺个扫厕所的。"

黄亚芳一威胁，白鑫便一溜烟地跑了，就连姐姐的遗物都没机会讨回去。

女王大人转头看已经站得脚酸，找个地方坐下来的梁乐笑，感叹道："真能耐，还和小女生纠缠不清。怎么，抢人家小男朋友了？"

梁乐笑瘪了瘪嘴，明明是老公太抢手，这种事，还真没什么值得炫耀的。

"你要小心这些年纪小的，她们有未成年保护法，你有什么？"

"我有女王陛下呀。"梁乐笑立刻狗腿道，"麦斯都和我说了，现在我们三个又是一条船了。"

黄亚芳失笑："你已经知道了？麦斯，不，肯恩是我雇佣的商业间谍。"

原来那家伙叫肯恩，之前问了半天都没问出来，不过也未必是实话。

梁乐笑和麦斯谈了许久，麦斯交代了自己被黄亚芳雇来冒充"麦斯"的经过，说起为什么会去捐精，他笑说当时想着，干这行或许这辈子都无法留下孩子，可后来上帝还是为我安排了艾薇儿，干完这票他就收手，重新开始生活。麦斯说的经过和黄亚芳现在告诉梁乐笑的八九不离十。可惜"麦斯"的第二重身份，黄亚芳并不知晓。而作为小艾友人的梁乐笑也不能捅破。

她自觉愧对了女王陛下，也忽然意识到或许麦斯是早就算计好的。

在他看出梁乐笑对自己的怀疑之后，抢先一步让自己有解释的机会，故意让梁乐笑撞破他与黄亚芳的约会，然后又利用小艾对梁乐笑进行了友情绑架，让她知情，却又无法向黄亚芳告发。

算计敌人，算计朋友，算计爱人，也真是不省心的行当，这么费脑，会不会中年就秃了，梁乐笑当真担心起小艾的未来。

可眼下，真正要担心的，其实还是她自己。如果连辰的记录没写错的话，妈妈的PIT发展到最后变成了可怕的样子。这或许也是汪洋不给她看妈妈病例的原因。

什么爱啊，情啊，都没有了，就算老梁再努力都没有拉回已经发疯了的梁妈妈，妈妈早就变心了，她的心里没有老梁，只有魔鬼。

过去的事因为她还小没怎么主意，其实父母很早就不同房了，梁妈妈虽然还是温柔，但她对爸爸很凶，稍有不顺心就指责他的不是。老梁是被骂惯了，从不反驳，总是赔着笑脸。原以这便是他们的相处模式，可现在想来，梁妈妈甚至不高兴她叫老梁爸爸，就好像她是梁妈妈一个人生的，而老梁只是提供她们母女物质需求的人。

她突然难过又害怕，或许某一天，她也会变成妈妈那个样子，变成一个活着的魔鬼，再也看不清谁的脸，折磨着爱着她的人，也折磨着自己。

"笑笑！"

连辰的声音让梁乐笑回了神，梁乐笑抱歉地笑了笑。

"刚才和你说的，你听清了么？"

"什么？"她迷糊地眨了眨眼。

回到家以后，梁乐笑藏起了妈妈的病例，但心思一直在那上面没有回来，连辰和她说的话都没有听见。

连辰耐心地握了握她的手，慎重说道："我是说，我们会在下周，小艾结婚的前几天进行一次手术，别担心，这次可以一次性解决所有问题，既不会伤到胎儿，也能拿出肿瘤，保住你的子宫。"

"真的吗？"梁乐笑露出欣喜，"我可以生下连翘了？但现在才七个月，会不会早了些。"

老梁凑过来："笑笑，你没听说七月生八月死的话吗，七个月早产儿没什么问题，况且现在医疗那么发达，住个暖箱就行，到时候我天天陪你去看。"

梁乐笑犹豫不决，她摸摸肚子，想要听听连翘的想法，可连翘像是睡着了一般，毫无动静。天天和那块肿瘤对打，拳击运动员也会打累了吧，梁乐笑想。

"那好啊，就下周吧，我去公司请个长假。"她欢快地想着，能早些看到连翘的样子也好，不知道他是否真的像孙医生说的那样和连辰十分相似。然后，她可以不要子宫，不给PIT任何变成恶魔的机会。

梁乐笑高高兴兴地跑去洗澡，哼着小调，竟然还是摇篮曲。

她没有看见，自己转身的瞬间，客厅里的两个人男人陡然垂下的肩膀。保大人还是保小孩，在深爱着梁乐笑的两个男人看来，根本就不是一个问题。

这天晚上，梁乐笑做了个梦，梦里有个小男孩朝她跑来，的确和连辰有些相似，但比起老气横秋的连辰，显得稚嫩可爱得多。他说妈妈，妈妈，我打拳好累，你肚子里地方好小，我要走了，去宽敞的地方。梁乐笑赶紧抓住他，问他要去哪里。小连翘指了指她身后，说，有个白阿姨一直叫我去呢，你看她来接我了。

梁乐笑猛然惊醒，浑身的冷汗，她心口直跳，呼吸不过来。身边的连辰不在，他的枕头是凉的。梁乐笑捧着肚子，战战兢兢下了床，书房的灯依然亮着。她叫了声连辰，无人答应，于是她慢慢推开门，竟看到一个女人披着长发坐在桌前，哼着摇篮曲。梁乐笑大惊，却挪不动脚，突然她觉得肚子一空，小腹竟然像漏气的气球一样迅速地瘪了下去。坐在桌前的女人幽幽转过身来，对她微微一笑，苍白的脸上泛着死气。是白艺，而她怀抱里的是正在熟睡的连翘。

梁乐笑控制不住自己，厉声尖叫起来，顿时惊醒了睡在身边的连辰。他说，笑笑你怎么了，做噩梦了么？梁乐笑安下心来，可一抬手发现，手上湿答答，床边还有滴水声。她说，连辰房顶漏了，我们家进水了。可她再仔细一看，这哪水啊，分明就是血，满手的血。梁乐笑惊恐地掀开被子，发现整张床都被染成了鲜红，水的滴答声，正是血液沿着床单落到地上的声响。她一低头，竟然看到自己的肚子已被剖开，正汩汩地往外冒血，里面却空荡荡的，早已没有连翘。

"笑笑……"谁，谁在叫她？惊恐万分的梁乐笑不知道自己究竟身在何处，她拼死抱着肚子，不敢回应。

"笑笑，醒醒，醒过来！你做噩梦了！"

梁乐笑终于被摇醒，可她明明睁着双眼，却分不清梦境和现实，空洞无神的大眼睛瞧着眼前的黑影，开口便问："你是谁？"

下一秒，她便被拥入一个温暖的怀抱。强力又稳重的心跳声，让梁乐笑渐渐平静下来。她深吸一口气，鼻腔充斥着熟悉的消毒药水味道。她察觉到有谁在踢她的肚子，小小的脚掌一下又一下，用力地证明着自己的存在。

是连翘啊，他还在她的腹中，从来没有被谁拿走。梁乐笑松了口气，终于，她真的醒了

"连辰，我刚刚做噩梦了，好可怕，我梦见连翘没了，是我害死连翘了！白艺要把他带走。"

连辰浑身一震，紧紧地搂住她，声音沙哑："笑笑，你没有伤害过任何人，你并没有做错什么。"

"可我今天见到了白鑫，她还恨着我。真的不是我的错吗？"

"不是的，笑笑，你没错，就算有错，也是我的。"

在连辰的安抚下，梁乐笑很快又浑浑噩噩地睡了过去，她紧紧抓住了连辰的手，没有放开，就像溺水之人抓住了浮木。

连辰再无睡意，低垂眼目，凝视着蜷成一圈以保护肚子的妻子。他抬手，抚上梁乐笑圆滚滚的腹部，感受着小生命细微的心跳，曾经他有多欢愉，现在便有多痛苦。

到了手术的日子，连辰一早出发去做准备，老梁陪着梁乐笑去医院。路上，老梁一反常态地没有对她唠叨，而是一直拉着她的手，就像小时候，梁乐笑还是个娃娃时那样。

老梁的手掌没有记忆中的那么大了，他的肩膀也不再结实和坚强，他陪伴了她的整个童年和青年，还拉着她并肩走过铺着红地毯的礼堂。

"老梁，你可别老得太快，连翘还要仰赖你教育呢。"梁乐笑在准备室门口，微笑着对他说，"等下，允许你第一个接过连翘，怎么样，如此殊荣快点感谢我。"

"废话那么多，进去吧，傻姑娘。去，去。"老梁嫌弃地朝她挥了挥手。

"那我走了啊，别趁我麻药没醒就欺负连辰和连翘啊！"

见她欢快地消失在视野中，五十几岁的老男人慢慢放下手掌，无力地靠在冰冷的墙上，终于忍不住哭了起来。

连辰事先已集合了多个科室的权威，共同进行这台手术，可他自己的手还没有康复到可以做手术的程度，事实上，太过专注的连续工作或许会害他一辈子无法再用这只手动刀。

但梁乐笑等不了那么久，她腹内的那颗随时会爆裂的肿瘤等不到了。

"你根本没有和弟妹商量吧，看她刚才还开开心心地蹦进来，弟妹会恨你的。"王医生凉凉地说着，脸上少有的认真，此刻他已经换上了和连辰一样的手术衣。

　　"我不能拿她冒险。"

　　"那你就拿自己冒险？好样的！"王医生冷笑，"你的右手是不想要了。"

　　连辰没有回答，已然下定了谁都无法动摇的决定。他也说不清从什么时候开始，梁乐笑的存在早就超过了他原本想要实践的医学理想，救死扶伤也好，世界顶尖也罢，无论什么都无法撼动梁乐笑在他心中的地位，一只手算什么，哪怕是生命他都愿意交换。

　　连辰深吸一口气，勉强露出笑容："多谢你联系肿瘤科的主任医师。"

　　"就看弟妹的造化了，这个瘤，看着吓人。不过胎儿是无论如何不能留了。"

　　"我知道。"连辰点了点头，"你之前说过的。"

　　"哎，谁知道会这样，她自己也说只是肌瘤的，都大意了。"

　　"不，不是她的错。"连辰沉声道，"是我忽视了。"

　　护士给两人戴上了手套和口罩，外号"连一刀"的外科医生只露出一双严肃又冷峻的双目。这么多年来，无论是生还是死的结局，这双眼睛都不曾迟疑，就连现在马上就要亲手结束自己儿子的生命，也未曾动摇。

　　作为外科医生，过去他从来没有放弃过谁，哪怕只有一口气，哪怕下了手术台还会死，他都没有放弃过谁。可现在，为了不把负担留给梁乐笑，为了在治疗癌症期间不让她被瘟病困扰，他擅自做了决定，他要放弃自己未曾谋面的儿子的生命。

　　所以，不是梁乐笑迫不得已要将胎儿拿掉，不是梁乐笑在自己的生命和胎儿之间选择了自己的苟活。一切的决定都是连辰的决定，一切的后果都由他来承受，即便是恨。

手术室内一切准备就绪，主刀和辅助医生到位，唯独还缺病患，突然手术室的广播响了起来，有人匆忙说道："连医生，患者不肯换手术服，她要你过去一下。"

梁乐笑没有换手术服，她冷冷地坐在准备室的椅子上看着赶来的连辰，眼神陌生又凉薄。

"笑笑？"

梁乐笑捧着肚子，像是已然大哭过一场，眼中尽是血丝："我都知道了，你想要对我……对我的连翘做什么。"

"你说什么？不要胡闹了！"连辰心中一紧，撤下手套便要向她走来。

这时，从梁乐笑的背后，走出一个意外的身影，令连辰一顿。

"连大哥，没想到吧，我可是对你们的动态都了如指掌。"白鑫摇着手里拿着的窃听器，"既然，你们买黑客搞乱我的生活，我自然也要让你们天翻地覆。上周我听了一些有趣的事，就迫不及待来与梁姐姐分享了，可谁知啊，梁姐姐一下子就明白过来，你们说只能舍弃的胎儿是谁。"

自从连辰决定要舍弃连翘之后，他再也无法用这个名字来称呼它，如果只叫胎儿的话，内心的痛苦和挣扎都会少些。

他不敢置信地看向白鑫，少女笑得诡异，一如最后一次在咖啡店时，满是仇恨和扭曲。

"我早就说过姐姐的死，必定要拿谁来抵命！"

"滚出去！"连辰冷叫道，严厉的目光像利剑出鞘，令人不敢直视。

"遭报应了吧，你们统统都会遭到报应，不得好死！"

白鑫尖叫着被保安拖出了准备室。室内只留下了两人，连辰一步步靠近梁乐笑，安抚地说道："笑笑，别这样，以后我们还会有孩子的，没关系。"

"不，你没有权利这么做。"梁乐笑像是被踩到尾巴的猫，跳起来将他推开。

连辰一狠心："我是父亲，我也可以决定孩子的去留，你不要忘记了。"

梁乐笑气急反笑，轻描淡写地说了句："这不是你的孩子，是我和汪洋的！"

连辰为之一震，明知不可能，但他还是被梁乐笑这种理直气壮的口吻伤得不轻，胸口宛如被人用钝器重击一般，疼得难以呼吸："你说什么？"

"我说，连翘是我和汪洋的，你算什么，突然冒出来稀里糊涂的结婚，就不怕以后孩子蓝眼睛受人嘲笑吗？"

连辰试着吸了几口气，想要平复心中绞裂的疼感，却觉得自己犹如沉到了湖底，哪怕再用力呼吸都是水，都痛的浑身颤抖。很快，他明白了那些水，是梁乐笑的泪水，是她痛苦的泪水。

她警惕地看着他，步步后退，像极了从前对他的戒备。

他想，他可能要失去她了，这种认知让连辰体会到刺骨的冰寒，他仍一步步的向前，向着梁乐笑的方向，哪怕脚下是万劫不复的地狱。

连辰忽然笑了，不带感情机械化地冷笑："那更好，趁现在把孩子拿掉吧，我们重新开始。"

即使到了现在，他还是不想让她内疚，还是想把所有的责任都揽到自己的身上。可是梁乐笑早就失去了理智，她只听得到连辰冰冷的声音。

"不！你不要过来！"就像受伤的母兽仍要捍卫自己的幼崽，浑然不怕自己死去，梁乐笑爆红了双眼，突然拿起了桌上的剪刀抵住了自己的脖子，"你再敢靠近一步，我就和连翘一起去死！"

拿刀的身影突然与记忆里的景象重合，是梁家的妈妈，她说着，我恨，我恨啊……然后，她杀了自己。

连辰怔住，双手举起，退到门边："好，我不动，你放下剪刀。"

梁乐笑喘息着，已看不到面前的人，眼前一片猩红，她持刀的手颤抖不已，却坚决地没有放下。

肚里的连翘像是被大人们的争吵声吵醒，非常不满意地又开始拳打脚踢，突如其来的晃动，让梁乐笑踉跄，刀锋轻划到脖颈，渗出细小的血珠，她也在一瞬间清醒过来，惊慌地扔掉了剪刀。

脑中一片空白，梁乐笑想着刚才究竟干了什么蠢事？她看向连辰满是担忧的眸子，记忆一点点鲜明起来，终于想起连辰为何穿着手术衣，终于想起他残忍的打算。

怎么会这样？梁乐笑抱住头，看向陌生的周遭，觉得一切都不真实又可笑，在连辰向她走来的瞬间，她夺门而逃。

"笑笑，不能跑。"

男人尾随在她后面，梁乐笑却觉得是洪水猛兽，她害怕那个男人的目光，好像自己辜负了什么。那太沉重了，压得她透不过气。

一辆黑色的林肯。在几乎要撞到她的瞬间停下。车门敞开，蓝色眼睛的男人迅速将梁乐笑拉了进去。

连辰几乎要碰到车门，司机一脚油门，汽车尖叫着，急驶而去。

梁乐笑忧心忡忡地捧着肚子，不断回头张望，她很想叫连辰不要追了，人怎么可能跑得过车呢，要是被车撞了该怎么办，他的手还没好吧，拜托不要追了。

"汪洋，要不停车吧。"

高傲地科学家哼了一声，嘲笑道："怎么心疼了？我有更好的办法让他放弃。司机，加速。"

直到视线里那个男人看不到，梁乐笑才转过了头，她低着头沉默了很久，久到汪洋忍不住去查看她的表情。

梁乐笑皱着眉头，默默地流着泪。这样子哪像是刚拼死甩了别人的家伙。

"喂，不是你叫我来接你的么，后悔了么？"

梁乐笑摇了摇头："我觉得我不爱连辰了，我现在一点儿都感觉不到自己爱着他啊，怎么办？从他开始打连翘主意的那天我就发现自已无法喜欢他了！我虽然不爱他了，但至少可以为他生一个孩子。就像妈妈那样，对，就像妈妈那样。"

汪洋听着梁乐笑反反复复地唠叨，蔚蓝色的眼睛翻着阴霾。PIT的病情发展会令人陷入癔症让人发狂，梁乐笑的逻辑已经破碎，精神恍惚不自知。再这么发展下去，她肚子里的肿瘤随时会爆裂，到时候别说是连翘了，就连梁乐笑自己都会死去。

"我会治好你的，蠢货。现在拜托你，闭嘴！"

他终于用坏脾气的怒吼，终止了梁乐笑的喋喋不休。后者一脸惊恐地望着他，血红的双眼，慢慢褪去血丝，最终只留迷茫。

汪洋让车直接开到了机场，没有片刻的停留，丢给梁乐笑一本假护照通关。

"你如果不想被你那位神通广大的小叔子立刻找到，劝你拿好这本护照。"他说。

"这护照……我们怎么又是夫妻了？"

"不用在意。"他的眼里掠过一丝不悦，腰又开始疼了，之前的重伤并没有好透，总是时不时地折磨着他。现在已通关，马上就可以登机，梁乐笑相对稳定，还有十几小时的航程，他必须去找些止痛片。

梁乐笑在被汪洋再三关照后，留在原地等他回来。此刻，她的意识是清醒的，肚子里的连翘像是知道了自己即将远行，兴奋地翻滚着，让她不得不分神注意他。

有一只皮球滚到了梁乐笑的脚边，她弯腰捡起交给跑来的男孩。

"是你！你是欺负连医生的坏阿姨！"男孩认出了他，大叫起来。

梁乐笑也在第一时间认出了这个曾经是连辰病人的家属，她记得结局并不好，男孩的爸爸死在了连辰的手术台上。这原本应该是谁都不敢做的手术，家属已签过承诺书，只有孩子不懂得这台成功率极低的手术的意义。

于是，梁乐笑假装得意地朝小男孩笑了笑："是啊，我这次又狠狠地欺负了他呢，说不定连医生正躲在角落里哭呢。"

"你骗人，连医生才不会哭呢，他都是大人了。"

"他只是躲起来不让你看到而已，大人也是会哭的。"

"你是坏人……坏人……"男孩"哇"的一声哭了出来，梁乐笑自觉欺负小孩的感觉超爽的，谁叫他上次拿玩具砸连辰，哼。

男孩的哭声引来他的妈妈，梁乐笑见过那女人，现在的她曾经的憔悴已褪去，焕然一新像是已准备向新生活出发。

"连医生的太太？"女人惊讶，又看向了她鼓起的肚子。

"你认识我？"

"倒也……倒也不认识。"女人腼腆地说，"之前，连医生说他夫人怀孕后胃口总是不好，问过我一些生孩子的问题。连医生向来很严肃的，怕我紧张，给我看过你的照片。"

梁乐笑可以想象那张一本正经的脸，窘迫地追问着患者亲属关于生小孩的事，他估计是没脸去问王医生吧。

"连太太，替我谢谢连医生啊，他那么尽力让我毫无遗憾，以后回忆起来，我无愧于老公。一开始还担心连医生不肯呢，我老公本来就没什么希望，很多医生都怕病人死在台上，只有连医生愿意一试的。"

他本来就是这种为了病患不管不顾的性子啊，梁乐笑心里挺为连辰骄傲。她突然想回到连辰身边，真是奇怪，前一刻还恨不得离开，这一刻又异常的思念。

梁乐笑愣愣地望着母子两人朝她挥手告别，没有说话。她呆呆坐在那里，有些失神。

"蠢货，登机了。"汪洋不知什么时候已经回来，拍了拍她的肩。

梁乐笑应声转头，吓了汪洋一跳，她通红的眼睛流着泪，可她像是浑然不知，朝他微微一笑，轻快地说："好啊，走吧。"

第十一章　假如爱有天意

每个母亲都是由女人转变的，而并非所有女人都会变为母亲。这也是一种物竞天择的展现，那些成为母亲的女人，成功留下了遗传基因，成功在人类史上留下痕迹。而那些不知什么原因，不愿意或不能留下孩子的女人，无论有多优秀，她的基因最终都会消失在历史的长河里。这也是女人需要比男人更强大的原因之一：女人可以选择人类下一代的基因，甚至未来人类的发展。

梁乐笑辞职的消息，很快传遍了公司。黄亚芳诧异不已，她竟然是最后一个才知道，明明前几天还和"一条船上"的梁乐笑喝过下午茶聊过天。

那天，梁乐笑认真地对她说："老板你说的话都是真理，女人必须得比男人更强才行。因为啊，女人会成为母亲，母亲比世间所有人都更强悍，更坚强，会为了保护孩子不惜一切手段。真希望你也能体会到。"

当时，黄亚芳嗤之以鼻。之前她看中梁乐笑全然是因为她没心没肺的个性，洒脱又随性，像极了年轻时的自己，可梁乐笑那个笨蛋竟然随随便便就把自己嫁了，还迅速搞出了人命，这不禁令黄亚芳非常失望，后来逐渐把工作转交给雇佣的麦斯来操作。

那小笨蛋还说了什么来着？

"亚芳姐，停手吧，地位和金钱并不能让人看上去更加强大。"

而且还不止说过一次。

黄亚芳搞不懂，事发之后，梁乐笑明明害怕地不敢与她对视，这几天却是照三餐来奉劝她收手。吃错药了吧，梁乐笑懂个什么，女人只有靠地位和金钱才能更加强大，不靠这些难道靠男人？

这么些年，黄亚芳靠游走在不同富豪间盘活了自己的生意，那些富人当然也要靠她做生意，多是些见不得人的勾当，但黄亚芳并不排斥，只要有钱人愿意帮她继续赚钱就行了。就连现在这家，也是靠着李总的推荐让她坐稳了交椅，才能从内部侵入，让她充裕私囊，等她走时，这家公司会和其他的一样只留下空壳。

黄亚芳露出得意的笑容，这让她精致的面容上蒙上一层光。

Lisa在外面敲门。

"Queenie姐，税务局和检察院的人来了，他们说收到了……收了举报。"

黄亚芳心中一紧，噌地站起："麦斯呢？叫他快过来。"

"麦斯他，他上周就请婚假了。"

黄亚芳一屁股坐在了她花了几十万买回里的老板椅子上，脸色惨白。麦斯的确结婚去了，他为了准备婚礼，请了长假，黄亚芳原本打算让他去办的肮脏勾当都停歇下来，说好了结好婚回来再做的……这家伙精确地逃过了一劫，不，很有可能就是他去举报了，他对黄亚芳的地下生意了如指掌。

果然，她就说，男人都靠不住！就算是花钱买来的。

汪洋把有关黄亚芳及背后利益链被连根拔起的新闻读给了梁乐笑听，本想嘲笑她交友的水准，看她一脸难过，科学家难得好心地放她一码。

"你和那个麦斯站一边的时候，就应该预想到这样的结果。"

麦斯向梁乐笑交出的底牌，除了自己是商业间谍外，还有自己被人雇佣来揭发黄亚芳罪证的真相。那个雇佣他的人，梁乐笑也见过，就是曾令黄亚芳露出惧色的伶俐通信CEO贺修远。两人的渊源不可查，黄亚芳以为自己雇佣的商业间谍，其实并不效忠于她。而梁乐笑为了小艾的幸福，无法将真相告诉她，只能几次三番地劝她收手。可惜……

"不，我是和小艾站一边。"她不甘地嘟着嘴。

"哈，小艾，艾薇儿，也算傻人有傻福了。"

"能不能别总是攻击我的朋友。"

"你哪只眼睛看见我攻击你朋友了？"

"两只！"梁乐笑朝自己的眼睛指了指，朝汪洋愤然说道。

汪洋沉默了，这让梁乐笑疑惑不已。

"走了？小气。"她迷茫地瞧着门口。

被梁乐笑"视而不见"的汪洋摇了摇，最终也只吐出两个字："蠢货。"

她的眼睛看不清了，她的腿脚不能走了，汪洋是用药把PIT控制住的，但那些药虽不伤害连翘，却会让梁乐笑渐渐失去行动能力，或许有一天，她就只剩下一张总是和他顶撞的嘴。

那也不错，汪洋愉快地想，蓝色的眼中却有悲哀，他狠狠地击向桌面，这几天不分昼夜翻阅的专业书，发出巨大的悲鸣。

"什么声音，你撞到桌子了吗？"梁乐笑问道。

汪洋踱到她的床边，神色如常："我都说了吧，最后能救你命的还是我。外科医生只会开刀，他们一门心思就是做手术，看到什么都想切掉，蠢到无以复加。"

"是啊，所以我相信你啊……汪洋，我很怕死在连辰的手术台上，他会受不了的，虽然他总是忍耐着隐藏着，但他是有感觉，连辰比谁都热爱生命，珍惜生命，总是不惜一切地去拯救别人。如果我死在了连辰的手中，就会成为他的阴影，跟随他一辈子，那会毁了他的。汪洋，如果是你的话，就算我最后还是死了，应该也不会太难过。"

"呵，你又知道了。"汪洋揶揄她，尽管表情没有一丝嘲讽。

她瞪着看不见他的眼睛，继续说道："还有，如果连翘是个健康的孩子，麻烦你，把他送去老梁那里，老梁不能一辈子只看到离别。"

"如果连翘有问题，你还要我帮你养儿子？"他冷哼，但没有反对。

梁乐笑很有可能活不到见到连翘，PIT的发展远比他预想地快得多。这种无力感令自负的汪洋非常生气，可他还是尽可能地心平气和，表现得与平时并不两样："再过几天就能动手术了，你还有什么想做的吗？"

梁乐笑不敢相信汪洋会有如此贴心的一面。

"有很多啊，我想去那不勒斯吃披萨，去土耳其吃烤肉，还要去南极吃冰，最后我的愿望是世界和平。"听到汪洋离开的脚步，梁乐笑赶紧说，"好吧好吧，我说着玩的……如果还有什么事是我想做的话，我想和连辰离婚。你说过，无论手术成功与否，PIT终究还会影响我，我就算不死，也会变回以前那种不能理解真爱，感觉不到真爱的样子，那太伤人了，我不想连辰像老梁那样等了我妈妈那么多年，爱了那么多年都得不到任何回报，如果不能继续爱的话，我选择不再和他见面。对了，再帮我找一个律师吧。"

"挺自私的，不过我喜欢。"汪洋笑了笑，笑意沉浸在如浩瀚大海的深眸中，盛满了深沉的温柔，可这一切，梁乐笑都看不见了。

她又睡去，汪洋拉了把椅子在床边坐下。周围一圈的仪器正记录着梁乐笑的情况，她已经糟糕到无法负担腹中胎儿的地步，他不得不全天候地看着她，看着她。

为何如此坚定地要生下连翘，为何宁可舍弃性命也要保住连翘，汪洋实在难以理解，这个叫作连翘的胎儿本来就是两人进行的实验，他是否以生命的形式降临，还是像摊肉一样被扔掉，根本毫不重要。连翘明明只是治病的药！什么时候起，却变得如此重要。

汪洋想，如果他的妈妈当时能那么认真地对待自己……不想了，命运始终是无法改变，否则他也无法在此刻救助梁乐笑。他默默地注视着陷入昏睡以节约养分供给给连翘的梁乐笑，深深地叹了口气。

几天后，像是嘲讽或是怀念，连辰收到了一封快递寄来的离婚协议书，就如同几个月前，他用来通知梁乐笑的方式一样。与那封结婚证书相比，这封离婚协议书缺少了男方的签字。这让他发了一整天的呆，直到科室里有人在叫他去参加急救了，他才飞快地拿起笔在落款处狠狠写上"不同意"三个字，便把这张薄薄的纸和其他学生们交来审批的申请一起，塞进了抽屉里，起身走出办公室。

手机响了，他几乎立刻接起来。

"连诀，你找到汪洋了么？"

"还没有，不过哥，你要耐心地听我说，我查到一些东西。之前笑笑一直警告我不准在网络上查她，我想我终于知道原因了……恐怕，笑笑她是真的病了，她是因为这个病才跑去汪洋那里的。你听过世界罕见病基金会吗？皇甫财团从三十多年前就在赞助这家基金会，汪洋隶属于它。"

多半是皇甫家的人品太差，家族中总有人得怪病，全球第一有钱的财团终于在三十年前死掉了一个"公主病"的小女儿后，开始不遗余力地投资医疗事业，在全世界很快建立起以著名大学院为主的庞大专项研究组织，而梁乐笑是汪洋接手的第一个罕见病例。

谁都不能保证梁乐笑最后的结局，即便有人曾信誓旦旦。

"汪博士，午饭准备好了。"助手在门口说道。

这里阳光充裕，风景宜人，盛产美食，梁乐笑无福消受，他汪洋自然不会放弃。他示意仆人把晚饭端进来，然后熟练地拿出梁乐笑的手机，开始刷她的微博，看她的私信。

博主好久没有发微博了，最后一条的内容还是几周前发的某酒店咖啡厅生日蛋糕。下面的评论可热闹了，都是那些全世界找她的人。

"梁乐笑！我的婚礼又延期了，都为了你。"

"笑笑啊，我是老梁，连辰帮我申请了一个号。"

"笑笑，你什么时候回来？"

"你在哪里？"

"弟妹，更新吃的啊，快！"

"博主，你再这样我果取关了啊。"

"笑笑，上次借给我的《东京巴比伦》你放哪里了？"

还有人转发还艾特她，汪洋点开一看，差点喷出一口饭。

普利策奖得主穆哈德表示，他在苏里斯顿看到了人性的真善面及丑恶面，特别是汪洋这种科学败类，更让他理解了什么是人性本恶和人不为己天诛地灭，下面请看一段有关穆哈德的采访……

这条微博艾特梁乐笑的次数眼看就要过万，也就说，已经有万人转发。

汪洋一气之下删了这条转发提示，删完之后，他微愣，像是回忆起了那段奇妙的中东之旅，玻璃珠般毫无感情的蓝色眸子竟蒙上了一层笑意。

他转头看了眼昏迷不醒的梁乐笑，索性一不做二不休，开始一条一条地删除，把评论和私信都删完了，便开始删除微博，从第一条梁乐笑说"大学的猪脚粉真好吃"开始，慢慢地删除干净。

那些承载着梁乐笑的经历，梁乐笑的话语，梁乐笑的欢笑和苦难的记录，最终归了零，仿佛从未存在，仿佛不知道怎么告别。

连辰跑得很急，下了飞机后便马不停蹄，他冲进了南加州大学的研究室楼层。这里和汪洋在波士顿的实验室规格一致。先前他已去过波士顿多次，均无收获，而这次连诀终于通过网络找到了那人的所在。梁乐笑也一定就在此处。

可见找穆哈德帮忙是正确的。一开始连诀还担心这位新晋普利策奖得主会拒绝他们的请求，可人家一听是让他去黑汪洋，兴奋得眼睛都绿了。

黑人警卫注意到了这位不速之客，这个楼面除了佩戴胸卡的研究人员均不得进入，他看向那个亚裔男子，明明是硬闯却全然没有丝毫胆怯和迟疑，迎向他的目光显得坚定和执着。

"我找汪洋博士。"

警卫下意识地回答："博士不在这儿。"可就在这时，连辰已经越过了他，闪进了正在关闭的下行电梯。

连辰摆脱了警卫，不敢大意，快速搜索着梁乐笑可能在的地方。他奔跑起来，那些门上写着古怪疾病的房间飞快掠到身后，纯白的通道像是望不到尽头，有科研人员与他擦肩而过，有科研人员被他撞到，他说着对不起，可眼中丝毫没有歉意，因为他的视线始终看着前方，始终保持着搜寻。

终于，他看到了那扇门，没有思考，连辰抢夺了身边那个女科研人员的门卡，在一片惊呼声中，"滴"的一声，刷开了那扇紧闭的白色金属门。

梁乐笑侧躺在床上，她能听到肚子里连翘的心跳。比她的要快上一倍，像在打着小鼓。不曾有过少女时期的悸动和小鹿乱撞的梁乐笑自然不会明白，连翘的节奏其实像极了恋爱时超快速的心跳，而她和所有青春期少女一样，为了这样的心跳，甘愿冒险。

今天，她很早就醒了，其实对于梁乐笑来说，早就没有了早晚的差别，模糊的视线总让她搞不清究竟是白天还是黑夜。她知道汪洋为了今天的手术准备了很多，也知道无论准备有多充分，她都有很可能会死。这时候，梁乐笑竟然想，要是能再见一次连辰就好了，虽然她已经没有那么爱他，没有一想到便觉得心脏都要破裂，不过一想到死前最后的印象，竟然是他失望的眼神，简直太糟心了，要是能见一面，一面就好啊！

突然，她听到了脚步声，从那扇紧闭的白色金属门后传来。脚步声越来越急，越来越近，一步步就像踩在她的心头，令她动摇不已，她紧张地揪着床单，微微发颤，眼泪不受控制地滴落下来。真糟糕，汪洋说过的，再哭她就会彻底瞎了的。

滴的一声，电子锁被打开，有人推开这扇白色的金属门，梁乐笑赶紧把眼泪擦干，不想自己脆弱的一面暴露在他的面前。

　　那人走进了，缓步来到了她的床边，手指拂过她未干的泪痕，俯身看了她一会儿，说道："怎么又哭了，你是想瞎了吗，白鼠小姐，按照你的要求，我把律师请来了，你可以开始了。"

　　汪洋将她从床上扶坐起身，巨大的肚子显得笨重又古怪。这几天肿瘤仍然在长，长得比连翘要快得多，必须在今天进行生死不定的手术。但在这之前，梁乐笑希望将一切说清楚。

　　"律师先生，我……"

　　"是律师小姐。"汪洋出声提醒。

　　"哦，律师小姐，我是梁乐笑本人，我希望您在此为我公证，手术无论生死成败，均与参与的医生、工作人员以及相关人员无关，我清醒地明白手术的危险性，自愿承担造成的后果。"

　　这是梁乐笑的承诺书，也是她对于医务工作者的尊重，她不希望任何一个像连辰那样挽救病人性命或遵从病人意志到最后一刻的优秀医生，因被迫承担客观的风险和不可逆的悲剧，而被人非议。病患和家属做出决定后，就必须百分百信任医生，并具有承担的勇气。

　　她想着，要是未来，连辰也能被这样对待就好了。

　　世界的另一头，连辰闯入了白色金属门后的房间，是空的，根本没有人。

　　巨大的失落让他根本应付不了黑人警卫突然而来的一拳。他跌倒在地，半天没爬起来。

　　"哦，天哪，强尼，你把人打死了！"围观的人员叫起来。

　　"并没有！我才用了十分之一的力气！是他，是他太弱不禁风。"黑人警卫赶紧辩解，走上前去查看那人的伤势。天晓得他用的力气连只小狗都打不倒，根本就是拍了一下，那小子就捂着心口倒了下去，就好像他一拳打裂了他的心脏。是假摔！是碰瓷！

　　强尼刚走近一动不动的连辰，连辰突然坐了起来，吓了他一跳。

这个古怪的亚裔冷着脸，掏出了手机，竟然就地接听起电话。

汪洋的声音从手机里传出来："连辰，拜托以后你们找人黑我的时候，别只在微博平台好吗？你应该与时俱进，世界上除了中国，所有人都在用推特。只有国人在转发，搞得只有国人在仇恨我似的。"

连辰明白自己是被人摆了一道，冷笑一声："你是不打算告诉我，梁乐笑现在在哪里了？"

汪洋没有正面回答："连辰，你有信仰的神明吗？

"怎么说？"

"如果有的话，就和我一起祈祷吧，梁乐笑刚刚上了手术台。"

梁乐笑渐渐感觉到麻药的效果，意识有些混沌，记忆中连辰失望的目光淡了，腹中的连翘也不再不安地翻来翻去，安静地就好像不存在一样……

她做了个梦，梦见她死了，汪洋带着连翘回到了故乡，老梁在看到汪洋的时候，狠狠地揍了他，真解气。可当老梁看到连翘时，却哭得像个孩子，还一直和汪洋说，谢谢你，谢谢你……真是的，这有什么好谢的。

梦里，她知道一直有一个人站在老梁的身边，默默地看着一切，但她不敢抬头去看那人的表情，她怕看到他难受，她怕看到他失望，她更怕看到他冷着脸实则痛苦不已的表情。

好吧，说到底，她比妈妈好一些，在死的时候还是能爱的，是啊，她还深深地爱着……

一阵风吹来，梁乐笑竟被轻飘飘地吹起，她越飞越高越飞越高，几乎要看不见她家的房子了。能往上飞，还是好的，梁乐笑默默地想着，至少是去天堂了。好人一生平安啊。

"梁乐笑！"

"有！"她下意识地回应，立刻从云端坠下，猛地睁开了眼睛。

"别大惊小怪的，低血糖而已，走开走开，这里是妇科，我说了算。"

梁乐笑看到风姿卓绝的妇科圣手王医生正对连辰说教。她刚想说话，发现自己戴着输氧面罩，左手还绑着点滴。

"哟！醒啦，我说睡美人，孕妇怎么能不吃饭呢。"

她解开面罩定定地望着两人，简直不敢相信自己的眼睛，她狠狠地捏了下自己，哦哟，好痛。

这这这……怎么回事？

王医生没有发现梁乐笑的异样，继续调侃道："不吃也得吃，你不想天天来医院打葡萄糖吧。也别叫其他人太担心了。"

其他人黑着脸，就站在梁乐笑的眼前。因为表情过于严肃也过于熟悉，竟叫梁乐笑有种心花怒放的感觉。

她揉了揉眼睛，眼前的一切鲜活生动，她深吸一口，气肺里尽是消毒药水味。

"连辰！连辰，太好了！"她禁不住要去拉他，手上还绑着的点滴掉了下来，一管血便从手肘处被倒抽了出来，引来王医生的惊呼。

连辰的脸更黑了，一把抓过她的手，拔掉针管按住伤口。

"梁乐笑！你太平点。"

啊啊啊，果然是这种感觉，连医生对她发火的感觉太棒了！

"要是有精神了，起来吃些东西。"连辰冷淡地说道。

他看上去像是在生气，但梁乐笑知道他是关心则乱，一乱他就没有表情。这个人总习惯把自己的感情一层层地藏起来。幸好，梁乐笑在他们在一起十年间早学会了察言观色。

她努力想了下过往清晰的一点一滴，又回味了下惊醒她的怪梦，终于松了口气。

太好了，原来只是做梦，也是啊，人生哪有那么奇葩的经历，什么前女友被自己害死，好友未婚夫是商业间谍，青梅竹马和外国贵族在一起，苏里斯顿被土匪绑架，生个孩子结果挂掉，以为是看小说呢，一波三折的。

梁乐笑顺藤摸瓜般缠上了连辰的手臂："别对人家这么凶嘛，人家肚子里有你的骨肉，还有肿瘤，肿瘤可是会爆炸的。"

王医生笑死："弟妹啊，那个肿瘤上次已经和你说过了，其实是吃太多胃下垂的阴影来着，你别吓唬我家辰辰呀。你现在倒是吃不下了，报应吧。哈哈。"

完美，她果然不像是这么衰的体质，一切都是做梦，是做梦，现在才是现实。梁乐笑心安理得地想着，突然，连辰胸口的小灵通骤然响起。

梁乐笑抓他更紧了，装出了委屈的小媳妇的样子说："连辰，别去，让别人去啊，你陪陪我，啊啊啊，我又好晕，快昏倒了。"

连辰慢慢推开她的手，温和又坚决地说道："笑笑，不行啊，我得去救她。"

谁啊，说得那么熟悉，怎么都觉得怪异，梁乐笑问："你要去救谁？"

"救谁？当然是救你啊！梁乐笑你给我醒过来啊！蠢货！"

冬去春来，连辰的手臂已经复原，他又回归了连轴转的生活。他更严肃更沉默，令每一个实习生害怕。如果说以前大家在他严厉的目光下开个盲肠手术都会颤抖，那现在，只要连辰在场，实习生就颤抖地拿不起手术刀。

这直接害得连辰的工作量翻翻，三台手术之后，已是夜深人静。中心医院喧闹的场景淡去，只有仪器在规律的嘀嗒声中拍打着清冷的走廊。连辰褪下绿色消毒袍，按着太阳穴回办公室写病历。

严肃的俊颜，并没有因疲惫而有任何松懈，冷光灯下他刚毅的轮廓，有点让人觉得不近人情。

突然有一个暖色的光投在他的侧脸，深不见底的黑眸总算是染上了人间温情的颜色。

连医生的手机亮了，是微博的特别关注的推送。

笑笑郡主：土耳其烤肉真的好好吃，好吃到流泪！

连辰翻转了手机，暖光顿时暗去，他低垂着双目，停滞了所有动作，半天不敢呼吸。

又来了，汪洋那个家伙，要用梁乐笑的微博登录到什么时候！

最近几个月，梁乐笑完全消失后，她的微博却开始在二次元活跃。原本空无一物的微博，时不时会更新一条，大多和过去的风格一致，都是些美食评论。

他知道，这是汪洋对他擅自让连诀跟踪网络地址的讽刺。

这种无尽的折磨漫长而痛苦，却又同时令人保持着期待，期待着梁乐笑并不是真的了无音信，期待着她随时都会回来。

年轻外科医生摘下眼镜，揉着发涨的太阳穴，他稍稍呼出了一口气，就觉得胸口疼得厉害，心脏就要裂开。最终他不得不颤抖地捂住自己的呜咽，不想叫人看到深夜里自己最脆弱的一面。

因此，他没有发现，手机又响了下，因为正面朝下，那微弱的光线被遮住了。

笑笑郡主更新微博：嗨，免费医疗旅游结束了，我要回来了，买一送一哟……

几年后。

诺贝尔医学奖得主汪博士，受到本科时代就读的A大邀请，亲临母校。

少有学者像他这般英姿勃发引人注目，也少有亚裔能将英伦风西装三件套穿得如此得体。那嘴角上扬总在微笑的俊颜，带着一种藐视众人的孤傲和清高，这偏偏又成了他吸引人的特质。作为一个科学家，他简直是时尚界的残念，影视圈的遗珠。

眼下这位明明看不起普通人，却因拯救苍生的伟大成就而获得了诺贝尔奖的科学家，正眉宇间透着不耐烦地给全校师生演讲。座位实在太紧张，有些人为了一睹诺奖得主的风采，挤在地上或贴墙站着。

"人类发展史实则为人类的繁衍史，没有继承便没有未来，任何一种物种的昌盛皆与其后代的持续繁荣都休戚相关。因此我一直认为反人类，除了恐怖主义、种族主义外，同性恋、堕胎、丁克等凡是不利于人类繁殖之事，阻碍人类发展之事，皆应归入此类。

"是什么延续着人类繁衍，是什么传承了一代又一代，是爱？别开玩笑了。爱只是荷尔蒙作用下的冲动和幻觉，我的实验室研发过几十种药物能让人产生这种幻觉。一旦幻觉消失，爱将荡然无存，劈腿的劈腿，分手的分手，离婚的离婚，分分钟撕破脸。所以，就算现在爱得死去活来，谁又能保证自己的爱一辈子不变质呢？"

汪博士顿了顿，带着隐形眼镜的黑色眼珠，毫不掩饰地露出讥笑，似乎很满意台下听众的反应，继续说道：

"人类延续的关键是希望，当满怀希望之时，人可以无惧黑暗，无畏苦难，即便满身伤痕也会奋力一搏。而女性比男性更容易看到希望，她们不以逻辑为准绳，不考虑后果，简直毫无理性可言，一次无足轻重的成功，一句同伴的鼓励，一个暗恋对象的微笑，甚至一抹阳光，一个白日梦，一首歌，一朵花都能让她们看到希望，哪怕是丁点儿的希望，她们都会不顾一切。

"如果其他人，还有什么能做的话，那就是守护女性们的希望，这便是人类一路走来的奥秘，以及未来的延续。好了，有谁想要提问么？"

突然，有个小男孩稚嫩的嗓音响起："照您这么说，那些结了婚不生小孩，不结婚也不生小孩的家伙都在耍流氓。那汪博士岂不是流氓中的战斗机？"

一时间，会场鸦雀无声，小男孩坐在最后一排，得意扬扬地瞧着台上穿着三件式西装背心的男人皱着眉头看着自己。

"谁，这孩子谁的，怎么进来的？"

主持人慌了，能和汪洋在科学史上的成就相提并论的也只有他的坏脾气了。好不容易请来的大神，莫名其妙被熊孩子黑了，这还了得。他看向博士古怪的笑容，立刻拿定了注意。

"保安，抓住他！"

反应过来的几人立刻向男孩冲来，一把拽住他细嫩的胳膊。

"等一下。"台上的汪博士突然出声，他微微一笑，双手悠闲地插在裤袋中瞧着男孩，黑色的眸子泛出深海的光泽，"连翘，一定没有人告诉过你，在你还没出生的时候，你爸曾想把你剁成肉块。"

"你骗人！"男孩大喊。

"不信，你可以去问问梁乐笑那个蠢货。"汪洋淡定自若，要笑不笑。

男孩被点了死穴一般，立着不动了，大眼睛里尽是不可置信的恐慌。毕竟还是小孩，即便聪明过人，心智却还未成熟，他不知道如何应对这突如其来的打击。

"好了，可以扔出去了。"汪洋挑眉，勾了勾嘴角，"我们继续。"

连翘小朋友默默地流着眼泪回到了艾薇儿夫妇身边。小艾阿姨给小帅哥擦了擦眼泪，心疼地说："都叫你不要去那家伙的讲座啦，那家伙是loser，心态都坏掉了，和采儿妹妹去玩球不好吗？"

采儿妹妹有着父亲的金发和母亲小巧的脸蛋，刚学会走路，肉嘟嘟地像洋娃娃一样可爱。可连翘不喜欢和呆蠢的生物玩耍。

今天是麦斯的MBA结业典礼，两家带着孩子相约在此处相聚。

"嗨，连翘小弟，你别伤心，每个大人刚做家长都会紧张，你看你小艾阿姨，刚怀孕那会儿天天在家跳绳，要不是采儿妹妹抓得牢，早就没了。别担心只要你能生出，就说明是命中注定。"

小艾捂着采儿的耳朵尖叫："麦斯，这种话怎么能当着孩子的面说。要不是你戳穿套子，我能天天跳绳吗，你这个骗子！"

"要不是你不肯嫁给我，我能戳穿套子吗，亲爱的？"麦斯一脸的无辜。

"要不是你骗了我那么久，我会不嫁给你吗？"

"我不是已经补偿过了吗？"

"在哪里我没看到！"小艾要发飙了。

麦斯笑吟吟："在床上！"

连翘真的听不下去，他也想捂住耳朵，可小采儿肉嘟嘟的小手拉着他，还把口水滴在了他的手心。

远处有两人相携走来。这么多年来，他们的感情依旧如热恋，几乎形影不离。汪博士说得不对，爱的确会消失，但爱还会复燃，就算眼睛不太好的妈妈突然变得冷淡了，爸爸还是会用行动让她再爱起来，每一次，每一次……这样的爸爸才不会想把他剁成碎肉，爸爸根本舍不得妈妈伤心。

"连翘，过来了！"妈妈在叫他了。

连翘一扫先前的沮丧，露出了笑容。他终于做出了和他的年龄相仿的举动，像所有见到爸爸妈妈来接自己的孩子一样，义无反顾飞奔着跑向两人。

他喜欢妈妈，特别喜欢妈妈，一如当时，在天上看到她的第一眼。